蝶々

瑠璃色

イラスト　大森とこ
装丁　五味朋代（アチワデザイン室）

［目次］

第1章 ◈ 翡翠 —— 005
第2章 ◈ ルビー —— 058
第3章 ◈ イエロー・トパーズ —— 124
第4章 ◈ パール —— 193
第5章 ◈ ラピスラズリ —— 300
あとがき —— 316

第1章　翡翠

銀色のポットに入ったコーヒーとマカロンの小皿が、うやうやしく運ばれてきた。テーブルにセッティングされる前に、「あの、席をうつってもいいでしょうか？　あちらのソファに」と、るり子が小さく手を挙げる。

「よろしいですか？　喫煙席になりますが」

どうやら新しいスタッフらしい。洗いたてのようにつるりと白い肌をした中年のウェイターは、るり子をはじめて見るらしく怪訝そうな顔をする。

職業柄、洗練された笑みは崩さないものの、（ピアノ前の特等席なのに？）と言わんばかりだ。

「ええ、お願いします。これから来る商談相手が煙草を吸われるのを、うっかり忘れてしまっていて」

申し訳なさそうに、しかし、今度は隣の若い女たちにも届くよう、はっきりとるり子は言う。

（この小娘が？　なんの商談を？）

いぶかるようなウェイターの視線と、若い女たちの好奇心と小さな嫉妬の芽には気づかないふりをして。ミルク色のカシミアのコートをふわりと抱え、るり子はしごくあっさり席を立つ。

喫煙席の椅子席にうつり、コーヒーをひと口含んで、るり子はようやくほっとした。

後ろのソファでは、フランス人らしき旅行客数名が葉巻をくゆらせ歓談している。しかし、紫煙のほうがまだマシだった。

あまりにもうるさかったのである。

先客として隣でケーキをつついていた、新人OLらしき若い女たち。

（あの、キャアキャアと甲高い声。頭痛がするわ。しかもあの……）

ネックレス。

思わず声に出してつぶやいてしまった後、るり子は深いため息をつく。

最近、若い女性たちの間で爆発的な人気を博しているという、国産ファッション・ブランド発のハッピー・ネックレス。

あきらかにメッキとわかる銀色のチェーンに、偽物のクリスタルをカットしたペンダント・トップがぶら下がっている。

その、てんとう虫やらシンデレラのガラスの靴などのチャームが、イミテーションならではの鈍く乱れた光を世界にはなつ……醜悪なアクセサリー。

同じようなメイクに同じようなセミロング・ヘアをした3人の娘たちが、胸元にまるで〝しるし〟のようにそのネックレスをしていることにめざとく気づき、るり子は怒りにも似た衝動をおぼえた。そして、なかば衝動的にウェイターに手を挙げた。

（職業柄とはいえ、わたしも品がない。第一よけいなお世話よね）と理性では肩をすくめつつ、（だけど、あまりにも美しくない）。

る り子の美意識は、さきほどの光景とあの無自覚な若い女たちをどうしても許すことができなくて、みずからの手の甲をつねってしまう。

上質なアクアマリンのように静脈が青く透けるるり子の手に、いつも細かなひっかき傷や沈殿したあざがあるのは、すべて手仕事で行うジュエリーの加工作業のためだけではなかった。

世界の美しくない部分を見とがめ、耐えきれなくなるたびに……彼女はじぶんの体を傷つける。

『アクセサリーは、その女の美意識とステイタス。そして宝石は、女の本質そのものと、行く末をも暗示する』

ジュエリー・デザイナーのるり子は、固くそう信じていた。

だから、恋人の純からも、クリスマスでも誕生日でも〝宝石〟のプレゼントだけはやめてもらっている。どうしても贈ってくれるというのなら、本物のパールだけ。彼とつきあい始めた短大時代のクリスマスに、当時人気のクロスのネックレスを贈られて……ボックスをあけるなり、表参道のカフェでポロポロ泣きだしてしまったことがあった。そのイミテーションのメレ・ダイヤたちのために、純がデートや睡眠時間も減らし、短期で稼げる配送業のバイトを頑張ってくれていたことを彼女はもちろん知っていた。

だからこそ、幼かったるり子はどう反応してよいのかわからず、自分の中で一気に高ぶり、感情が爆発してしまったのだった。

かといってほんものの宝石も、芸者上がりの母親のミサから譲り受けたものはさておき、男性から受け取るのはなんとなく怖かった。自分には、まだその資格がないようにも思った。何より、ダイヤモンドが、古くから女の人生を決定づけ、時に重石となって縛ってきたように。本物の宝石には、女の運命を左右する、何らかの秘めたる力があるような気がするのである。

『ルリルリはさぁ、物事を思いつめて考えすぎなんだよ。損だよソン。あたしだったら、光るものやもらえるものなら、何でも喜んでもらっちゃう。だいたい、あんたみたいに綺麗だったら、こんな派遣はすぐやめるしね。ホステスか愛人になってラクしてがっぽり。それか、玉の輿狙いで大手企業の秘書か受付するとかさあ』とOL時代も、親友の亜子によく呆れられていた。

『それができたら、わたしももっと太れるわ』とじぶんの手首を確かめながら、やり過ごしてきた。

千葉の兼業農家で育ったという亜子のぷるりと光る頬や、いかにも養分と元気が満ち満ちていそうな体は、明るくて物事にこだわらない彼女の性格そのもののようで、るり子は時々まぶしかった。

母親のミサにそこだけよく似た細すぎる手首や首すじは、神経質で狭量なじぶんの象徴だ、と彼女はひそかに恥じていた。

かといって、易と風水に凝り、年がら年じゅう湯島の店の配置換えばかりしている母親のミサのような〝運命論者〟では決してないつもり。

でも、派遣OLをしながら夜間の専門学校に通った2年間、そして、一点ものの宝石専門の受注デザイナーとしてひとり立ちしたこの半年間……。

宝石とともにあらわれ、きらめきをふりまきながら通り過ぎていった女たちとその人生ストーリーは、不思議と絡み合っていた。

その原石が持つ本質的な魅力と、持ち主であるクライアントのコアの部分との〝美しいマリアージュ〟を目指し、インタビューを重ねることからデザイン発想をスタートさせるるり子が、それに気づかないわけにはいかなかった。

輝き、硬度、カラー、クオリティ……。

ともかく、(宝石は、その女の運命そのものなのだ)とるり子は思う。


「真行寺さん……ですか？　デザイナーの」

さっきのウェイターにエスコートされ、その女があらわれたとき、るり子は内心落胆した。

どこか西洋の血が混ざっているのだろうか。女は、すらりと伸びやかな肢体と白い肌、そして大きな目を持っており、美しい女と言えないことはなかった。

でも、カーキ色のミリタリー・コートにデニムのパンツ、ムートンのブーツ……銀座の裏通りにひっそりと構えるこの小さな一流ホテルのラウンジに、まったく溶けあわないいでたちである。紹介者の万葉《まんよう》の秘書だった、と聞いていたので、きゅっと小柄でスーツを着た女があらわれるとばかり、るり子は思い込んでいたのだった。

「はい、田辺さんですか？　万葉さんの……」

「ええ、先月まで務めてました。はじめまし……て。田辺ゆみかです。このたびはよろしくお願いいたします」

おずおずと気弱に笑い、布張りのアンティークの椅子に腰をかける。

自信のなさそうな女は、傲慢な女よりもっと嫌いだ。

だって所作に緊張感がないから、とるり子は苦々しく思う。


しかし、彼女が小さなフェルトの袋から無造作に取り出した、親指大のおおきな翡翠《ひすい》は……。

まぎれもない本物だった。

子供のように爪を短く切りそろえた指先でそれを渡され、手のひらにあるひんやりとした〝本物〟の手ごたえに、るり子の心臓はドキドキ波をうちはじめる。

照明を落とした夕暮れのラウンジでもはっきり心が弾みだすほど、色鮮やかで明るいエメラルドグリーン。

表面は、油を垂らしたようにトロリとした光沢を持っているのに、透明度も高い。

「……こんなジェイダイト、はじめて見ました。完璧な〝琅玕《ろうかん》〟だわ」

感に堪えぬようにるり子は声をもらす。

「本物、ですか……？」

不安げなゆみかの声にハッとして、胸元の内ポケットから鑑定道具のペンライトを取り出す。

そしてカチッと音をさせ、真横から翡翠を照らしてみる。スーッと音もなく、人工の光は石に柔らかに吸い込まれていった。

反射がない。つまり、インクルージョン（内包物）も少なく熱処理もされていない天然石、ということだ。

間違いない。おそらく石だけでも数百万円はくだらない、特Aクラスの翡翠である。

「どうなんでしょうか……」

鳶色《とびいろ》、というのだろうか、色素の薄い目でゆみかがるり子を窺うように見る。

「もちろん、素晴らしい石です。こんなジェイダイト……」

(調べなくてもわかっているわ、わたしは〝本物〟にしか感じない) と内心ではツンと胸を反らしつつも、〝営業用モード〟に戻って、るり子は続けた。

「ご存じかもしれないですが、この石は、中国の富豪たちが買い占めていて、日本の流通ラインまではあまり出回ってこないようなルース (裸石) です。失礼でなければ、これはどちらから?」

「わたし、結婚、するんです。この、5月に」

意を決したように、ゆみかがようやく姿勢を正して真正面からるり子を見た。

「相手は、ふつうの……普通じゃないかな、2つ年上の28歳、出版社の編集者なんです。万葉さんのパーティーで知り合って。おしゃれじゃないし、脚だって短いし、私より背も低くて格好はよくないけれど……とてもいい人、です」ゆみかははにかむように言う。

「まあ、おめでとうございます」

紹介者である万葉から簡単な事情は耳にしていたとはいえ、初対面のクライアントへの礼儀として、るり子は驚いてみせる。

「それで、その翡翠は、祖母から譲り受けたようなもの、なのですが」

「おばあさまから」

3年前に亡くなった自分の祖母の姿がよぎり、るり子は少し気持ちが陰る。明治生まれのるり子の祖母は、『隅田川には、菊が舞う』と歌舞伎役者などの粋筋に愛された〝菊丸〟という名の向島の花形芸者だった。しかし、るり子同様、遅くにできたひとりっこの愛娘であるはずの母ミサが毛嫌いし、晩年は、那須の老人ホームにほとんど押し込まれるように入れられており、身うちやひいき客の誰も看取ることのない、さみしい最期を迎えた人だった。

再び、まなざしをティーカップに落としているゆみかは、そんなるり子の回想に気づかないらしい。

「祖母は大正生まれなのですが……。その当時なのに、単身アメリカにわたっていて。まるで、ドラマみたいな生き方をしてるんです。アメリカ人の大農場の息子と結婚をしたんですね。あ、だから、わたし、クォーターなんですよね」

「わかります、でも……」

ゆみかは、どこか、ちぐはぐなところのある女だった。

人形のように尖った鼻先に、少々自堕落なかんじのする、スモーキー・クォーツ色の大きなたれ目。まるで浪人生のように、無造作な服装。所在なげな様子とアンバランスな、体の骨組みとフォルムの大胆さ。

るり子はふと、先週万葉に電話で聞いた彼女の経歴を思い出した。

『あの子はねえ、見てくれも性根も悪い子じゃあないの、るり子さん、それは安心して。でも、いってみれば根なし草なんだ。短大を出た後は、カナダだったかしらねぇ、短期留学をしてみたり、コンパニオンだか撮影会だかのモデルで小金を貯めちゃ、バックパッカーとして旅したり。かと思えば人の紹介でうちに来たりね。それも続かなかったけれどね』

——確かに、現代っ子風に上背はあるのに、ふっと消えてしまいそうなたよりなさを、どこか漂わせる女だった。

『芯が強く、しなやかな』東洋美の象徴でもある翡翠とは、にわかにはしっくりこない。

そんなふうに、彼女の内側をルーペでのぞこうとしているるり子を嫌がるそぶりもなく、「祖母はですね……」とゆみかは続ける。

「mainland、つまりアメリカ本土を」とそこだけ滑らかに発音し、話を続けた。

「あちこち放浪したあとは、サンフランシスコに落ち着いたみたいで……。日本料理店で働いていたときに、たまたま見初められたそうなのです」

話の方向性がまったくつかめず、しかたなく、るり子は黙って聞いていた。

本当に、あのうるさい万葉の秘書を務めていたのかと疑いたくなるほど、彼女のいちいちためらうゆっくりとした話し方からは、頭や機転のよさがみじんも感じられない。

「でも……祖母は、そのアメリカ人の子供を、一人しか産めませんでした、それが私の母なんです。大農場の跡取り息子の嫁としては、もちろん失格で。だから日本人なんてダメなんだ、と、一族中に相当冷たくあしらわれたみたいです。そして、小さな母と祖母の二人は、いくらかのお金と、この翡翠を渡されて……ほとんど放り出されたような格好だったそうです」

「ご苦労されたのですね」

「ええ。それからは、それこそ口に出せないような仕事も含め、とにかくあらゆることをして、祖母は女ひとりで母を育てたようなのですが……結局、母が小学校に上がるころ、いったん日本に帰

ってきました。でも」と言葉を区切り、

「祖母は、娘である小さな母を、妹にあずけて、じぶんだけ、アメリカに戻ってしまったんです」

まるで他人事のように、急に片頬をゆがめて笑いながら言う。

「ありえないですよね。しかも、わびるどころか、かけてきた国際電話で〝母親として生き続けることはできない。わたしは、この自由の国でわたし自身として生きるのだ〟と言いきったとかで。気のいい祖母の妹もずいぶん憤慨し、幼い母も一時失声症になるほど傷ついたみたいです」

チクリ。るり子も胸に痛みを覚える。

「だから……母は、普通のサラリーマンである父と穏やかな家庭や幸せを手に入れた後も、50を過ぎた今でも、祖母を許していないのです。許すも許さないも、どこにいるか、生きているのかさえも、今では誰も知らないんですけど。わたしも、写真でしか見たことがありません」

この店の名物である銀座マカロンには手をつけず、ゆみかは色のない唇をかみしめた。

「だから、まるで形見のように置いていかれたこの翡翠を、見るのもいやだ、でも捨てることもできない、と何十年も葛藤していた、というのです。そのことを、結婚するって報告した夜、わたしははじめて聞いたんですよ」

そこで、ゆみかが面《おもて》を上げた。

「そして、もしもわたしが欲しいのであれば、って母がこれを、この石を、桐の箪笥から出してきたのです。少し悩みましたが、わたしも、この石にどこか惹きつけられたのでしょうね。譲り受けることになりました」

一気に話を終えてほっとしたのか、ゆみかはふう、と肩の力を抜き、天井をあおいだ。

一瞬だったが、その大きな二重の目が、涙ぐんでいるかのように光って見えた。

ホテルのエントランスを出ると、粉雪がちらついていた。

「冷えると思ったら。春先の雪なんて珍しい、ですね」

コートから白革の手袋を取り出しながらるり子が言う。さきほどトイレで携帯メールのやりとりをし、このあとは純と品川で待ち合わせをしていた。

「でも、綺麗」

スケジュールのめどとデザイン料と工費を決め、何より告白をしてスッキリしたのだろう、ゆみかがはじめて、伸びやかで明るい声を出した。

「田辺さんは、これからどちらへ？　傘、どうしましょう」

「大丈夫です。電車1本で、浦和の実家に帰るだけだから。最近は、週末を両親とよく過ごすようにしてるんですよ。真行寺さんは……？」

「わたしも、近くのアトリエに戻るだけだから」

とっさに小さなウソをつく。クライアントに限らず、初対面の人間とは一定の距離をとりたかった。

「この2本裏手なの、そのうち遊びにいらしてください」

社交辞令と気づいているのかいないのか、はい、とゆみかは嬉しそうに笑う。

「銀座のアトリエなんて、カッコいいですよねえ……るり子さん、同い年くらいですよね？　万葉さんも、彼女は華奢で美人なのに、なかなかの根性と才能がある、と褒めてました。賞も何度もとられてるんですよね、すごいなあ」

くすぐったくなる。るり子は、褒め言葉は好きではなかった。

「それより、次のインタビューですけど。次の土曜日、またここで大丈夫ですか？」

「ここ。ええと……」

「プレリュード」

「ええ、それでも構わないんですけど」と、黒い帽子とざっくりした太い毛糸編みのマフラーから、目だけのぞかせたゆみかが言う。

「そのへんの、ＮＹｃａｆｅとかドトールとか、気軽なところでも。わたし、あまり高級なところは落ち着かなくて。今は、花嫁準備中という名のフリーターですし」

「ごめんなさい。それでは、宝石は扱えないんです」

白い息を吐きながら、キッパリとるり子は言う。

「ギャランティに含まれていますから、お気になさらないで」

クライアントから宝石が持ち込まれる場合、るり子に支払われるのはデザイン料と工費だけで、決して実入りがいい仕事とは言えない。だいたい銀座のシンボルである華やかな中央通りや百貨店からも、ショッピングを楽しむ粋な男女たちが姿を消した。まるでこの不況とともに絶滅してしまったかのように。


でも、だからこそ。

るり子は、バッグの中、シルクの袋にしまったさっきの翡翠を思い浮かべた。シンと息をひそめて、でもきっとひっそり静かに呼吸しながら、るり子が再び命を吹き込んでくれることを心待ちにしているような気がする。

類まれなる真の翡翠だけが持つ秘めたるパワーに、つゆほども気づいてくれないゆみかに、石もきっと苛立っていたに違いなかった。

ほんとうのもの、美しいものには、泣きたいほどの希少性と価値がある。

世界が崩れ、泥にまみれていく時であるほど、真実の輝きと光は高まっていく。少女じみた頑なさで、るり子はそう信じていた。

「では、来週の土曜日も16時にここで。さっきおっしゃってた……婚約者さんの出版パーティーの予行演習にもきっといいんじゃないかしら。フォーマルな場所って、慣れだったりしますから」

柔らかい笑顔をつとめてつくりながら、ゆみかの返事を待たず、くるりと背を向ける。

プレリュード。そう、前奏曲。

とにかく、それがオペラであれ恋愛であれ、美しいものには、それにふさわしい舞台と序章がある。

途中に山やスリリングな出来事はあってもいい。でも、さいしょが肝心なのだ。前奏で、そのものクオリティやドラマのフィナーレはほぼ80%が決まる。

(ならば女は？　わたしは、あの家で生まれ、あの母親に育てられた)

たとえ自分自身を傷つけてもなお、るり子の宝石づくりに賭ける想いと、本物を追求したいという熱い信念は揺るがない。

約束の7時より少し早めに、るり子は品川駅に到着した。

しかし、〈いつもの、小さな赤いカフェ〉で純はすでに待っており、雑踏にまぎれてエスカレーターを降りてゆくるり子に、〝こっちこっち〟といつもの仕草で手まねきをした。

（純ちゃん）

口元まで覆っていたストールの中で、るり子は思わずほほ笑んだ。

アトリエに戻らず結局そのまま連れてきてしまった翡翠には、電車の中でもずっと神経を集中していた。

ただ、純の顔を見た瞬間、全身に張り巡らせていた新進ジュエリー・デザイナーの鎧《よろい》は、いつものようにみるみる解ける。

つきあい始めてもう6年の月日がたつというのに、オフィス街でも街中でも、純だけはるり子の目にすぐ飛び込んできた。

存在感が強烈な男、というわけではなかった。

硬式テニス選手として高校時代はインターハイにまで出たという純は、長身だが筋肉の付き方もしなやかで、物腰も柔らかい。

『なんだか、どこもかしこもあたりがよくて、豆腐みたいにあっさりした男だね。整っちゃいるけれど灰汁《あく》がなくって。あんたは、ああいう苦労知らずがいいのかい。あたしが言うのもなんだけど、あんたは育ちが悪いからだろうねえ』

去年、カフェ・プレリュードで紹介した際、母ミサも『つまらない男のほうが、結婚にはいいかもしれない。あんたのような女にはね』と交際は容認しつつも、半分本気でけなしている。

だが、露店にたまたま紛れ込んだ本物の裸石のように、るり子にはあきらかに彼が光って見えるのだった。

そして、それに手を伸ばして触れるとき、るり子の胸にはなぜかぽっと温かさが広がる。

「打ち合わせ、どうだったの」

「うん、まあ」

そのくせ、るり子はすぐには彼の目を見られない。手袋をつけたまま、春の夜の冷え込みで固まった両頬を手で覆う。

「るり子も、何か飲んでいく？」

コーヒーを飲みながら尋ねる純のまなざしはまっすぐで、少年のように無防備な喜びに輝いている。

「ううん」

るり子は、テーブルに視線を落としたまま、見慣れたダウン・ジャケットに手を伸ばす。そしてそのまま、くんくんと鼻をならして匂いを嗅いだり頬をすり寄せて、甘えたい衝動にかられるのだった。

（とても不思議なんだけど。純ちゃんに会うと、まるで捨て猫が飼い主を見つけたときみたいな気持ちになる）いつかるり子は正直に言ったことがある。

やはり、こんな春先で、珍しく酔ったるり子が足をくじき、おんぶしてもらって駅に向かう途中だった。

（それを言うなら、捨て犬じゃないの？　でも、そうだね。るり子は猫に似ているね）

純もうれしかったのだろう。一見薄く見えるのに、小柄なるり子がくつろぐには十分な背中から、温かさと喜びがじんわり伝わってきた。そんな二人を、路地裏から飛び出してきた真っ白な猫がじっと見ていた。あの晩の銀座のシーンを唐突にるり子は思い出していた。


純の好きな〈つばめグリル〉で、彼はアルミホイルにつつまれたつばめ風ハンブルグステーキ、るり子はポトフ、そしてトマトとツナのサラダをシェアして食べたあと、るり子は彼のマンションに寄ることにした。

本当なら早く銀座の部屋に戻り、あの翡翠をじっくり飽きるほど眺め、自分の中からわいてくるままデザイン画のラフを描いてみたかった。

でも、「だめだよ、先週も泊まってない」と、純が珍しくぐいっと手を引っ張った。


休日の午後に掃除をしたのだろう。魚籃坂《ぎょらんざか》を上りきった住宅街にある純のマンションは、こざっぱりと片づけられていた。ボーナスで買ったというハイビジョンＴＶの横には、新しい大型ポトスも飾られている。

制作に没頭するたびに、資料や小物で、ダイニング・テーブルや床まで泥棒がひっくり返したようになるるり子の部屋とは対照的だ。しかし、整然と片づけられすぎた部屋では、なぜか彼女は美しいデザインやジュエリーを生みだすことができなかった。

だから、るり子は純の家に来ることを好んだ。もともとは社宅だったという何の変哲もない1DKだが、小ざっぱり整えられベランダに緑もあるせいか、呼吸がしやすい気がしていた。

コンビニで買ったアイスクリームを食べながら、純がサイフォンで落としてくれた香ばしいコーヒーを飲み、ソファでDVDを鑑賞する。

るり子は途中で飽きてしまい、ブランケットにくるまりながら純の肩に頭をもたせかけ、あくびばかりしている。

「つばめグリルでハンバーグを食べないなんて、浜松に来てうなぎ食わないのと同じだよ」と静岡出身の純はいつも彼女をからかっていた。映画もケビン・コスナーやクリント・イーストウッドが出ているような大作ものが好きらしい。

大手スポーツ・メーカー勤めで企画推進部に異動したばかりの彼は、先日さっそくメジャー・リーガーの日本人選手に会えた、と興奮していた。しかし、るり子があまり興味を示さないせいか、もうその話もしつこくはしない。

口下手で気分屋のるり子の話を、純はただ、うんうん、それで？　と根気よく聞くことに満足している様子だった。

小さな浮気や行き違いは、つきあい始めた学生時代は互いにあったのかもしれない。

短大卒業後、派遣とはいえ先に社会に出たるり子が穏やかな純を頼りなく感じ、衝動的に別れを切り出したこともあった。意を決して、幼いころから惹かれていた宝石の世界に飛び込んだ当初は、学ぶことに夢中になるあまり純の電話さえ受け付けられない時期があった。

でも、そのたびに純は「そっか。だけど、俺はるり子だけが女の子に見える病気なの。悪いけど待っててもいいですか？」おっとりと、でも真顔で言った。

そんな二人はいつのまにかちぐはぐながら完璧なバランスで安定し、週に1〜2度、ただ二人で静かに時間を過ごしていた。平凡な学生時代の合コンで出会った最初の日から、なぜか彼は保護者であり、るり子の飼い主のようだった。


「入る？」と、DVDを消し深夜のニュースに切り替えて、純が言った。

それは、潔癖性のるり子に対する、寝られる？のサインだった。

るり子はこくりとうなずいて、おとなしく立ち上がりバスルームへ向かう。

バスタブをかき混ぜながら、彼女の好きなアユーラのメディテーションバスが補充してあることに気づき、るり子はくすりと笑ってしまう。


いつものやり方、いつもの触れ方、そしていつもの入り方でるり子を愛し、純はいつものようにすうっと眠りについた。

るり子は我慢しきれずに、そっとベッドを抜け出した。真っ暗なダイニングに置いたバッグを探し当て、しのび足でバスルームへ持っていく。

パチンと灯りをつけ、まだ蒸気がこもるバスルームに入る。そして、バッグの内ポケットにひそませていたシルクの小袋を引っ張り出して、ゆみかから渡されたあの〝翡翠〟を取り出した。

その夢のようにまろやかで奥深い輝きをはなつグリーンの翡翠は、あっけなくるり子の手のひらにあらわれた。

ドキドキしながら、オレンジ色の蛍光灯にかざしてみる。

（バスルームでも、きれい）なぜかるり子は安堵した。

手のひらに戻してから、少しためらったあと、ゆっくりと握ってみる。

（あ……）

〝それ〟は、閃光のように素早く、でも確実にるり子の中心をつらぬき、彼女はその場にへなへなと崩れ落ちそうになる。

ついさっきまで、乳房の先端やじぶんの奥に生々しく残っていた純の痕跡。愛されたあとの、足をひきずるような全身のけだるさ。

柔らかな光をたたえた翡翠が秘める暴力的なエネルギーは、それらを悲しいほど一瞬にして蒸発させた。

いつか自分の手の中から離れていくものにしろ、宝石とたったひとりで向き合えるこの瞬間を、その刹那の快感を、じつは自分はいちばん愛しているのかもしれない。るり子はときどき自嘲気味に思う。

（いってもいい？）

礼儀正しい純は、見慣れたこの部屋の暗闇でもリゾート旅行に出かけた朝日の中でも、るり子の上でいつも尋ねる。

（うん）と、るり子は声にならない吐息でこたえる。

彼に抱かれることは、るり子ももちろん嫌いではなかった。ただ、〈いくこと〉をいまだ知らない彼女にとって、正直いえば純のそれもいつだって構わなかった。

純や、今では名前も忘れてしまった2〜3人の男たち。

彼らがどれだけ自分を丹念に愛し、体をくまなく探検しても、彼女が愛する一流の絵画やアートの洪水を浴びても、決して掘り当てられることのない〝奥底〟の存在を、幼いころからなぜかるり子は知っていた。

そこは、ひんやりとした分厚い門があり、重量感のある頑丈な鍵がかかっている。

ミサの毒々しい嫌味や罵声でも、もちろんビクともしない。どんな男たちでも探し当てられない。

なのに、本物の宝石に触れたとき……なぜか、その扉はあっけなく開き、ダムが決壊したように奥底から熱い溶液があふれだす。そしてるり子の血流にくまなく注がれ、彼女はうるみ、みなぎり、熱くなる。

加工など、できればしたくない。このままが、いちばん強くわたしをつらぬく。

そして、誰も知らない世界の果てまで持ち去りたい、という思いを必死に抑え込むM的な快感もまた、るり子を虜にしているのかもしれなかった。

（……それにしても、あのゆみかに、この石はもったいないわ）

裸の爪にささくれだった指先で翡翠を手渡したクライアントを思い出し、るり子は深いため息をつく。

自分の美しささえ粗末にあつかっている女に、どうしてモノの真価がわかるだろう？

――そのとき、くもったバスルームの鏡の奥に映った自分の横顔が視界をよぎり、彼女はハッとする。

ミサに似た、細面の高い頰に影が差す、意地悪な魔女の顔のように見えた。

慌ててバスルームを出て、タオルで足をぬぐい、路地裏のあの猫のように俊敏に再び純のベッドに戻る。

そして、汗ばんだ男の胴に白い手を巻きつける。

ＡＭ２：25。

ベッドサイドの時計がカチカチ時を刻む音が、再び聞こえ始める。ビールを３本飲んだ純が、かるい、健やかないびきをかいている。

思わず頰をつまむ。ううんとうなって、純が寝がえりを打つ。酸味のある生々しい男の匂いがるり子の鼻先をついた。

戻ってきた。

（飼い主じゃない。この体、いつのまにか救命ボートみたい）

るり子は突然そう思った。でも、わたしは……何の渦にのまれて、溺れそうになっている？

その理由を突き詰める間もなく、襲ってきた睡魔に引きずられ、彼女は深い眠りに落ちた。

夕暮れのカフェ・プレリュードでは、エディット・ピアフのナンバーが演奏されていた。

ゆみかの２回目のインタビューがほぼ終わり、るり子が紫色の取材手帳を閉じたとき、タイミングよく婚約者の小林があらわれた。

「あ、孝介さん」

ゆみかはパッと顔を輝かせたが、るり子は思わず、口にしていたグラスの水を吹き出しそうになる。

「どうも、どうも、お世話になります」

使い込んだ黒のナイロン・バッグをななめがけしたまま頭を下げ、席についた男の台詞、顔、丸メガネの形まで……湯島の実家に出入りしていた酒屋の息子に瓜二つだったからだ。

「小林と申します、大英社で文芸の編集をしています」

あれ、どこにいったかな？　とカバンをまさぐりながら、赤いインクがついたままの指で名刺を取り出す。

「なんか、ダサいっていうか、とっちゃん坊やみたいなんですよねえ……あの人」と、今日もゆみかはまるで他人事のように呟いていたが、小柄で腰が低いからか、少なくとも20代には見えない妙な落ち着きがあった。童顔に似合わぬ若白髪のせいかもしれない。

「真行寺です。フリーでジュエリーのデザインをしています、このたびはお世話になります」

るり子も頭を下げながら、定型より一回り小さいサイズの名刺を渡す。四つ角を丸め、銀色の細いフォントで名前とメールアドレスだけを印字したこだわりの名刺だった。

「どうも、こちらこそ。すごいですね、その若さでフリーでやってらっしゃって」

「いえいえ、まだまだ駆け出しで勉強中なのですが。ジュエリーが大好きなので、精一杯やらせていただいています」

「それが大事ですよね、なにごとも」

「またあ、おじさんくさいこと言って」

ゆみかがのんびりした突っ込みを入れる。

「あのね、ブローチかチョーカーがいいんじゃないかって。けっこう大きさもあるし、翡翠はどうしてもクラシックな印象があるでしょう。普段使いの指輪やネックレスにするには重すぎるんだって」

先ほどのるり子の説明を、ゆみかは隣にいる婚約者にほぼそのまま伝えている。

「へえ」

世の中の多くの男たちと同様に、小林もジュエリーには興味がないらしい。

「真行寺さんは、小説は読まれます?」

メガネの中心をひとさし指で押さえ、位置を正しながら尋ねる。

「ごめんなさい、最近のものはあまり……」

元俳優で文学賞を受賞し、去年話題になった作家を担当していると、ゆみかから聞いていた。

「いいんですよ。仕事柄大きな声では言えませんが、プライベートでは僕もそうですから。かといって、いまどきの子たちに人気のケータイ小説もよくわからないんですけどね」

と頭をかいてみせつつも、正面のるり子から視線を離すことなく小林は続けた。

「でもそうだなあ、真行寺さんはサガンやデュラスってイメージがありますが。フランスの女流文学とかはお好きではない?」

「いいえ、本当にごめんなさい。私はどうも感覚的なタイプで……写真集や絵のほうが好きです。でも、谷崎は読みました。『細雪《ささめゆき》』とか『瘋癲《ふうてん》老人日記』とか」

「おお。お若いのに珍しいですね」と小林がメガネの奥のくりっとした目を輝かせた。

「あ、宝石も出てきますもんね。あれはなんの石だっけ、あのセクシーなお嫁さんがエロじじいにねだる……」

「孝介さん、わたしわからない、その話」

ゆみかが小さく、でも不快感をにじませて言った。

会話が途切れ、いっしゅん静寂が訪れた。


「あ、小林さん失礼しました、お飲み物は？」

水も目の前にないことにやっと気づき、慌ててるり子がウェイターを呼ぼうとすると、

「いいの、るり子さん。もうそろそろいい時間だし……」

小林のほうも見ず、暗くなった銀座の街を見下ろしながらゆみかが真顔でひきとった。


るり子が支払うと言ったのに、大丈夫です、落としますから、と小林がウェイターを呼び、チェックを求めた。

「編集者って、何でも経費で落としちゃうの。万葉さんなんて、取材旅行のときには財布も持っていかないいんですよ、わたし最初はびっくりしちゃって」

あっさり機嫌を直したらしいゆみかは少し得意げに言い、「じゃ、ちょっとトイレへ行ってきます」と席を立ちあがった。

ソファ席で伝票にサインをしながら、あ、と言って小林が面を上げた。

「万葉先生といえば……真行寺さんも、先生のご紹介でしたよね」

「はい」

小林は、じっとるり子を見た。

「るり子さんは大丈夫ですか？」

「え？」

「いえ、すみません。じつは僕、万葉先生には新入社員のころから目をかけていただきまして」

るり子の怪訝な表情に気づくなり、小林はさっと語調を変えた。

「先生が〈獣のやうに、愛のやうに〉で女流短歌賞をおとりになって、一躍大スターになったころですよ。やあ、来月の大英社賞のパーティーにもいらっしゃるんじゃないかなあ、選考委員もしてらっしゃるし。あ、ゆみかも連れていくんですが」

大学生のようなラフな格好をしているとはいえ、やはり一流出版社の編集者なのね、とるり子はようやく納得する。同じような愛嬌のある丸顔でも、ミサに怒鳴り散らされていた酒屋の三ちゃんとは違うのだ。

「先生のおかげで知り合ってこうして彼女と結婚するわけですし、さらに頭が上がらないんですけどね」

小林は、話を微妙にそらしたままわざとらしくペンで頭をかいてみせた。

そのとき突然、どこの席からか、まだ足取りのおぼつかない小さな子供が走ってきた。

そして、小林の席に足をひっかけたらしく、前のめりに転んでしまった。

あっ、とるり子は思ったが、ソファに座ったまま、正面で火のついたように泣いている子供を眺めていた。すると、小林が、思わぬ身のこなしでサッと立ち上がり、子供を抱きかかえ膝に座らせる。

「よしよし、だいじょうぶ、お母さんはどうしたの？　あ、おじさんじゃダメか。綺麗なお姉さんならいいですか？」

イヤイヤしながら小さな手で小林の顔面を力いっぱい押しのけている男の子が、るり子のほうに差し出された。

るり子は曖昧にほほ笑んだが、どうしても手を差し出すことができず、ソファに張り付いたままでいた。

知らない大人たちが怖いのか、いまや子供は転んだショックよりあきらかな〝恐れ〟に顔をゆがめて声を張り上げ泣いている。

その全身を振り絞るような声を聞いているうちに、るり子は動悸が高まり、手に汗がにじみだした。いけない、ととっさに彼女は自分の手の甲に爪を立てる。

慌ててかけよってくるウェイターと不思議そうな小林の視線の板挟みに動揺し、目線から逃れるように振り向くと、いつのまにかゆみかが後ろに立っていた。

その光景を眺めながら、口を開け、ぼうっと所在なげに突っ立っている。

「ゆみか？」

小林に声をかけられ、ハッとしたようにゆみかは「えへへ……」彼女特有の気弱で媚びるような笑顔をこしらえた。

しかし、再び席につこうとも子供のほうを見ようともしない。

そして小林のナイロンパーカのフードを引っ張って「行こう、孝介さん、いこ?」と言った。

その幼女のような仕草と逼迫した表情を見て(もしかしたら?)とるり子は思った。

両親が揃っているとはいえ、ゆみかも、十分には抱かれて育っていないのかもしれない。

そして、その満たされなかった穴から何かが浸水し、溺れ流されていきそうな自分を……、この世界にとどめようと必死にもがいているのかもしれない、と。

クライアント/ゆみか(26歳)
○プロフィール/フリーター、結婚前
○カラー/オリーブ、グリーン、オレンジ色、虹色(?)
○好きな街/メルボルン、ホノルル
○趣味/旅行、手芸(ハワイアン・キルト)
○好きな雑誌/with、sweet、GINZA
○憧れの女優/キャメロン・ディアス、梨花

打ち合わせを終え自宅に戻り、最近お気に入りの桜の花びらを浮かべた紅茶を入れてからソファに座り、るり子はさきほどの取材メモを丹念に見返した。

好きなブランドから時には愛用の文具やランジェリーの素材まで、クライアントから事細かにインタビューすることで、より立体的な〝その人の世界〟を構築する。

そこから、尖ったノミで削り取るようにジュエリーを形づくっていくのが、るり子のやり方だった。

彼女は美しい質問だけをする。女性たちの夢や憧れや意志……宝石とは、曇りのないそういったものの結晶のように思うからだ。

ところが、生身の女たちは、対面を重ねるうちに、必ずといっていいほどグレーの苦悩や生ぐさいため息をもらしはじめる。

「口内炎が、治らないんですよね」

るり子がすすめたケーキを断りながら、今日も、ゆみかは片頬を押さえ口元をゆがめてみせた。

「週2のバイトと式の準備ぐらいで、もう寝る時間もたっぷりあるし、幸せなはずなのに……なぁんか不眠気味なんです。結婚情報誌とか見てても、胸がつかえて滅入ってくるんですよ。これって、マリッジ・ブルーなんでしょうか。わたし、気がきかないでしょう？　自信ないんです。孝介さんはそれがいい、って言ってくれるんだけど……あの人の家は堅いんです。お父さまも大学教授だし……」

（あ、うちも）と言いかけて、るり子は口をキュッと引き締めた。彼女はクライアントであり、友人ではなかった。

「一族中、校長先生や教職者が多いみたいなんですね。わたしは、彼の仕事だってわからないし……正直、文学や小説なんて面白いと思ったこともないんです」

幼い子供が指折り数えるように、自分の欠点をあげつらっていたゆみかと、帰りには抱きかかえるように彼女を支えて去っていったメガネの小男を思い出しながら、るり子は、今日もガラスのテーブルの上で深いグリーンの光をはなつ翡翠を眺める。

「万葉さんにも……本当に常識もなけりゃ教養もないわね、うちじゃなきゃ秘書なんか金輪際つとまらないって呆れられっぱなしで。孝介さんとつきあい始めたころも反対されていたんです。若さや美貌なんてほんとうにはかないんだから、そういう女は賞味期限が短いの。小林もあれで計算高い男だからねえ、いいとこだけついばまれて、絞りきられたボロ雑巾みたいに捨てられても、私は一切合財知らないわよ、って」

そのとき一瞬るり子はペンを止めた。カフェ・プレリュードで声をかけられた初対面から数えるほどしか会ったことはないが、万葉の口からは、愛想のいい褒め言葉しか聞いたことがない。

あの万葉も、そんな底意地の悪いセリフを吐くのだろうか。

そんなゆみかのインタビューを振り返りつつ何とも言えない不安に襲われはじめたころ、見透かしたように携帯が鳴った。

母親のミサからである。

時計を見ると、すでに18時を回っている。

土曜日のこんな時間に何の用かと一瞬嫌な予感がしたが、るり子は出た。

「はい」

「何してンのよ」

いつものように、鼻先にカウンター・パンチをくらわすような物言いである。芸者業を上がったあとも、喫茶店という客商売や趣味の唄を続けているせいか、声にみなぎるような張りと艶がある。

「何って……仕事よ」

慣れているとはいえ、るり子はついむっとした声を出す。

「そうなんだ。石の仕立てだなんて儲からないのによくやるね。あんたも山岡さんみたいに石ころがしやりゃあいいのにさ。こないだも、ブラジルだかどっかのでっかいダイヤをアタッシェで運んできて芦屋のマダムに流したら、1億の上がりが出たって言ってたよ。それより聞いてよ、章江がさあ」

芸者時代からの妹分についてひとしきり毒を吐いたあと、「今夜何してるのよ?」思いついたようにしゃらりという。

「だから、仕事しているの」

るり子は思わず身を固くした。

「ピアノは?」

夕方早々に店を閉める土曜日の夜は、個人レッスンのはずだった。

「それが、さっき銀座まで出てきたところで携帯が鳴ってさ。先生が急病だって言うんだよ。ヤンなっちゃう、これからあんたのとこちょいと寄るから、いいね」

有無を言わさず電話は切れた。

慌てて作業台やテーブルに広げた資料を片づけ、翡翠をシルクの袋に入れ、クローゼットの奥にある鍵付きのジュエリー・ボックスにしまう。そのとき、インターホンがいらだつように連続して鳴らされたので、るり子は手にしていた金色の鍵をとっさにブラジャーの左胸に入れた。

「エレベーターの電気が1個切れてた。いやだねえ」藤色のコートを着たミサが現れた。いつもの練り香水のにおいがふわりとした。

「ココ、管理費いくら払ってんのよ。薄暗くってさ、危ないじゃないか」

顔を合わせるなりケチをつけるが、小さな口元は輪郭をきっかりと紅色に彩られ、衿元に巻いた卵色のシフォンのストールが、顔色をやわらかく春らしく見せていた。

るり子は黙ってキッチンに立ち、何を飲むか尋ねると、お茶がいいという。

「ごめん、日本茶は切らしちゃってるの。紅茶でいい？」

「いいけど。あ、これ食べようよ。かりんとう」薄茶色に揚げられたそれは、ミサの気に入りの湯島銘菓で、小さなころからいつも家にあった菓子だった。

「今日は先生にもあげようと思ったのに、あったまきちゃうわよ。ああ、なんかどっと疲れちゃったぁ」

ソファに座らず床にぺたっと座り、お気に入りの黒真珠の指輪を光らせながら、天井に向かって伸びをしている。そして、チェックするようにぐるりと部屋を見回しつつ「今日は本当に出かけ損だよ。湯島もイラン人が増えたけど、土曜日の銀座もすっかり中国人のイモ洗いだね。銀ブラする気力もわきゃしない。ところであんた、晩ごはんはどうするの」

紅茶を持っていくと、ミサの癖である下から見上げるような視線で言う。

その下まつげに紫色のマスカラが塗りつけてあることに気づき、るり子ははっきりとした苛立ちを覚え、ミサの顔から目をそらすとテーブルの上のかりんとうを見つめながら言った。

「わたしはいらない。夕方、打ち合わせで軽く食べたから。それだって、いつもお母さんしか食べないじゃないの」

ジュエリー・デザイナーとして独立したのをきっかけに実家を出てから、母親と食事をしたり時間を過ごすことを、彼女は極力避けていた。

「それに、デザインを決める締めきりが迫ってるの」面をあげ、きちんと目を見て言う。

「静かに集中しなくちゃ、浮かんでこないの。わからないかもしれないけれど、わたしの仕事にはとても大事な時間なの」

腹に力を込めて真剣に見つめないと、この女はすべてごまかし、自分のいいように物事を運んでいくのだ、とるり子はすでに学習していた。

「へえ、それは邪魔して悪うございました」

が、言葉と裏腹にミサは少しも悪びれない。

「じゃあさ、明日うちに来たら」

「え」

「上野の伸さん、覚えているだろ?」

かりんとうをかじりながら、しれっとミサが言う。心臓の上にある金色の鍵がヒヤリとした。

「あの議員のだよ、立派なひげの。今日お店のほうにいらしてくださってねえ、え、覚えてない。いやな子だね恩知らず。とにかくさ、5年ぶりかな、懐かしいってんで上等の肉を届けてくれたんだよ。生でも食べられるような松阪牛。あたし嬉しくてねえ、気持ちが嬉しいじゃないか。でさ、ひさしぶりにうちですき焼きをやろうと思ってさ、あんたも来たらいいじゃないか」

ミサがじぶんの目を見ず機関銃のようにまくしたてるときは、良心のかしゃくがあるときだと知りつつも、その女らしすぎる一方的な話しぶりには、あてられるものがある。

るり子は、細かな反論や追及をする気力が失せていくのを感じた。

「行けないの。じゃあ、仕事が忙しいから」

お茶を一杯だけ飲ませ、追い立てるように帰してしまった。

部屋に完全な静寂が訪れたあと、べったりと口紅がついた紅茶のカップを洗いながら、再びるり子は猛烈に腹が立った。

(行かなきゃいけない理由がないわ)

第一、あの砂糖と醬油をどぼどぼと入れた濃い味付けのすき焼きが、少女のころから彼女は大嫌いだった。すっかり忘れていたけれど、父親づらして家にわがもの顔で入り込んでくるあの議員も大嫌いだった。脂ぎった不潔な顔。ざらついた手、ひげ、いつまでも残る両切りピースのにおい。何より……65を過ぎた今も、毎月のように衿足にまで剃刀を当てているミサ。

そのくせ、犬や猫のように肉をもらってはしゃいでいる母親はほんとうにいやらしい、とるり子はにがにがしく思う。

(あの男に、わたしたちがどんな仕打ちを受けたか、まさか忘れたわけじゃないでしょうね)

考えてはいけないと思いつつ、葬り去ったはずの記憶がどろりとした黒い感情とともによみがえり、慌ててジュエリー・ボックスの鍵をあけ、翡翠を入れたシルクの袋を取り出す。

布越しにも手のひらに伝わってくるその冷たさと重量感が、るり子を少し落ち着かせた。

「翡翠だけ残して勝手に生きた祖母を、いまだに許せないという母の気持ちも、わからないでもないんです。わたしも……母のこと、本当は好きじゃないんです。何か、醒めて見てしまうんです。どうしてだろう。やっぱり変ですよね、わたしのうち。いいえ、変なのはわたしかも。ほんとうに自信ないんです。大丈夫かな？　こんなわたし。結婚なんかして」

2回目の対面で、心を許し始めているのだろうか。カフェ・プレリュードでの今日のゆみかは不安を隠そうともしなかった。

るり子はとっさに何も言えず、ひたすらノートの罫線を見つめながら、静かにペンを走らせていた。何か言ったら、じぶんも泣きだしてしまいそうだったのだ。


気がたかぶったせいかデザイン・ワークもなかなか進まず、ベッドに入ったのは明け方だった。食事もとらずに紅茶とコーヒーばかり何杯も飲んだので胃のあたりに不快感はあったが、それでも8時すぎにるり子は目を覚ました。

美術部に所属していた高校生のころから、彼女は寝坊ができない体質だった。それは、純の腕の中でも、タイムカードを押す必要のないフリーの身になっても同様で、カーテンから差し込む少しの光や世界がざわめく物音で、彼女はあっさり目を覚ます。年のわりにいつまでも宵っ張りで、今でも時間があればあるだけ寝ていたい、というミサとは正反対だった。「モーニングなんて冗談じゃないよ」と、湯島の実家の一部を改築して始めた喫茶店も、午後からしか開けていない。

デスクとキッチンの切り花の水を替えてから、バスタブに湯を張りにいき、少し考えて、亜子にメールの返事をする。

『気晴らしに、映画にでも行く?』という彼氏と『いい新玉ねぎとベビー人参ができたから、ちょっと届けに寄ってもいい?』という親友のメールを天秤にかけ、るり子は親友のメールを選んだ。

純にもとても会いたかったが、新しい部署に異動してから彼の残業も増えている。「るり子に会えることが、俺の生きがい、元気のモトだから」〝純ちゃんコールは24時間受け付け中〟と純はいつも目じりに優しい皺をつくって笑うけれど。彼に会うと何かがぷつっと途切れてしまうから、とるり子はよく自分をとどめる。


掃除機をかけ、入浴してからヨーロッパの女優たちの写真集を眺めていると、紙袋いっぱいの野菜を抱えた亜子がやってきた。

「絶品野菜で、ごはんつくってあげるから」途中で寄ってきたらしく片腕にはドン・キホーテの重そうなビニール袋まで下げている。

「相変わらず青白いわね、やっぱり何もないし! 何食べて生きてんのよ」と遠慮なくるり子の顔色と冷蔵庫をチェックしつつ、狭いキッチンで大量の野菜を洗って刻みだし、あっという間に野菜のドライカレーと新玉ねぎのサラダをつくってくれた。

鼻歌まじりにドライカレーをよそう亜子を眺めながら、るり子はぼんやりお茶をすする。

(亜子の気配って、にぎやかだけど優しいわ。お母さんが来るとあんなに神経に障るのに)

派遣の先輩として紹介された出会いのときからそうだった。亜子の物おじしない態度や、自分の家でとれた季節の野菜を新聞紙にくるんでデスクに配り歩くような親切さに「デリカシーがない、田舎くさい」と陰口をたたく人もいたけれど、るり子にはそうは思えなかった。

元同僚や上司の近況や亜子の明るい笑い声を聞きながら、香ばしいドライカレーと新玉ねぎのサラダの昼食をとり、コーヒーを飲むと、るり子もようやく指先にまで血が通ったような気がした。

「だから、生命力がある野菜を食べてないからよ」と、今日も光る頬でにんまりと亜子が笑う。

「裏の〝結市場〟で、たまに買ってるわよ、有機野菜とか果物」とコンビニ食が嫌いなるり子は反論したが、「あんなの高くて、気軽に使えないじゃない。それに週に1回くらいじゃダメなの。野菜は毎日毎日、旬のものをどっさり食べなくちゃ」と一蹴する。

そして、「爪見せて」とやおらるり子の手をとる。彼女の手は、ホカホカのパンのようにいつも温かく柔らかかった。

「何なのこの細っこい指は……うっすいし。ああ、やっぱり半月が出てない！」大げさに、黒豆のように愛嬌のある目を見開く。

「半月って？」

「ここ。爪の根元の白いところ。おばあちゃんが言うには、これは栄養のタンクなんだって、ほらあたしは10本ばっちり」自慢げに両手を広げてみせる。

銀行の窓口の女の指を見てさえ、この手には何の石が似合うだろうかと当てはめる癖のあるるり子も、不思議と亜子の手には想像が走らない。赤ちゃんの手のようにふっくらとしてあまりにも欠けがなく、宝石で彩る必要性を感じないからかもしれない。

「ね。しかもうちの女は3代みんなばっちりなんだよ。年中うちの野菜を食べてるから、お母さんもおばあちゃんも全部半月が出てる。70過ぎても毎日畑に出て、病気ひとつしないしね」

「すごいわね」

「いや、感心してないで。きんぴらや人参のマリネもタッパーにどっさりつくっておいたから、ルリルリも食べなさいよ。あのね、今年は人参とか玉ねぎとか根ものがすっごくいいみたい。肥料も替えてないし、同じ畑で同じようにつくってるんだけどさ、気候のせいかなあ、当たり年とダメな年がどうしてもあるんだよね」

亜子のカラダごと弾ませるような物言いには、含みや灰汁というものがなかった。

「でもま、こんなふうに一族元気でいられるのも、おてんとうさまと畑を残してくれたご先祖様のおかげだよ、っておばあちゃんがいつも言う。あたしだって、いつでも子供産めちゃうんだけどね」

……先立つ彼氏がいないだけで、と言いながらテーブルに突っ伏して、ひとりゲラゲラ笑っている。

その厚みのあるはずむ背中を横目に、るり子はじぶんの指をじっと見つめてみる。彼女の親指にも、1つだけうっすらとそれは出ていた。

『あたしらは堅気の女じゃないんだから』突然、ミサの口癖がよみがえった。そして、昨夜この部屋で見事な黒真珠を光らせていた、ミサの細い指を思い出す。『だからこそ、普通の奥さんみたいに見える服装をして上等の石を持たなきゃ。衿元だって抜きすぎるのはバカな女郎のやることさ。あんたも感謝しなさいよ、芸者組合で正妻の座におさまったのは、後にも先にもあたしだけなんだからね』と少し酔えば自慢をはじめる……まぎれもないじぶんの母親。

(正妻って。お父さんを略奪してたった3年で死なせちゃったくせに)とるり子はいつも鼻白みつつ、学生のころから渋好みだと言われ、洋服やジュエリーを選ぶときは、しぜん流行より品質にこだわっている自分を知っていた。

てきぱきと後片づけをする亜子を手伝いながら、あの指には半月が出ていたかしら、とるり子は一生懸命記憶をたどっていた。

夕方、買い物をしていくという亜子を中央通りまで送りがてら、るり子も、ＩＴＯＹＡに寄りクロッキー用紙や画材を買うことにした。イメージがやや詰まっていたので、新しい文房具で気分を変えたくもあった。

買い物を済ませ、日曜日で混雑する店内をやっと出たところで、見覚えのあるニット帽とカーキ色のジャケットが視界をよぎった。

「あ、田辺さん」思わずつぶやくと、「真行寺さん？」長身の女が振り向いた。ゆみかだった。婚約指輪のリサーチに、隣のティファニー本店をのぞいてきたという。わあ、毎日会えちゃってなんか嬉しい、と目を輝かせているので立ち話をしていると「ゆみか。まあ、どちらさま？」

前方から白いスプリング・コートを着たウェービー・ヘアの中年の女が戻ってきた。１７０㎝近いゆみかよりやや小柄な、しかし銀座の雑踏にパッとダリアの花が咲いたような、あでやかなハーフの美人である。

「あ、母です……」

ほころばせていた口を急にギュッと引き締めて、紹介しつつもゆみかはるり子から目をそらした。

「お母さま」失礼だとは思いつつ、るり子はその女性の彫りの深い完璧な横顔やフェラガモのパンプスに映える美脚をまじまじと見つめてしまう。ついでに思わず全身を眺めて見比べたくなるような、娘とはあきらかに異なる主張する美しさをはなっている。よく見れば目の形や全身の背格好は似ているのだが、そもそもどうしてこの二人が連れだって歩いているのだろう、と首をかしげたくなるほどだ。

「ママ、真行寺さん。あの、翡翠のデザインをお願いしてる……この近くにお住まいなの」

「まあぁ」とゆみかの母は目を見張った。そうすると、額に細かな皺がいくつか浮かんだが、両手を小さく挙げて驚いてみせる仕草といい、肉感的な唇と口角を引きあげるような話し方といい、まるでハリウッド映画の女優のようだった。

「いやだわ、こんなに素敵な人だなんて、あなた一言も言ってなかったじゃない」娘の肩を軽くぶちながら、「ほんとうに気がきかない子で」初対面のるり子に、親しげに目配せする。

その仕草も芝居のように明るく華やかで、るり子のほうが戸惑ってしまう。ゆみかは、祖母の形見の翡翠の重さに悩んでいた普通の主婦だと言っていたけれど、まるでイメージが違う。

「じゃあ、せっかくだから、これからみんなでお茶しません？　わたしもジュエリーのこと、ちょっとうかがってみたいし」

「いえ……」

とるり子が断りかけたとき、「もう、いいから」ゆみかがこわばった声でいった。

「嫌な子。何を怒っているのよ？」とゆみかの母親が素早く言い、おおざっぱに見せて勘は良い人なのだ、とるり子は思った。

「もう、ホント、いいから。じゃあ真行寺さん、また来週」とるり子にかたちだけ挨拶をすると、怒ったようにくるりと母親に背を向けて、ゆみかは一人すたすたと人ごみの中を歩きだした。

つぶしてもつぶしても膿んでしまう口内炎に悩まされているというゆみか。彼女の爪にもきっと白い半月はないのだろう、とるり子はゆみかの小さくなっていく背中を見送るように眺めながら、ぼんやりと思っていた。


「プロポーズ、ですか？　去年のクリスマスに、わたしたち、パースの天体観測ツアーに行ったんですよ」

最終デザインを決定する、カフェ・プレリュードでの3回目のインタビュー。

クライアントのゆみかは、先日の偶然の再会の話題から母親のことを尋ねているうちは、あきらかに気乗りのしない様子だったが、その話題を切り替えた瞬間、面をあげ鳶色の目を輝かせた。

「すごかったんです。山頂でバスから降りて、満天の星を見あげた瞬間、わたしクラッときちゃって……思わず抱きついたときに孝介さんにぽそっと言われて。ついウンと言っちゃった。こーんな近くに星が瞬《またた》いていて、現実感がぜんぜんなくって。まるで宇宙に二人で浮いてるような気がする空間だったから、不安とか細かいことが、どうでもよく思えたのかも。孝介さんとつきあいはじめてから、わたしますますバカになっているかもしれない」

心の底から笑うとき、彼女の片頬には〝ゆがみ〟の代わりにえくぼができるのだ、とるり子はようやく発見した。

「るり子さんはご存じですか？　南半球って、ほんとうに日本とは星の位置が違うんですよ。しかも、頭上にぶつかっちゃいそうなくらい、こぼれてくる星なんです」

別人のように饒舌な彼女のセリフが決定打となり、るり子の脳裏にも、銀河系の中でぽうっと柔らかな光を放つエメラルド・グリーンの惑星がくっきりと浮かびあがった。

天の川……ミルキー・ウェイに浮かぶ翡翠。

タイトルがひらめいた。

「ねえ、こんなのはどうかしら」

もってきたクロッキー帳に、さらさらとスケッチを描いてみせる。

まろやかな光を放つ翡翠は、宇宙でたったひとつの、ゆみか本来の魂。

それをペンダント・トップとしてのみならずブレスレットやチョーカーにも使える、この上なく贅沢で存在感のあるチャームに仕立てる。

恒久的に使えるプラチナにセッティングし、周りには、メレ・ダイヤを360度からの視線に耐えうるよう、モダンで立体的な配列にあしらう。

ミルキー・ウェイの表現にもこだわりたい。

セットで提案するペンダント・チェーンやバングルも、可能な限り華奢なプラチナを使う。そして、ホワイト・ゴールドの星を鈴なりに見えるよう仕立てたチャームをつける。

きっと、彼女の動きとともに流れるようなきらめきを放ちつつ、あの翡翠の美しさがぐっと力強く引き立つ作品になるはずだ。

「素敵かも……」

ゆみかも、祈るように組んだ両手に顎をのせつつ、すでにうっとりとしたため息をつく。

資産的価値を考慮するのなら、とるり子は正統派かつモダンなセッティングで指輪に仕立てることも提案はしたが、

「いいえ、そのミルキー・ウェイに浮かぶ翡翠がいいです」

と彼女は八重歯をのぞかせて、でもキッパリと言った。


翌週、デザイン画とラフな設計図が上がったので、るり子は、神南でジュエリー工房を経営する瀧川光次郎にアポイントを入れた。

「お、姫ですか。うーん、じゃ、来週水曜日の夕方。お茶タイム込み、40分でいい？」

約束の日の夕方、空也の最中《もなか》を手土産に瀧川を訪ねると、「どうも。腹減ってるので、失礼」とカタチだけ手刀を切ってみせ、研磨作業で真っ黒に汚れた指のままぺろりとデスクで3つも平らげてしまった。坊主頭で、まるで修行僧かその筋の人のような鋭い眼光をしているのに、じつは下戸で甘党なのである。

「エミちゃんありがと。コーヒー、姫もどうぞ。で、君のお仕事なんですけどねえ……」

デスクの脇にあるウェット・ティッシュで指をぬぐってから、るり子のデザイン画をまじまじと広げてみる。

「毎度、職人泣かせだね。いじめか？」

少し血走った眼で、ギョロリとこちらを睨んでみせる。

「ごめんなさい。細かすぎるのはわかってます。でもお願いしたい。できる限りはもちろん自分でします。ちょっとお目にかかれないような素晴らしい石なんです」

るり子のように工房を持たない若手デザイナーが宝石の加工を個人的に請け負う場合、腕がよく意思疎通のはかれるジュエリー加工の専門家との協力体制は必須だった。

作品のテイストが合うのでは、とジュエリー専門校のOBとして紹介された瀧川は、舞台美術家出身という異色の経歴を持っており、天才的な設計センスがある、とまで評する有名デザイナーもいる。

何よりも仕事に対する妥協のなさが評判を呼び、今では、いくつかの人気ジュエラーと契約を結ぶ、この工房のオーナー兼ジュエリー技師なのだ。

るり子のようなフリーの発注は基本的に引き受けない、という前提で会ったのだが、この工房で彼女の作品ブックを見たとたんに瀧川の態度は変わり『じゃ、合間あいま、ってかんじになると思うけど』と約束をとりつけることができたのだった。

今日も、彼は単刀直入に話しはじめた。

「でもねえ、まずこのフォルムに削る時点で、至難の業よ。翡翠でしょ? そうねえ。硬度はアレでも靭性《じんせい》が高いから、角度に気を配ればいけるのか……?」

今回も、眉間に思いきりタテ皺をつくりながらも、ピンクのポロシャツの背中をぐいっとひねり、後ろの書棚からいくつかの専門書を引っ張り出している。

検討に中2日くれ、と瀧川が言うので、3日後の土曜日に再訪を約束する。

瀧川のよい返事――ただし、数日のアシスタント業務とSホテルのケーキバイキングにつきあう条件付き――を手に入れることができ、るり子は近所の花屋で、思わず予算をかなりオーバーした薔薇の花束を作ってしまった。

あの石を、天性以上に、さらにきらめく存在としてこの世に新しく誕生させられる、という昂揚感がたまらなかった。

嬉しさと花束の甘い香りを大事に抱えて、るり子は渋谷駅へ向かいJR線に乗った。

「純ちゃん！」

高輪のエノテカ店内に入るとすぐ、奥のコーナーにいた純の姿が目に飛び込んできた。

「ねえ、聞いて」

「聞きます、聞きます」

ふさぎこんだり考えごとをして無表情になることが多いるり子のパッと晴れたような笑顔が、純は本当に嬉しいらしい。パリッとした薄いブルーのシャツと対照的に、くしゃっと崩れるように笑い、ワインを置いて体ごと彼女に向き直る。

純がるり子の肩に手を伸ばそうとしたとき、

「どのようなワインをお探しですか？　お手伝いさせていただきますが」

純と変わらないほど長身の男性店員が横から声をかけてきた。

「話はあとで聞いてね」とるり子が小声でひきとり、純をそっと店員のほうに押しやった。

「ええ。友人の新居祝い用に、赤と白1本ずつ選びたいのです。僕も彼らもそんなに詳しくないので、飲みやすく、できればホームパーティーで話題にしやすいものを。1万円前後で収まるようにお願いできますか?」

「そうですね。サンテミリオン地区のもので、ちょっと面白いものが出ています。醸造元が新種のぶどうの開発に成功したんです」

水を得た魚のように棚からセレクトをしはじめた店員の説明を遠くで聞きながら、

(いつだって純ちゃんにまかせておけばいいんだわ、この世界のことは)

るり子は、店内のガラス窓越しに品川駅前を行き来する雑踏を見下ろしながら思った。

先ほどまでの瀧川の工房の空間での熱のこもったやりとりに比べ、それはなんと彼女にとって現実感のない風景だったことか。

会計をすませた純に声をかけられたるり子は、そんな気持ちに一瞬でふたをする。そして、精一杯の笑顔をつくり、彼の腕をとって新築祝いのパーティーへとむかった。


瀧川のディレクションと夜を徹してのるり子の頑張りが相乗効果をあげ、期日の3日前に、予想以上に繊細なアクセサリーが完成した。

「受けとりがてら、お邪魔してもいいですか? アトリエの見学もしてみたいので」とゆみかは言ったが、やはりカフェ・プレリュードを指定して、夕方ゆみかと落ちあうことにした。

るり子の渾身の作品をおさめる瑠璃色のオリジナル宝石ボックスも、じぶんの名前にちなんで特別にあつらえたものだ。真珠色のシルクをしいた箱の内部には、ほとんど目立たないよう金繻子《きんしゅす》でrurikoとブランド・ネームを刻印してある。

その箱におさめ、薄紫の細いリボンをかけた〈ミルキー・ウェイの翡翠〉を渡すと、

「うわあ……」

ゆみかは箱ごと胸に抱きしめ、それからゆっくり箱を開けて、もう一度同じセリフを小さく叫んだ。

「るり子さん、ありがとうございます。あの翡翠がこんなふうになるなんて嘘みたい。来週の出版パーティーに、つけていきますね。孝介さんが担当した本も、何か受賞したみたい。彼の会社のみなさんに会うのは初めてだったりするから、けっこう緊張なんだけど」

今日のゆみかは、'60年代風のミニスカートにハードなウェスタン・ブーツ、そしてフェルトをパッチワークした、手製だというショルダーバッグをかけている。

そのバッグにつけられたピン・バッジやリボンと、翡翠をすぐ首にかけることさえできないゆみかの不器用なふるまいを見ていたら、先週からみぞおちあたりにひっかかっている小骨が、るり子の内部を再び刺した。

そのちぐはぐな雰囲気こそが、ゆみかだけが持つ愛らしさ、温度のあるオリジナリティ、魅力なのだ。ミーティングを重ねるうちに、るり子はすでに理解し、姉妹愛のような感情さえ持ち始めていた。

ただ、それを万人が理解するとは思えなかった。

先週の純の同僚のホームパーティーを思い出しつつ、るり子は一抹の不安を覚える。

でも、一介のジュエリー・デザイナーとして彼女にできることは、言うべきことを心をこめて伝えるだけだった。

「私が言うのもなんですが、本当に、このジュエリーはゆみかさんにとてもよくお似合いになると思います。型にはまらないデザインかもしれませんが、自由で伸びやかで、モダンです。そして、こんなにもなめらかなのに、じつは強い強度を秘めている翡翠は……本来のゆみかさんです。不安になったら翡翠に触れて、どうか思い出してみてください」

その晩、夜間指定にしていた母親のミサからの宅配便を受けとり、荷物をほどいていると、アトリエの電話が鳴った。

「はい」

「あの、あの……夜分すみません、突然ごめんなさい。田辺です」

ゆみかだった。

「それで、わたし……今、下にいるんですけれど」

「え？」

「ちょっとでいいです。るり子さん、会ってもらえないでしょうか。今日パーティーだったんです。でも、もうわたしダメみたい、なんです」

「ダメって……ゆみかさん、どうしたの？　大丈夫ですか」

わあ。

るり子の心配が胸をついたのか、ゆみかが電話の向こうで泣き崩れた。

「ご、5分待ってください」

慌ててコンタクトレンズを入れて、ゆるく髪を束ね、眉とリップだけ手早くメイクしてから、るり子は階下の小さなフロントに降りた。

婚約者としてお披露目されるパーティーのため、精一杯ドレスアップしたのだろう。

首の後ろで結ぶタイプの白いドレスに、珍しくパンプスをはいたゆみかが、そのリボンを小さく震わせながらフロントでうずくまっていた。


できれば、ひとけのない居酒屋がいい、とゆみかが言うが、向かいの秋田の郷土料理酒場に入る。るり子もはじめての店だ。

週あたまのせいか店内はガラガラだったが、明らかに浮いた雰囲気のるり子たちは、一番奥の4人がけのテーブルに通された。

「日本酒……たる酒をください」

女将さんに渡されたおしぼりでチーンと鼻をかみ、アップにしたヘアや濃いめのメイクもすっかり崩れてしまっているゆみかからは、いつもの野草のような魅力は薫らない。

まるで男にこっぴどくふられて疲れきった、場末の新人ホステスのようだ。

ドレスの胸元にしまってあるのか、チェーンのミルキー・ウェイは見えるのだが、かんじんの翡翠も見えない。

目の前で泣いているクライアントとこの突然の成り行きに、途方にくれたるり子は、仕方なくウーロン茶を飲んでいる。

ゆみかは、なみなみとつがれた日本酒が運ばれてくると、まるで水のようにぐっと飲み干して、じぶんの手元を見ながら言った。

「るり子さん、わたしもう、結婚はやめます」

「え?」

「ダメなんです。孝介さんが優しくても翡翠があっても、ああいう世界で奥さんなんてできない。わたし……逃げてきちゃったんだから!」

わあ。

また、つっぷして泣き出す。

奥の席とはいえ、狭い店内のことである。店の小柄な女将さんも、心配そうにカウンターからこちらを見ている。

軽く頭を下げながら、小一時間近くもかけ、ゆみかに話を聞いてみると、つまりこういうことだった。

九段下の名門ホテルで行われたパーティーで、その盛大さと、めいめいに盛装した作家や編集者たちが醸し出す慣れない空気に、受付で名前を書く時点から、ゆみかは「異分子感」にすっかり萎縮してしまったらしい。

万葉の秘書をしていたといっても、オフィスの電話番や資料やデータの整理、身の回りの世話程度で、華やかな席にはほとんど縁がなかったという。

頼りにしていた孝介には、上司や同僚に一通り紹介だけされ、あとは、担当作家のケアや挨拶まわりに忙しい彼に、ゆみかはパーティーの渦からぽつんと放り出された格好になってしまった。

「みなさん、受賞作家さんの本の話や文学やマスコミの話で盛り上がってて。わたしは気をつかって話しかけてくださった彼の後輩さんとも、ろくな会話もできなくって……。着物をお召しで、女王みたいな万葉さんには、あら、あんたも来てたの。翡翠、素晴らしくなったじゃない、宝の持ち腐れにならないようにね、なんて言われてしまうし。遠くから見てると、孝介さんも知らない顔で笑ってた。知らない人みたいでした」

つまみも食べずに4杯目のたる酒を飲みながら、いじめられた子供のように訴えている。

「男の人は仕事場だと違う顔になるみたいだから。それは仕方ないのかもしれないわ」

新居祝いパーティーでの居心地の悪さを思い出しながら、るり子は言った。いつにもまして明るくジョークを飛ばしたりまめに気遣う純。〝結婚し、都内にマンションを構えて子供を産み育てること〟が最高のゴールだという前提でやりとりされていた会話、ワイン、手作りのビーフストロガノフ。味なんてしなかった。

「……でも、わたしには何もない。それには変わりがありません。るり子さんや万葉さんみたいな才能もない。母のような美貌や如才なさだってない」

ゆみかが、やけになったようにはき捨てた。

「そんな。あの、さっきから、携帯が鳴ってるみたいだけど……孝介さんからじゃないのかしら？」

机に放り出された携帯電話がずっと振動しているので、るり子は気になっていたのだった。

「いいんです、そんな男は」

ゆみかがふらふらとトイレに立ち、どうこの場をおさめようかとるり子がため息をついたとき、再び携帯が鳴った。〝孝介サン〟と着信名が出ている。

いっしゅんためらったが、るり子は手を伸ばしてしまった。

タクシーを飛ばしてきたのだろう、30分もしないうちに、ガラガラと引き戸があいて、孝介があらわれた。

「ゆみか！」

「え？」

机につっぷしてつぶれていたゆみかが、顔をあげた。

「真行寺さん、すみません。ご迷惑をおかけしちゃって」

世間慣れした孝介も、今夜はうまく言葉が出てこないらしい。乱れた髪とタイを直しもせず、ゆみかの隣に座り、声をかける。

「ゆみか、大丈夫か？　どうしたの。帰れる？」

「帰らない、わたしはもう、孝介さんといっしょには帰れない」ともう一度つっぷして、イヤイヤをする子供のように頭をふっている。

「ごめんな」

メガネをはずしておしぼりで顔を拭いてから、孝介がぽつりと言い、意外なセリフにるり子は驚く。

「たる酒、俺にもください」

女将さんに声を張り上げて注文し、酒が運ばれてくるのを待たずに、孝介も話しはじめた。

「ゆみかを不安にしちゃったんだな、きっと。知らず知らずのうちに。すまない。俺も最近忙しかったし、余裕がなかったんだと思うよ」

聞いているのか眠ってしまったのか、ゆみかはぴくりとも動かない。

それでもいい、と思っているのか、孝介は独白を続けた。

「出版不況で、社内も本当に大変なんだ。今夜のパーティーじゃわからないかもしれないけれど、あれも、大げさに言えば最後の晩餐みたいなもの。みんな笑っているけれど、作家も編集者も上の連中も、誰も心に余裕がない。ゆみかが居心地が悪いのも、よくわかるよ。放っておいてすまなかった、ごめん」

ゆみかの髪をいたわるようになで始める。

「ゆみか。俺はゆみかに癒されてるよ。万葉さんとこで初めて会ったとき、あのうるさいスピッツがさ、君が入ったとたん大人しくなって。ホントびっくりした。〝わたしなぜか動物は得意なんですよ。吠えてるときは本当は不安なの。だから、そばで静かに聞いてあげて、それからなでなでしてあげればいいんです〟ってニコニコしてる君に、くらっときた。撃ち抜かれた」

まじめそうな顔をした男が言うとかえって生々しく、対面で聞かされているるり子が赤面してしまうようなセリフだ。

しかし、今夜の孝介の目には、るり子はうつっていないらしい。

「ゆみか。言えなくて悪かったけど、俺も異動になったんだ。文芸の部署が縮小されて、インターネット事業部に行ってくれって。まあ、やりますけどね。本づくりが子供のころからの夢だったからショックだけど、そこで新しいことを生み出そうと思う。ゆみかがいるから、なんかそう思える」

酔っているからだろうか、孝介も少し涙ぐんでいるようだ。

「どうしても、結婚してください。僕にはゆみかが必要です」

ゆみかが、ぐしゃぐしゃの顔をあげた。

「ええん」

孝介が手を伸ばし、彼女の頭をなでようとして、ドレスに隠れる翡翠に気づいたらしい。もう一度、ゆみかの胸元によく見えるよう、孝介がネックレスをはずし、そっとかけなおした。孝介の真剣な表情と両手の温かさに、安心したのか勇気づけられたのか。ゆみかは、目の前に掲げられ、今まさにじぶんの首にかけられようとしている翡翠をまっすぐに見つめた。すると、はれあがったまぶたの奥の瞳は、まさにミルキー・ウェイにたゆたうそれのように強い光を放ちだした。


オーストラリアの雄大な自然のもとではなく居酒屋の蛍光灯のもとだけれど、翡翠はゆみかの胸元で、やはり夢のように輝いている。

これが、本当の彼のプロポーズかもしれない、とるり子は思った。

第2章 ルビー

女流歌人の万葉《まんよう》の住まいは、皇居を見下ろすタワー・マンションの最上階、26階にあった。

「今度の日曜日、うちにいらっしゃらない？　ゆみかちゃんの結婚祝いをかねて、たまには昼食会でもしましょうよ」と、先週突然かかってきた電話口で、自宅が九段下にあることを聞いたとき、るり子の脳裏には、うっそうと生い茂る森の奥にたたずむ、古びた一軒家が浮かんでいた。

しかし、地下鉄の出口から徒歩10分余り、手帳に書いた道順通り歩いてきたるり子の前にあらわれたのは、歴史を感じさせる周りの邸宅や景観を無視してクールにそびえたつ、白亜のマンションだった。

フロントで初老のコンシェルジュに万葉と自分の名前を告げると、「ああ、今日は、華やかな会ですねえ」とまぶしそうに目を細めてるり子をあおぎ、「26階の、一番奥の角部屋ですから」と言いながら、すぐガラス扉をあけてくれた。

日曜の昼間だというのに人気のないエレベーターで、るり子は最上階まで上がる。

大きなガラス張りの窓の向こうには、はっとするほど美しい皇居の緑が見える。

物理的な高さもあってか、パンプスの足元が浮いているような心もとなさを覚えつつ、るり子が廊下を奥へすすんでいくと、白い鉄柱にツタやポトスがからめられたゴージャスな門扉があらわれた。

表札に「M・AKATSUKI／Y・TASHIRO」とある。万葉の家だった。

田代祐二は万葉の二人目の夫で、年下の売れない劇団俳優だ、と事前にゆみかから聞いていた。

万葉には最初の夫との間にできた小学生の男の子もいる。

「といっても、あの子は万葉さんやお手伝いさんにべったりで、田代さんにはちっともなついていないの。〝タシロー〟とか呼んでるんだもの、わたし、最初はびっくりしちゃった。え、日曜日？　子供はどこかに預けるんじゃないかと思うけれど、田代さんはいるんじゃないかなあ。地方公演でもない限り、いつもいるもの」

――でも、無口だしお部屋にこもってることが多いから、るり子さんも気を遣わなくても大丈夫ですよ、とゆみかは淡々と続け、「では、日曜日に。るり子さんに会えるの楽しみです」とほがらかに電話を切った。


ドキドキしながら、玄関のブザーを鳴らす。

万葉の家にかぎらず、他人の家を訪れるとき、るり子は必ず極度に緊張してしまう。

家庭のにおいや人の集まる生暖かい空気が苦手なせいもある。

しかしそれ以上に、どこの家庭にも、奥には必ず〝開かずの扉〟が息をひそめているのではないか、自分のあの「奥底」のように、と小さなころから本能的に恐れを感じていた。

目の前の真っ白な扉は、すぐにカチャリとひらかれた。

「真行寺さんですね、お待ちしておりました」

割烹着をつけた白髪の女性がにこやかにあらわれる。

「先生もお嬢様方も、もうお揃いです。ちょうど、お吸い物もできたところで、さあどうぞ」

どうやらお手伝いさんらしかった。

「あ、るり子さん！」

正午の明るい日が差すモデル・ルームのように整然としたダイニングに通されると、すでに重厚感のある大テーブルの中央に着席していたゆみかが、嬉しそうに小さく手を振った。るり子も軽く会釈をし、女たちの向かい側の席に着席する。と、ゆみかの胸元にじぶんがデザインした翡翠が輝いているのが目に入り、るり子がにっこりほほ笑んだとき、両脇の女たちもるり子に軽く笑顔を返す。

全員同年代、20代半ばだろうか。美しい女たちだった。

まるで合コンの席のように、３人が横一列に並んでいるさまは、すでに卓上に置かれている黒塗りの仕出し弁当とは、対照的な華やかさである。

しかし、ゆみかの右隣の女。

いま、るり子の正面に座って白ワインを静かになめている黒のサマー・ニットの女の美しさは、あきらかに際立っていた。

そこだけライトがあたったように、白く光るおもざし。手のひらほどの小さく顎のとがったフェイスライン。薄い肩に続く細く長い首。そして、沼のような湿気と陰りをたたえながらも、こちらにチラリと視線をやるときに、黒曜石のように妖しく光る瞳。

（女優さんかしら。確か、どこかで見覚えがあるような……）

内心首をかしげるるり子を知ってか知らずか、女は、急にグラスを置いて、口元を覆うこともなく、小さなあくびをした。化粧っけのない唇のせいか、口内からのぞかせるピンク色や舌の赤さがかえって生々しく見える。

人の胸を、まるで尖った何かでかき乱すような野蛮さをふくんだ女の美貌に、るり子は胸をつかれていた。

「いらっしゃい、これで全員お揃いね」

そのとき、タイミングをみはからったように、るり子の背後の扉から藤色の着物姿の万葉があらわれた。

まるで何かの合図のように、抱えていた朱色の花をいけたクリスタルの花瓶を、ドン、と音を立ててテーブルの中央に置き、るり子の隣に着席する。

宝石にしろ着物にしろ、万葉の審美眼《しんびがん》や趣味は確かで、今日の絽《ろ》の着物も、季節や年齢にふさわしい渋い色調のものだった。

しかし、猪首《いくび》で浅黒い彼女にはあまりうつっているとは言い難く、るり子は思わず、正面の若い女たちのしなやかな白い首を一本一本見直した。

女の指と同じように、彼女には、反射的に〝女の首〟に目をやる癖があった。

『るり子、不思議だねえ。醜女《しこめ》の首ってのは、決まって太くて短いんだ。あんたも十分気をつけるんだよ』と、ことあるごとに嘲笑うように言う母親のミサとともに、小学生のころから風呂上がりに首のストレッチをしていた影響かもしれない。

「花江さん、シャンパン」万葉が、パチンと指を鳴らす。

彼女のトレード・マークであるオカッパ頭や目じりにあまりにも太くひいたアイラインも、厚ぼったい皮膚と団子鼻を持つ、田舎くさい彼女の容姿を引き立ててはいなかった。

しかし、そこだけ小動物のような丸い寄り目やぽってりと大きな受け口に、どこか色気と愛嬌があり、恋多き歌人・平成の晶子というあだ名も、花街の出来事をかいまみながら育ったるり子には、案外すんなり受け入れられた。

万葉の声は、低くねっとりとしている。

「ええと。今日は、うちで秘書をしてくれていたゆみかちゃんの結婚祝いね。それで、といってはなんですが、玉村の特製仕出しをとらせていただいて、今、あたしが好きな女たちを集めさせていただいたというわけ。ちょうど花盛り、同じ年頃でね」

きめの粗い肉厚の頬をぐっと盛り上げ、るり子の肩に手を置きながら、クックッ、と押し殺して笑う。

お手伝いさんが運んできたポメリーを慣れた手つきでポンと開け、それぞれのグラスに金色のシャンパンをつぎながら、女主人はメンバー紹介をはじめた。

「この、あたしの隣の夕顔のような美少女が、真行寺るり子さんよ。こう見えて、気鋭のジュエリー・デザイナー。去年だったかしらね、新人ジュエリー大賞をとってから、あれよあれよという間に人気宝石作家よ。玄人筋にも注目されていて、全国にパトロンがいるようなものよ。あたしのような職業婦人より、若づくりに目がない有閑マダムのさ」

万葉のジュエリーを手掛けたことはまだなかったが、るり子はあいまいにほほ笑んだ。

それよりも、万葉のどこかトゲのあるもの言いに戸惑いを覚えていた。

「で、今日の主人公。田辺……いえ、小林になったのよね、大英の編集者とこのたびくっついて。小林ゆみか。モデルのなりそこねみたいでしょ、クォーターなのよね。だけど、自力で妻になったんだからたいしたもんよ」

ありがとうございます、とつぶやきながら、ゆみかも、困ったような笑顔を浮かべる。

（ああ、ゆみかが言っていたのはこのことね……）万葉の遠慮のない毒舌ぶりに驚きつつも、るり子は、内心ようやく納得した。

これまで面識がある程度という関係で外ですれ違ってきた限り、彼女は、年下のるり子にも異常なほど気を使い、ときにはクライアントを紹介してくれる、親切な中年文化人でしかなかった。だから、ゆみかに「先生は、本当にむずかしい方なんです……」と泣きべそをかかれても、よく意味が呑み込めていなかったのである。

「それから」こほんと咳払いをし、微妙に声のトーンを明るくあげて万葉が言った。

「あたしの新しい秘書、高梨円《まどか》ちゃんよ。帰国子女でヴァイオリンをやってたんだけど、肩をいためて今はお休み。短歌会にいらっしゃる内科医のお父様のご縁で、半年間だけうちに来てもらうことになったのね。可愛いでしょう。育ちが違うわ」

癖のない性格なのだろうか。円はセミロングのヘアをさらっとなびかせ「よろしくお願いします」と静かに頭を下げた。

「そして、女優の雨宮麻里衣《まりい》さん。ご存じよね？」

万葉が得意げに、しかし顎で彼女をさすようにして言った。

あ、と思わずるり子は声を出しそうになる。

恋人の純の家でしかTVや週刊誌にほとんど触れることのないるり子だが、電車の中吊り広告やインターネットのトップニュースで、彼女の顔と名前は何度か目にしたことがあった。

いずれも、スキャンダラスな話題だったような気がして、思わずるり子は顔を赤らめた。

「で、彼女、今度あたしの作品をモチーフにした舞台の主演女優を務めてくださるの。監督は、ロバート……あー、なんてったっけ？　円ちゃん」

「ロバート・キンスキーさんです」すかさず円がこたえる。

「それだ。横文字がどうも弱くて、ごめんなさいね。だから、パソコンもひらがな入力。その日本びいきのイギリス人の監督兼脚本家が、あたしの短歌に感激してくださったんだね、天王洲で舞台をやることになったんですよ。みなさんもよかったらいらして」

「もちろん行きたいです」空気や人の顔色を読まないゆみかが、隣に有名人がいるという昂揚感と好奇心を隠さずに言う。

「今日も、先生から麻里衣さんがいらっしゃるって聞いて、わたしもうドキドキだったんですよ。芸能人ってすごいですよねえ。テレビで見るより、細くってお綺麗で」

初対面の人間のそんな言葉や対応には、慣れきっているのだろう。

麻里衣は薄いピンクのネイルをほどこした指先で耳たぶをいじりながら、いえいえ、とつぶやくのみで、ゆみかと目を合わせようとはしない。

そして万葉やゆみかの顔ではなく、さっきから横目でゆみかの胸元の翡翠のネックレスに視線を合わせているようだ。

麻里衣がチラリと正面のるり子を見やった。

ドキッとしながらも、美しい彼女が何かを感じ取ってくれたような気がして、柄にもなくくるり子の心は高鳴った。

「舞台は、9月4日からで、千秋楽が10月9日です。もしお越しいただけるようでしたら、人数と日程の候補を私にお知らせくださいますか。ご招待席の手配をさせていただきます」

手帳を取り出すこともなくスラスラと円が言い、万葉は満足げにうなずいている。

「ありがとうございます。じゃあ、遠慮なく孝介さんとお邪魔しちゃおうかしら。あ、先生の新刊になるんですよね、なんていう舞台なんでしたっけ……？」

「『姫ざくろ』」

万葉より先に、突然、ピシャッと何かを投げつけるような調子で麻里衣が答え、一瞬しん、と卓上の会話が途切れてしまった。

「だから、今日はざくろの花を用意してみたの」落ち着き払った万葉が、場をとりなすようにテーブルの中央のバカラの花瓶を指差し、朱色の花弁をちぎって自分のシャンパングラスに浮かべた。

そして、グラスを高く掲げ「では、ゆみかちゃんのご結婚に乾杯しましょう。そして、あたしの舞台の成功にも、あなたがたの幸せにもね」

「赤い実うれゆく姫ざくろ」そうつぶやきながら、万葉は何がおかしいのか再び低く笑った。

梅雨の長雨で、いつもよりけだるい空気の流れるカフェ・プレリュードでも、麻里衣の存在感は、あたりとは違う彩度を放っていた。

さっきから彼女はアイスレモンティーをストローですすりつつ、るり子の目の前で、静かに彼女の作品ブックを眺めている。

後ろめたさを感じつつも、るり子は、そんな彼女を盗み見るように観察してしまう。

かなり小柄で薄い体型をしているせいか、存在感や華がある、というのとも違う。

服装も、薄いグレーのニットに白いパンツというなんの変哲もない服装をし、ほぼすっぴんに近いであろう薄化粧だ。

しかし、さっきから外国人客や商談中らしき中年男性たちが、落ち着かないようにチラチラとこちらをふりかえっては、次々に、魂を抜かれたような間抜けな表情を見せている。

男たちのそのような視線にはるり子も慣れており、純のやきもちや小さなケンカの種になったりもしていたが、これほどまでに絶え間なく、しかも全方位から粘っこい視線が注がれることはやはり初めての経験だった。

同性としてというよりも、美しいものを扱うアーティストとして、心の中でるり子は分析せずにはいられない。

市井《しせい》の女たちに比べてつくりが華奢だったり、生活感のないフェミニンなフォルムなのは、ミサをはじめとする芸者たちも同じだ。だが、麻里衣には、彼女たちの持つわかりやすい女の生々しさや欲望の華やかさはなく、その精巧で薄づくりの外観は、むしろ冷たく乾いて見え、一見はよくできた人形のようだ。

それなのに、瞬間、そして乱反射的に、人の心をかき乱すような妖しい光を放つ。

それが芸能人や女優というものなのだろうか。

「でも……麻里衣さん、大変ですよね。とても落ち着かないわ」

さっきから奥のピアノで、優雅にラフマニノフを奏でている女性演奏家の視線にまで気づいたとき、るり子は思わず脱力し、つるりと口がすべってしまった。

「いえいえ」

麻里衣は顔色ひとつ変えず言うが、さっきから膝の上の作品ブックと自分の左手首につけられた金色のカルティエの時計しか見ていない。るり子と話すときも、長いまつげは伏し目がちのままだ。完璧に、自らの視線であたりを遮断している。

「それより、先日は、本当に……」

「ええ、なんというか不思議な会でしたね」

るり子が言うと、麻里衣がカルティエをいじりながら、くすっと笑った。

つい数日前の万葉の家での昼食会は、結局盛り上がることなく約2時間で終わったのだが、デザートを食べているときに、突然、それまで無口だった麻里衣がゆみかの翡翠について質問をはじめた。

そして、るり子がそのデザイナーであり完全なフリーで仕事を請け負っている、と確認すると、『よかったらわたしもお願いできますか』と麻里衣は自ら申し込んできたのだった。

「――でも、よかったです。ずっと、もてあましている宝石があったので。これです」

セリーヌの小さな巾着バッグから、意外なほど大きな、黒いジュエリー・ボックスを取り出した。

無造作に手渡されたが、金の留め金がほどこされた箱は、それじたいも高価なものらしく、ずっしりと重たい。

「あけてもいいでしょうか」

無言で麻里衣がうなずいた。

それは、パールとダイヤが組み合わされた、大きなルビーの首飾りだった。イブニング・ドレスにしか合わせられないような、格式のあるものである。

「これは……よく見せていただいてもいいですか？」

「ええ」

ペンライトとルーペでさっと見た限り、ルビー自体は、〝ピジョン・ブラッド〟という鳩の血の色に例えられる、クリアな明るさの最高級のものではなかった。

しかし、石の奥に、藻にも似たインクルージョンの集合体が沈殿していることが、かえって凄みや奥行きを感じさせるような、どことなく重たい紅玉だった。

「元婚約者の、お母様にいただきました。那須のほうの名家のお嬢様で」

「ええ」

るり子は思わず目を伏せる。

その話は知っていた。麻里衣は、つい1年ほど前に、ＩＴ長者との婚約破棄で世間を騒がせていたらしい。その婚約者の家柄やビジネスから、その過程で、麻里衣が告白会見や映画の仕事をドタキャンして、しばらく芸能界から干されていたことまで。

——というのも、あの日の帰りがけに、万葉に『彼女のことなら、ウィキペディアで調べてみたら？　有名人の仕事を受けるというならね』と耳打ちをされ、インターネットでチェックしてみたせいだ。

おかげで、るり子は半日、頭痛と吐き気がするような思いをした。

事実かどうかは知る由もないが、そこに記されている「雨宮麻里衣」の25年間は、一世を風靡した日活スターが地方のスナックの女に産ませた隠し子である、というスタートから、あまりにもスキャンダラスで、人々の好奇の視線や下世話な関心にまみれていたからだ。

もともと芸能ニュースというものに関心がなく、また、クライアントに対してもできるだけニュートラルな状態で向かい合う方針のるり子には、結局のところ、それは余計な情報だった。

「あの、ごめんなさい……そのようなことを思い出させるご質問をしてしまって」るり子が根ほり葉ほりインタビューしたわけではなかったが、思わず謝っていた。

しかし、そう考えてみると、ゆみかの結婚祝いの席にわざわざ彼女を招待する万葉の神経も、出席する彼女自身もよくわからなくなってくる。

「いいえ、スッキリしています。もともと……なかったんです、愛や未来なんて。利害関係のようなものがあっただけ。芸能界と同じです」あは、と初めて麻里衣が歯を見せて笑い、それが不自然なほど白くビシッと彼女の口元で整列していたので、るり子はなぜか胸がきゅっと締め付けられる。

「ただ、このルビーが」

「――ええ、このままでは、なかなかつけていくところがありませんね」精一杯明るい調子でるり子は言った。

ところが麻里衣は、美しい顔を両手で覆い、悲しみの空気を全身で醸し出しはじめた。

「婚約をとりやめたとき、彼からもらったものも、写真も、思い出も、すべて処分したのですが……これだけはダメだったんです。返したくもなかった」

まるで用意されたセリフを読んでいるかのように、なめらかな言い回しだ。

「きっと好きだったんです、わたし」

「ええ……」

「ちがう、彼じゃなくて」麻里衣は顔をしかめてみせる。

「男はだめ。しょせんは、わたしの外見や体に群がっているだけだもの。信用なんてできないですよ、ましてや女優なんてしているとね、ココロまでは、誰も見てくれないんですよ。るり子さんだってわかるでしょう？」

「え……」

言葉に詰まる。

しかし、るり子の返事を待たずに麻里衣は続ける。

「でも、彼のお母様はちがったんです。麻里衣ちゃんは、前世でもきっとわたしの娘だったに違いないわ、と万華鏡から手鏡から、いろんなものをくださって。わたしが好きだったのは……そう、彼じゃなくて、あのたおやかで、昔のお姫様のようなお母様なんだわ」

先ほどまでのかたくなさとは別人のように、うっとりと潤んだ目で宙を見る。

その視線は、すでにるり子やテーブルのルビーすら見ておらず、ガラス窓に映った自分の顔に注がれていた。

「雨宮麻里衣？　知ってる知ってる！　確か、ウェブTENの社長と離婚だか婚約破棄だかした……。あの魔性の女でしょお？」

――亜子の声は大きい。いつなんどきも、腹の底から出しこちらの脳天にまで突き抜けていくような明るいソプラノである。

カフェ店内の客がいっせいにこちらを見たので、るり子は身のすくむ思いをする。

「お願い、静かに話して。雨宮さん、クライアントだから……」

『ほれ、医者や弁護士と同じ。ジュエリー・デザイナーだって守秘義務があるんだぜ』という先輩の瀧川の意見に、るり子は賛成だった。表現者であると同時に、女性のプライバシーや思い入れに素手で触れ、思いや憧れの美しい結晶を生み出す仕事を自分はしている、と彼女は感じていた。

「ごめんごめん、ごめんなさいよっと。でもさ」亜子は素直に声をひそめ、しかし身を乗り出して言う。

「やっぱり綺麗？　芸能人って。麻里衣って、性格、すっごく悪そうだけど？」

「とても、綺麗よ」

るり子は言う。

その言葉には自分の中から湧いてくる何か強い気持ちがあった。そんなとき、自分は美しいものへの無条件の尊敬を持っている、とるり子は思う。そして、自分が母親のミサをどこか好きになれないのは、〝ほんとうには美しくない〟と感じているからかもしれない、とふと思った。

つきあいの長い亜子は、るり子の静かな拒絶を察したらしい。

それ以上、麻里衣の悪口や憶測は続けず、コーヒーのマグカップを置いて姿勢を正した。

「しっかし、ルリルリも出世したよね〜」

「……出世?」

「だって、そんな有名人の宝石まで手掛けるようになっちゃってさ。あたしなんかまぶしいったら」大げさにおがむ仕草をしてみせる。

そこへ「お待たせしました」と滑舌のやや不明瞭な声が聞こえた。脚をひきずった若いウェイトレスが、ほうれんそうとじゃがいものキッシュとベビーリーフのサラダ、亜子イチオシの夏野菜のグラタンを運んできた。

「これこれ、うちの野菜だよ。見て!」

また幼女のように明るい声をあげ、店の壁にかかった黒板を差す。〝千葉県内・田中さんちのとれたて有機野菜〟と確かに書いてあった。

『昭和通りに障害を持つ人たちが働くカフェがあるんだよね。あんたんちに寄った帰りに、見つけてね。お店の雰囲気も自然派のメニューも気にいっちゃったから、オーナーを紹介してもらったの。で、うちの野菜を営業してみたら……扱われることになった!』と興奮した亜子からるり子が電話をもらったのは、つい先週のことだった。

「あたしもさあ、なんかしたいと思ってて」

亜子が言う。

「なんか？」

「ん？　こういうこと？」

木製のスプーンで、ホワイトソースとチーズのかかったブロッコリーをすくってみせながら、亜子がまじめな顔で言う。

「起業とまでは言わないけど。こうしてどんどん、よさげなところにうちの野菜を広めてみたいかな、って」

「ああ！　それは、素敵だと思う」とるり子は言った。ベビーリーフのサラダも、確かにスーパーで売っているよわよわしい野菜とは違う。苦みと甘みがギュッと濃縮された生きている味がする。

「ありがと。だって、いつまでも派遣をしているわけにはいかないじゃん？　会社だってどうなるかわからないし。ルリルリと違って、食わせてくれる男が見つかる気配もないしさあ」

ようやく、いつものおどけた表情になり、顔の真ん中に目や鼻をくしゃっと集めて、亜子がはにかんだように笑った。

「ところで、〝純サマ〟とはうまくいってる？」

「まあ、相変わらずよ」

その呼び方はやめて、と純も困惑しているのに、亜子は初対面からそう呼んでいた。

「いや、最近、彼の話あまり聞かなかったから」

それは事実かもしれない、とるり子は一瞬ドキッとした。

万葉の紹介以外にも、クライアントのマダムたちの口コミでるり子の評判は広がっているらしく、麻里衣のほかにも並行して手掛けるジュエリーは増える一方だった。そのため、瀧川の工房まで行っても純の家には寄れない日が続いていたのだ。

純のほうも、異動したばかりの企画推進部のキャンペーンでちょうど忙殺されており、この夏はゆっくり二人で過ごす時間が少なかった。

しかし、やっと純が遅めの夏季休暇をとることができたので、来週から二人でハワイへ行くことになっている。るり子にとっては、初めての海外旅行だ。

「ふうん。いいなあ、楽しんできて。でもさ、さすがの純サマだって、あせるんじゃないの？　最近のルリルリ見てたら」

「どうして？」

意外なことを言われた気がして、るり子はフォークを動かす手を止めた。

「あんた、最近変わったもの。うまく言えないけど、なんかね」

グラタンに目を伏せながら、亜子が一瞬、寂しそうな顔をしたような気がした。


ミルクレープ、ババロア、モンブラン、イチゴのショートケーキ。

気持ちいいほどのスピードで、銀色のフォークを器用に使い、瀧川は次々にケーキを平らげていく。今日もピンクのポロシャツを着ている。

「すごい。ホント甘党なんですねえ……」

るり子は感心してしまう。

「そうだよ。このガタイとツラだから、瀧川さんお酒が強いでしょう、ってよく誤解されるんだけどさ。馬鹿野郎、このカラダは生クリームとあんこでできてるんだっていうの」

照れ隠しなのか、ふだんよりぶっきらぼうにブックサと話す。

「姫がつきあってくれなきゃ、こんなとこそうそう来られないでしょ。喜んでますよ、いま、俺は」

「こちらこそ。翡翠の件、本当にありがとうございました」と言いながら、そういえば、30代も後半であろう瀧川には、奥さんや彼女はいないのだろうか？　と、るり子は、プライベートな関心を初めて持った。

さておき、事実、新宿が一望できる昼下がりのエレガントなスカイラウンジで、瀧川の存在は異様に浮いていた。

ミセスやOLたちの好奇の視線を感じながら、るり子は向かいの瀧川に言った。

「前から聞こうと思ってたんですけど……」

「何？」

「瀧川さんって、ピンクがお好きなんですね。シャツとかデイパックとか……なんか多いなあ、と思って」

そういえば、工房の前にアーチ形に植えられた大小の薔薇も、ピンクのグラデーションでいつもるり子を出迎えてくれる。中でも、〝アンジェラ〟と〝うらら〟という品種が好きだ、と言っていた。

「うん。あ、変かな？」

瀧川が、がっちりとした顎に手をやった。戸惑ったとき彼がときどきやる仕草だ。

「いいえ……」

不思議なことに、丸坊主で彫りが深く、どこもかしこもごつごつと節くれだっているような瀧川に、いつもピンクはよくうつっていた。ショッキングピンクも限りなく白に近い淡いピンクも、ジュエリー・デザインでの色彩感覚と同様、その使い方やセレクトに、どこかるり子をハッとさせるものがあった。青色が好きでよく身につけている純とは対照的である。

「そうだなあ……。なんか、好きなのね、ピンク。例の血の色みたいな〝魔性のルビー〟とは違ってさ、平和なかんじがするじゃん、和むでしょ?」

思わず笑ってしまう。でも、なんだかわかります、と付け加えたいと思ったが、るり子はすぐには言葉にできない。

「いいから、姫も食べなさいよ。これ、うまいですよ」

先ほど自分でつけたのか、顎にホイップクリームをつけたまま、瀧川がるり子のお皿にフルーツのロールケーキを半分切ってくれた。

帰り、るり子は会計のついでにおみやげ用の小さな箱を用意してもらった。

今夜、純は会社の飲み会で遅くなると言っていたが、合い鍵はポストに入れてある、とメールをくれたので、ケーキと一緒に、たまには彼の帰りを待ってみよう、とるり子は思いついたのだった。

ひさしぶりに高輪の純のマンションの鍵をあけると、むっとこもったような臭いがした。

洗われていないコップの置かれたキッチンやベッドルームも雑然としており、ベランダのポトスやアイビーの鉢植えも、こころなしか精彩を欠いている。

彼も忙しいのだな、とひと目でるり子は察し、真夏の日ざしが完全に落ちてしまう前に、窓を開けざっと掃除をすることにした。

ベッドサイドのチェストの上に、いつもの時計や書籍の間に、銀色のつるりとした袋に入った包みがあった。

なにげなく手にとり逆さにしてみると、ラベンダーの香りとともに、中から仔羊の形をした小型のピローケースと2つ折りのメッセージカードが落ちてきた。

見てはいけない、ととがめる心が動く間もなく、るり子の手は自然にカードをひらいていた。

『がんばりやの純くんへ。おかげさまで、ホンダ選手のキャンペーン大成功だったね☆　お礼がわりにミナコから、安眠のおまじないです。ぐっすり休んでネ♥　FROM西ミナ』

全身の血がサッとひくのをるり子は感じた。純が浮気――もしくは、同じ社内にこれほど親しくしている女性の存在があったとは。まるで特殊なフォントのように粒のそろった、綺麗な丸い文字で書かれた親しげな文面をもう一度さっと読みなおしてから、るり子は、ゆっくりとカードをたたんだ。そして、ピローケースと一緒に丁寧に袋に戻し、元通りの場所に置くと、ベッドルームを出てリビングへ移動する。

思ったより冷静だった。しかし、掃除を続ける気には到底なれず、彼女は西日が差すリビングのTV前のフローリングにペタンと座りこみ、壁のコルクボードに飾られた二人の写真を見た。初デートのディズニー・シー、純の親が会員だという浜名湖のリゾート・ホテルで初体験したセーリング、去年の夏休みに出かけた軽井沢。

（……純ちゃんが浮気？　いつから？　本当に？）

こういう場合は、誰に相談すればいいのだろう？　とるり子はまず思った。

生まれ育った湯島の家庭環境といい、職業柄接する人たちといい、人間の欲望が生み出す陰の部分には、年齢以上に自分は慣れている、というおかしな自負があった。しかし、恋人の純は、彼らとはまるで別世界の住民だと、わたしは子供のように信じ込んでいたのだ、とようやく気づくと、突然、みぞおちの奥のほうから「うーっ」という絞るような声がこみ上げてきた。るり子は驚き、はっと口元を押さえた。しかし、薄暗くなる帰り道、親からはぐれてしまった子供のような不安感が全身に広がっていくのを、抑えることはできない。

『あんたって暗い女！　青ざめた顔して、何だって黙ってじっと見てるんだもの。ちょっとくらい器量がよくたって、男はきっと重くなるよ』少女の頃から、バツの悪い場面に出くわすたび、ミサが先制攻撃のように投げつけた尖ったセリフがいくつも蘇る。

暮れていく夏の空を見るともなしに眺めながら、食事をする気力も湧かず、ぼうっとしたまま、何時間たったのだろう。チャイムが数回鳴らされ、酔っぱらった純が帰ってきたらしい。

「るり子さん、いるの？　ただいま〜。君の好きなハーゲンダッツ買ってきたよ」

上機嫌な、でものんびりと間のびした声である。

パチッと電気がつけられ、部屋が急に明るくなった。

「どうしたの、電気もエアコンもつけないで？」

今夜は白いワイシャツ姿の純は一瞬立ちすくみつつ、「……そっか。また何かアーティストモードに入っちゃったのか。うちのるり子先生は」とおどけながら、カバンをどさっとソファに投げ、ニコニコしながらるり子に近づき、腰を落として彼女の顔をのぞきこんだ。

「大丈夫？」普段は涼やかな純の目は赤みを帯びており、全身からお酒と真夏日に一日働いてきた男の匂いがプンと鼻をつく。

嫌だ、と思った瞬間、「やめて！」るり子はひっぱたくように鋭く、純のワイシャツの胸を押しのけていた。


「るり子さん……、どうかされました？　なんだか顔色が真っ青みたい」

ハット帽を目深にかぶった麻里衣が、心配そうにるり子を見つめている。額や眉が隠されているせいで、その黒曜石のような目の存在と白い肌のコントラストが、余計に強調されている。

麻里衣への2回目のインタビューは、カフェ・プレリュードではなく、この運河沿いの天井の高いホテルのカフェで行われた。万葉原作の舞台『姫ざくろ』の稽古が忙しく、銀座まで出向く時間がない。できれば天王洲に来てほしい、という麻里衣のリクエストに沿った形だ。

「いえ、大丈夫です。ごめんなさい、インタビューが途切れてしまいましたね」

自分の親指を軽く刺すようにして、るり子は慌ててシルバーのペンを握りなおした。

すっかり意識が飛んでいた。麻里衣の背中越し、ガラス窓の向こうに広がる運河に浮かぶヨットを眺めているうちに、浜名湖での純との思い出、そして昨晩のことを思い出していたのだった。不機嫌なるり子を心配しつつ、酔った純はそのまま寝てしまい、朝が来るとシャワーを浴びて定刻通りに出勤したが、ベッドで背中を向けていた彼女はそのじつ一睡もできなかった。

「もしかして、るり子さんも貧血かしら。わたしもそうなの、上が60もないから、起きられなくって。いっつも叩き起こされてる」

るり子とは対照的に、今日の麻里衣は機嫌がいいらしい。ペロリとピンクの下を出し、白いチュニックからむきだしの小さな肩をすくめてみせる。

「あ、マネージャーさんにですか？」

麻里衣は、母親が経営する個人事務所所属だと誰かが言っていた気がする。

その質問には答えず、麻里衣はわくわくする子供のように頬杖をつき、黒曜石を輝かせ、さらりと尋ねた。

「……まさか、妊娠？」

そして、ケラケラケラッと初めて聞くような高い声で笑いだしたので、るり子はびくっと身を震わせた。

「あ、昼間っから失礼ですね。いえね、わたしも去年おろしたんですよ、子供」チュッとオレンジジュースをすすりながら、まるで天候の話でもするかのように明るく言う。

いきなりそんなことを言いだす麻里衣の真意がつかめず、るり子は二の句がつげない。

戸惑うるり子に構わず、軽い興奮状態の麻里衣は、身振り手振りをつけながら続ける。

「なんと、婚約破棄した翌週に妊娠がわかって。処理しちゃった。でもね、不思議なんですよ。あの男や赤ちゃんにはちーっとも未練がないのに、あのルビーにはすっごい執着があるの。るり子さん、わたしは新型になったアレつけて、ドラマにもメディアにも出まくってやるの。すごくそうしたいの。だから、素敵なものを、どうぞよろしくね」

「…………」

「でもね」と麻里衣はようやく声をひそめて言った。

「るり子さんだから言うけれど……一番不思議なのは、万葉さんですよ」

「万葉さん？」

「わたしから言わせれば、あの人こそ〝魔性の女〟よ」

重大な秘密を告げるかのように、口元に人差し指を当てながら言う。

「だって、そんなこと、知人はおろかマスコミも誰も知るはずがないのに、これだもん」

『姫ざくろ』の白い台本をひらひらと振ってみせる。

「あの人、あのたっぷりした首の後ろんとこに、透視の目でも隠してるんじゃないかしら。それにあの人に会ったあとは、絶対わたし寝込んでしまう。何かを吸い取られたみたいに。ねえ、るり子さんはどう思います？」


天高く生い茂るココナッツやハイビスカスの香りだろうか。ホノルルの国際空港を出るなり、甘い香りに鼻孔をくすぐられ、何もかもが窮屈なフライトでも緊張しっぱなしだったるり子はようやくホッと息が吸い込めた気がした。

「いい香り……。空がほんとに青いね、純ちゃん」

やっと、いつものように、純のTシャツの裾を引っ張ることができた。

「でしょ？」

彼もほっとしたらしい。東京駅での待ち合わせから、アバクロのロゴTシャツとカーキ色のショートパンツ姿の純は、親指でグーサインを見せる。

互いにまとまった休暇をとるせいもあり、先週のあの晩からそれぞれ忙しい日は続き、『ミナコのピローケース』の件はおろか、現地での細かい行程について話し合う時間もなかった。

しかし、二人の間ですでに暗黙の了解になっている「純ちゃんにおまかせ」で、この日も無事にハワイを訪れることができたのだった。

新入社員研修と、すでに学生結婚して地元に住む弟の結婚式でハワイを訪れたことがあるという純は、ここでもいつものようにるり子の前をどんどん歩き、彼女をエスコートする。

市内へむかうシャトルバスの中で、「るり子に見せたいところが、ホントいっぱいあるんだよ。ちょっと体力いるからさ、るり子はちゃんとごはん食べて寝ること！　ＯＫ？」彼女の手をギュッと握りながら、目じりに優しい皺を寄せて笑う。

バスの窓から差す強い日差しにも負けないくらい、純の小麦色の肌は健康そうにピンと張っている。そして、ちょっと固いけれど、疲れたるり子がどんなにもたれてもビクともしない四角い肩。

……この人のことやっぱり好き、とるり子は思う。

午前中の早いうちに宿泊先の大型ホテルにつき、アーリーチェックインをしたあと、マウンテンビューのシンプルだが開放感のある部屋に入る。

「ごめんね、海が見えなくて。そこまでは、ちょっと予算オーバーでした」

後ろからるり子をふわっと抱きしめ髪の香りをかぎながら、純が申し訳なさそうに言う。

「ううん」とるり子は首をふる。この旅行は、チケット代以外を純が持ってくれていた。割り勘でいいとるり子はいったのに、彼にはめずらしく「そうさせてよ、ボーナス出てるし」とどうしても譲らなかった。

純の提案で、荷物を簡単にほどいてから、まずはランチがてら、ワイキキの街を散策することにした。

フロントを抜け、玄関に出たところで、赤と黄色のオープンバスが止まり、大きなショッピングバッグを抱えた日本人観光客が、続々と降りてきた。

純の手にひかれながら、それを横目で眺めていると、

「あれえ、純くん？　純くんじゃない？」

「うっそ、キャー！」

色とりどりのマキシワンピやTシャツを着た、3人組の若い女性たちが近寄ってきた。

「——え。おっと」振り返った純が、サングラスをあげ短髪にかけなおす。

「なあに、ハワイだったのね。すっごい奇遇。悪いことはできないねー、純くんもココ？」

「その方は彼女さん？　またまた、そんな大事そうにかばわないで。私たちにも紹介してくださいな」

3人のうちでも一番利発そうなポニーテールの女性が、好奇心いっぱい、という様子で目を輝かせて彼の後ろに半身を隠しているるり子をのぞきこんだ。

「るり子、なんと、同期の子たち。彼女は真行寺るり子さん」

あきらめたように、純がるり子を振り返りながら言った。

「お噂はよく。山口先輩が言ってたもん、純くんの彼女すごい美人だよって。はじめまして、私は高槻玲子です」ポニーテールが手を差し出すと、「谷村愛です」最もグラマラスなホットパンツの女性も手を出した。

「はじめまして……」戸惑いながらも、女性たちの明るい求めに応じて次々にるり子も握手をする。

最後に、黙って様子を見ていた茶髪にフレンチパーマをかけたマキシワンピの女性が、手を出さずにるり子に言った。

「はじめまして、西美奈子です」


「せっかくのハワイだからさ。るり子も、ちょっとロコっぽいドレスとか着てみる？　そういうのも、きっと似合うと思うな」

という純の明るい笑顔に後押しされ、その日、ワイキキの街のあちこちで、るり子はカラフルなリゾート用の服を次々に購入した。

裾にハイビスカスの花が大胆にプリントされた紺色のロングドレスも、濃いピンクのサンドレスやガールズブランドのロゴTシャツも、ふだんの彼女なら決して手を伸ばさないテイストのものばかりだ。

どれも数十ドルの安いものとはいえ、身につけるものはいつも慎重に選ぶるり子には、それは珍しい行動だった。

真っ先にヴィンテージショップで購入した涼しげなアロハシャツにさっそく着替え、るり子の買い物に機嫌よくつきあってくれる純とのバランスも、もちろん頭にはあった。

が、それ以上に、るり子の脳裏にチラついていたのは、さきほどホテルの前で挨拶を交わした〝西美奈子〟のマキシワンピースと、むき出しの小麦色に光る肩だった。

小づくりで平凡な面立ちながら、じっとるり子を観察するようなまなざしにどこか挑戦的な強い気配があり、向き合っている間じゅう視線をふせがちだったるり子は、美奈子のはっきりとした顔の造作までは思い出せない。

純からも「偶然会った、同期の子」という以上の説明は、結局何もされていない。

ホテルの部屋にショッピングバッグをいったん置いてから、今度はアウトレットまで出向く、という3人組とホテルの前で別れたあとも、「いや、ほんとびっくりした。すごい偶然だよね」と軽く肩をすくめてみせたきり、純はすぐサングラスをかけ直してしまった。

「あの人たち……純ちゃんと部署も同じ？」

とるり子は尋ねてみたかったが、あの〈西ミナ〉からのメッセージ付きプレゼントを盗み見てしまった以上、それもわざとらしい気がして、ただあいまいなほほ笑みを返しただけだった。

その後の2日間は、団体客や家族連れが多く滞在する大型ホテルのせいか、3人組に再び出くわすことはなかった。

しかし、そのためかえってるり子は、ハイビスカスの花が咲く朝食ビュッフェのダイニングやホテル内のプールでも、

（あの人に、またバッタリ会ったらどうしよう）

と、いつも〝彼女〟の残像を意識し、どこか体の緊張が抜けない状態でいる羽目におちいってし

まった。

一方、純は、ハワイの太陽を浴びるたび、空に向かって青々と茂る南国の樹木たちのように、みるみるのびやかに、精気がみなぎっていくかのように、るり子には見える。

強い日差しのもと、一日中海で遊んだり山でのトレッキングをしたあとでも、ベッドでは、ふだんにも増して夜も朝もるり子を求めた。

いつも真っ白で清潔なベッドシーツの上で、彼のなめらかで引き締まった肉体や耳元でささやく声を常に感じていられることは、20代の一人の女性としてしあわせだった。

なのに、はじめての海外やアウトドアにただでさえ疲れぎみの彼女は、自分の中で弾けるような彼のエネルギーを、次第に受け止めきれなくなっていた。

昨晩はとうとう、

「ごめん。今日は無理みたい、寝かせて」

とるり子は純の求めを断ってしまった。

「こちらこそ、ごめん。気にしないで」

と差し出された腕まくらのたくましさを頼もしく感じつつも、

(本当に健康なんだわ、純ちゃんは)

夜風さえ甘く優しいハワイの部屋で、彼女はなぜかさみしくなるのだった。

翌朝、目を覚ますと、純は隣におらず、枕元にメモが置いてあった。

『るり子へ。ちょっと散歩して、海に入ってきます。8時30分には戻ります。純』

どうやら、先に目覚めたらしき純は、るり子を置いて目の前のワイキキビーチに出かけたらしい。枕元の時計を見ると、もうすぐ9時である。

二度寝をするには、窓から差し込んでくるハワイの朝日はあまりにも強烈でまぶしい。

さっとシャワーを浴びてから、散歩がてら、るり子は純を探しに出かけてみよう、と思った。

生乾きの髪を軽く束ね、パイル地のレモンイエローのセットアップ姿でホテルのエントランスの外に出ると、すでに日差しは強いものの、潮風まじりのやわらかな朝の空気がここちよい。

めずらしく、るり子は太陽に向かって大きな伸びをした。

そして、ミネラルウォーターと純の好きなコーラを買って行こう、と思いつき、まずホテルの角にあるABCストアに立ち寄る。

すると、いちばん奥のドリンクコーナーに、見慣れた純の藍色のアロハシャツと濡れて少しぺしゃんこになった短髪が見えた。

子供みたい、と心の中でくすっと笑いながら、「純ちゃん!」かけ寄ろうとして、一瞬るり子は固まった。

隣に、同じく海上がりらしいビキニの上半身にタオルをかけ、ボディボードを小脇に抱えた若い女性がいて、何がおかしいのか、笑いながら純の肩をぶっていたからだ。

るり子は、反射的に菓子の並ぶ目の前の商品棚にさっと身を隠そうとした。

しかし、「あ、るり子さん?」勘よく横目でるり子をとらえ、振り返った女に名前を呼ばれてしまう。すっぴんの美奈子だった。

そのとき、もし純が、「るり子！」といつものあの優しい笑顔でまっすぐ自分を見てくれたら、彼女は走りださなかったかもしれない。

純は一瞬、ばつの悪そうな固い表情になり、るり子でも隣の美奈子でもなく、手元にもっていたジュースに視線を落とした。

学生時代から7年近くつきあってきたけれど、それは初めて見る純だ、と思ったら、るり子は思わず二人に背を向け、店を飛び出していた。

自分がどこに向かって何から逃げているのかわからないまま、るり子は海岸線にある大通りを、朝の散歩やウォーキングをする外国人たちの合間をぬい、小走りに走っていた。

慣れない行動とショックで、このままでは心臓が破裂してしまう……と軽く胸を押さえたとき、

「るり子！」

後ろから手をつかまれた。それでも、純はすぐさま追いかけてきたらしい。そして、肩で大きく息をしながら、

「……なんで？」

と困ったようなまなざしで、純はるり子を見下ろしながら言った。

そのこげ茶色の優しい瞳に、どこか哀れみの色が混ざっているのを見てとり、るり子の中で何かが弾けた。

「……それは、こっちのセリフでしょう？」

自分でも初めて聞くような押し殺した声で、るり子はつぶやいた。

「何が？」

純が大きくため息をついた。

「彼女といたから？　同期の子だよ？　さっき、ビーチの帰りにあそこで偶然会ったんだけど……西さん、ボード好きみたいで。高槻さんたちはしないから、毎朝ひとりで行ってるんだって」

無造作を装いつつ、あまりにも過不足なく用意された説明を純がしているように感じ、るり子は悲しみと同じくらいの怒りを覚える。

「嘘。ボードじゃなくて、純ちゃんのことが好きなんでしょう？」

「何で、そうなるんだよ」

「手紙を見たわ」

何かのタガが外れたらしく、るり子はもう止まらなかった。

「本当は、偶然会ったんじゃないんでしょう？　純ちゃん、すっごく楽しそうな顔してた」

そうよ。わたしといるときの純ちゃんは、あんなふうに心から天井を見上げて笑ったりしない……と思うと、情けなさと腹立ちでじわじわと泣けてくる。

「わたしじゃアウトドアもすぐ疲れちゃうし、会社の人ともうまく話せない。ジュエリーの仕事だってどんどん忙しくなるばかりで、ピローケースどころか、疲れてる純ちゃんのお荷物になるばっかり。英語だってわからない、旅行の手配さえロクにできない。お料理だって上手じゃないし、あの人たちみたいに明るく初対面の人と握手したり冗談言ったりできない。もう……嫌なのよ」

言いながら、何が嫌なのかもよくわからなくなってくる。ホノルルのさわやかな陽光の下、恋人にこんなセリフをぶつけている自分も情けなく、ますます涙が止まらない。

「るり子、大丈夫？」

黙って聞いていた純が、突然、るり子の足もとに腰をかがめて、プルメリアのモチーフがついたビーチサンダルのつま先を指さした。

見ると、慣れないサンダルで走ったせいか、足の指から血がにじんでいる。

「海でシャッと洗えばいいよ、その泣きべそ顔もさ。行こう」

るり子の頭をくしゃっとなでてから、ぐいっと手をひき、純は海岸のほうへ向かって歩きだした。

「そっかー、るり子はあれ、見たんだ」

振り向かず背中越しだったが、まじめな調子で純が言った。

手をひかれるまま、どうリアクションをとっていいのかわからず、るり子は片手で涙をぬぐうのみだ。

「確かに、キャンペーン成功のお礼だって、プレゼントはもらったけど。それ以上のことは、本当に何もないよ。この太陽と海とるり子さまに誓いますよ」

すでに観光客が点在する白い浜辺につき、ようやく振り返った純は、いつものように曇りのない笑顔である。

るり子は一瞬、すべてが自分の勘違いだったような気がして恥ずかしくなったが、美奈子の日に焼けたしなやかな手が純の肩を楽しげに叩いていた先ほどの光景は、やはり夢ではない。まだハッキリと頭に焼きついている。

「でも……」

「一個一個、るり子が納得いくまで説明するから。足だけでもちょっとつからない？」

ビーチサンダルを無造作に浜辺に脱ぎ捨てて、純がまず先に、じゃぶじゃぶ海に入っていく。

「おいで！」

初日に見たときは、くすんでいてあまり美しくない、と感じたワイキキ・ビーチだったが、朝のせいか、アロハシャツのまま、すでに頭までザブンともぐっている純が無邪気に笑っているせいか、きょうはエメラルドグリーンにきらめいて見える。

戸惑いながらも、るり子もサンダルを脱いで、ゆっくりと海に足を入れた。指のすり傷に少ししみたが、海水はすでに生あたたかく、張り詰めていたるり子の素肌を優しくなでた。

ひざ下までつけたところで、海をかきわけるように大股で近寄ってきた純に、いきなり抱きしめられる。

「るり子、可愛い」

海以上に、純の体から潮の香りがした。

「……可愛くない」

あの人みたいにチャーミングでも躍動的でもないし、何より、この海やハワイの完璧な明るさやまっすぐなパワーに、なんだかわたしはあてられてしまうのだ。純が隣ですやすやと寝入っているからこそ、自分は彼との住む世界の違い、そして綺麗な水とドロリとした油のような溶けあえなさを突きつけられる。

もしかしたら、母親のミサやクライアントの女優の麻里衣のように……根本的なところで、自分も、どこか病んでいたり欠けているのかもしれない、と。

「だから、俺が守ってあげられるし。ずっとずっと、分けてあげるから。大丈夫、信じて」

（……じゃあ、わたしは、あなたに何を分けてあげられる？）

と、尋ねる声も出ないほど、純は、どこまでも続くような青い海の中で、ギュッとるり子を抱きしめていた。


「ふうん……。それは限りなく黒に近いグレーですねえ」

亜子は、血色のいい丸顔に似合わない渋面をこしらえた。

純とのヴァカンスから帰国後、なんとなく亜子に会いたくなり、ハワイ土産を買ってきた旨をメールしたら、週末の午後すぐに、るり子の自宅に寄ってくれたのだった。

「そう思う？」

ホノルルで買ってきたビタミンCが多いというハイビスカスティーと亜子のお土産の手作りマフィンをテーブルに並べながら、るり子は言った。例の有機野菜のカフェに売り込む試作品だそうで、バナナとかぼちゃがゴロゴロと入った不思議な味がするマフィンである。

「だって、偶然にしちゃできすぎでしょ。休暇もホテルもピッタリ同じだなんてさ。ましてやその西ミナっての？　同じ部署なら、純くんのスケジュールだって事前に知ってたんだろうし」

「そうよね……。わたしもそれは聞いてみたんだけれど、違うって」

「で、海で抱きしめられて、このTiffanyの銀のスプーン買ってもらって許した、っていうんだから！　あんたって芸術家気質っていうか、本当にちょっと世間様とズレてるよねー。すっごい金持ちゃ大人とばっかり仕事して悟ったような顔してるのに、かんじんの自分の彼氏とか現実生活のこと、ちっとも知らないんじゃないの？　こないだあげたぬか床も、すっかり腐らせてくれちゃってるしさあ……」

心底呆れたように言いながら、亜子がリモコンでテレビをつけた。

そうかもしれない、とるり子は思った。

正直言って、初めて5泊7日をともにすごした海外旅行で、西美奈子の疑惑以上に、自分は純のことをじつはよく知らないのではないか、と疑問を持ち始めていたのだった。

そして、漠然とした不安を感じていた。

「もしかしたら、わたしたちはもう、ダメなのではないか」と。

そのことを、亜子に伝えてみるべきか迷っていると、

「あ、ちょっと、麻里衣だよ！」

亜子が素っ頓狂な声をあげた。

週末の情報番組の芸能ダイジェストコーナーらしい。

いよいよ来週からはじまる舞台『姫ざくろ』の記者会見をしている雨宮麻里衣、そして木の皮のように枯れた皮膚をしたイギリス人の老監督とともに、原案となった短歌集の作者・万葉もうつっていた。

会見の映像自体はすぐ終わり、舞台内容の簡単な説明をするスタジオのキャスター映像に切り替わってしまったので、二人が何を話したのかは聞き取れなかった。

しかし、相変わらず、どこもかしこも精巧で透けたような肌の美しい麻里衣と、年老いた監督、そしてガマガエルのように厚ぼったい皮膚を白く塗り、華やかな金色の着物を着た万葉のスリーショットの異様さが心に残った。

「なんか、略奪愛とか悲恋とか、女の情念っぽい舞台なんだね。麻里衣に合ってるかも。ルリルリは、舞台行くの？」

「うーん。純ちゃんは興味ないみたいだし、どうしようか迷ってるの。ちょうど明日、最後のリハーサルがあるというから、見学がてら、ルビーの方向性を決めるインタビューをするんだけどね」

「なんかさあ……知れば知るほど、るり子は大変な仕事をしてるんだね」

2つめのマフィンをガブリと大口をあけてかじりながら、資料やルーターが散らばる作業台のほうに視線をやり、急にしんみりと亜子が言う。

「どうして？」

「だって、絶賛営業中のうちの有機野菜だって、このマフィンだって、数百円とか数千円のところで価格交渉したりしてるわけじゃん？　食べたらオシマイだし。でも、あんたの扱ってるのは本物の宝石でしょ？　この時代にそんなのにこだわる女たちを相手にするんだから、重さが違う。さっきの舞台じゃないけどさ、なんかいろいろ、情念も乗っかってくるんだろうね〜その細うでに」

亜子が芝居っけたっぷりにるり子の手をとり、優しくなでた。

そのしっかりした温かさに癒されつつも、るり子は、まるで自分が根を持たない切り花であるような、説明のつかない心もとなさも感じていた。

翌月曜日の午前中、指定された時間通りに天王洲劇場の受付に行き名前を告げると、るり子はすんなりとシアター内に通された。

芝居のスタッフなのだろうか、デニムの腰に軽量型のトランシーバーをつけた筋肉質の若い男性に誘導され、「雨宮麻里衣様」という張り紙の張られた楽屋までたどりつく。

彼がノックしようとしたとき、

「馬鹿いってんじゃないわよ！　死ねよ、くそババア！」

というどなり声とガッシャンと何かが割れる穏やかではない音が、部屋の中から聞こえてきた。

身を固くするるり子と同様、ひるむかと思えば、彼はにこやかな表情を崩さないまま扉をたたく。

「おはようございます〜。麻里衣さん、ご来客です、真行寺さんです」

シンとした沈黙があり、しばらくして扉が開いた。

「はい」

迫力のある存在感とおかっぱ頭に、一瞬、万葉かとるり子は眼をこらした。

しかし、その中年女性のサングラスをのせた髪はまだらに白く、肉厚の顔ながら、昔は美人だったのであろう、目鼻だちは大ぶりにはっきりしている。

個人事務所の社長兼マネージャーをつとめる、麻里衣の母親だった。

「麻里衣ちゃん、デザイナーの人だって、入ってもらう？」

扉を少し開けたままの状態で、面倒くさそうに、母親がダミ声で振り返りながら言った。

「うっせーんだよ、ババア、出てけ！」

どかっと何かをける音がする。

「はいはいはい、わかりました」

悪びれず、母親はるり子に軽く目礼し、スタッフの男性に何か耳打ちし、部屋を出て行った。

何事か、とドキドキしながら部屋に入って、るり子はギョッとした。

無機質なテーブルと大きな三面鏡でほぼいっぱいの狭い楽屋には、麻里衣が投げつけたのだろうか。贈り物であろう蘭の鉢植えや花束、そしてクッキーの箱などがところせましと散らばっており、その中心の床に、麻里衣がぐしゃぐしゃの台本を片手にペタンと座り込んでいる。

「るり子さん、わたしもう、ダメえ……」

真っ青な顔で、ハラハラと可憐に涙を流しながらも、

「青柳くん、トマトジュース！」

扉のすぐ外で待機しているさきほどのスタッフには、すぐさま金切り声をあげてみせる。

「はい！」

心得ているのか彼は大きく返事をして、

「では、真行寺さん、ちょっとお願いしますね」

とドアの向こうからるり子に声をかけ、廊下を走っていく音を残して消えた。

こっちに来て、という麻里衣にるり子がおそるおそる近づいていくと、

「ダメダメダメ、もうダメー！」

いきなり引き込むように腕を引っ張り、るり子を床に座らせて、首に腕をまきつけてきた。

きょうの麻里衣は、時計もブレスレットもしていない。

そばで見ると、その小枝のように細い腕の内側には、ナイフでカットしたようないくつもの深い、古い傷跡があった。


「ダメなの。るり子さん、わたしもうダメだから……」

いま、るり子の腕の中で泣き崩れている女優の雨宮麻里衣は、驚くほど軽い。激しく震わせている肩や筋張った白い首筋も、まるでプラスティックでできているかのように硬く薄く見え、少しでも力を込めたらパリンと割れてしまうのではないか、とるり子は身動きをすることもできない。

「もうイヤなの。気持ち悪い舞台。るり子さん聞いて。あいつら汚らしいのよ、何があったか知ってるくせにこんな芝居をやれって言う。最低なんだよお……」

苦痛にゆがんだ美しい面《おもて》を上げて、麻里衣は子供のように訴える。るり子の二の腕にとがった紅い爪をギュッと食い込ませている。

「あいつらって……？」

なぜか万葉の顔が浮かんだ。しかし、るり子の問いには答えず、麻里衣は続ける。

「嫌らしい目で見る。サイテーな記者やレポーターだけじゃない。みんなが見てるでしょ、嫌らしい目で。いつでも全身にベタベタ張り付いて、子宮の中まで覗き込もうとしてる。洗っても洗っても落ちないのよ、生理でも中絶でもダメだった。ゲロ出そう」

「それは、あなたが綺麗だから」

「ちがう。見せ物だから。あやつり人形、サーカスの見せ物。わああっ」

自分の過激な言葉にさらに興奮したのか、天井に向かって麻里衣は絶叫した。

「男や業界のやつらだけじゃない。ママだってそう。だって、お金になるからね。おまえがちょっと我慢して笑ってれば、ファーストクラスに乗れるって。広尾のマンションが買えるって。パパを見返してやれるって！　小さいころからずっとそう。ペット、人形、ねぇ、これって人権無視だよね？」

「そんな大げさな……」と一笑に付してしまえないほどの、麻里衣が醸し出している激しい切迫感と重さを含んだセリフに、るり子は口をつぐむ。

「だからー、アンタにわかるか、って聞いてるんでしょ？　答えてよ、ねぇ、答えて！」

全力でるり子の体を揺さぶり、大粒の涙を流しながらすがるように見上げるその目は、るり子を見ているようで見ていない。焦点は、完全にどこか違う場所に飛んでいた。

（るり子さん。わたし、新しく生まれ変わったあのルビーを、みんなに見せびらかしてやりたいの）

そう前回のインタビューで熱心に繰り返していたけれど……この人は、すでに取り返しがつかないところまで壊れてしまっているのかもしれない、とるり子は心臓が苦しくなる。

「うそうそうそ。この世界は嘘ばっかり！　お金のために嘘笑いして、嘘のセット、嘘のセリフ。男も大人も嘘ばかり。ねー、そう思わない？」

そのとき、麻里衣の狂乱を破るように、ドンドンと激しくドアがノックされ、丸めた台本を小脇にはさんだ麻里衣の母親が入ってきた。

そして、抱き合うように座り込んでいるるり子と娘を見、一瞬唇を思いきり〝への字〟に曲げたが、すぐ思い直したように手を叩きながら、ダミ声を明るく張り上げた。

「麻里衣ちゃん。ほら、トマトジュースきたわよ？　あと15分でリハ始まっちゃう」

くびれた顎で振り返ったすぐ後ろには、隣のホテルから調達したのか、赤いグラスを持ったさきほどの若いＡＤ・青柳もいる。無言ながらも、心配そうに荒れた部屋と主演女優の様子を覗き込んでいる。

「やだやだやだ。行きたくない、芝居なんかしたくない」

麻里衣は床に座り込んだまま、るり子の膝にもぐるように顔をうずめた。

「……麻里衣？」

再びへの字口になった母親が、青柳からトマトジュースのグラスを受け取り、麻里衣とるり子に近づいてきた。

「いい加減にしときなさいよ？」

言いながら、重たそうに黒いニットの腰を折りかがめて、グラスを差し出す。

ゴールドと豹柄の幅広ブレスをつけたみっちりと太い腕は、るり子に燻製のハムを想像させた。この薄い背中を哀れに震わせている女優の実の母親だとは、にわかには信じられない。

「しっかりしなさいよ？　舞台の初主役なんだからね。アンタ、万葉先生の、しかも国際派の芸術作品なんだから」

言いながら、母親は、麻里衣のセミロング・ヘアに手を伸ばし、ぐしゃっとつかむ。

そして、るり子が声をあげる間もなく、強引に面を上げさせた娘の泣き顔に、ピシャッと赤いジュースを浴びせかけた。

うわあああ！

髪をつかまれたまま、火がついたように、麻里衣は再び泣き叫び始める。

自分の膝の上で繰り広げられている、この昼ドラまがいの悪い冗談のような光景に、るり子は呆然としていた。

そんな彼女に、うって変わった猫なで声で母親が言った。

「デザイナーさん、ごめんなさいね。新しい洋服代とそのワンピースのクリーニング代は、あとで事務所に領収書送ってください。うちのほうでキッチリ清算させていただきます」

気を利かせたＡＤの青柳が、コンビニでタオル５枚セットをすばやく買ってきてくれたので、るり子は楽屋近くの洗面所を借りて、できるだけワンピースにしみ込んでしまったトマトジュースを落としてから帰ることにした。

しぼったタオルで30分ほど丹念に叩いても完全に落ちきったわけではなかったが、幸いこげ茶色にも近いえんじ色のワンピースを着ていたので、電車に乗ってもそう目立つことはない程度にまでは落とすことができた。

それよりも、さっきから胸の動悸と不安感がおさまってくれないことに、るり子は弱っていた。

結局、ルビーのリメイクデザインを決定する最終インタビューはできなかったので、それは後日仕切りなおすとしても……。

気の毒なほどの、あの、麻里衣の壊れかた。

そして、母娘である以上に、事務所の社長と稼ぎ頭のタレントという一種の運命共同体である二人。

その二人が作る、濃密であると同時に異様なねじれを感じさせる空間に、はからずも立ち会ってしまったことが、るり子の気分と全身をどんよりと重くさせていた。

「……あの、スカートのほう、大丈夫でしたか？」

外に出ると、ずっと待っていてくれたのだろうか、青柳が立っていた。

るり子や麻里衣と同世代かもしくは年下だろうか。薄汚れたTシャツとデニム姿で、しばらく鋏を入れていないようなもわっとした髪形をしているが、小顔のせいか台本をポケットにつっ込んでいる腰が細いせいか、不思議に軽やかな印象がある人だ、とるり子は思った。

「ええ、なんとか。タオルありがとうございました。いちおう水洗いはしましたが……」

「問題ナシっす。よかったです」

しぼったタオル数本を受け取りながら、先ほどの神妙な顔とはうって変わった人懐っこそうな細いたれ目で笑う。

「それであの、麻里衣さんは……？」

「1時間押しで、オールスタッフ1回バラされちゃいましたが、リハは、されるそうです」

片手で親指をつきたてたグーサインをしてみせる。

「ええっ？　できるんですか？」

あの状態で……と言いかけて、あくまで部外者である自分の立場を思い、るり子は口をつぐんだ。

「はは。あの人、あれでプロなんすよ。真行寺さんでしたっけ、驚かれたかもしれませんが、麻里衣さんのスタッフは慣れてます。たまにバチバチやるんですよ。あの二人にとっては、露払いの儀式というか、本番前のエンジンあったためみたいな？」

すぐには意味が呑み込めず、取材用のバッグを胸に抱えたまま、るり子はぽかんと口をあける。

「子役からやってるからでしょうね、僕も今回初めて組ませてもらったのですが、麻里衣さん、若いわりになかなか女優魂があります。舞台もぜひ、見に来てください。才能あるんですよ、麻里衣さん」

心なしか自慢げに胸をはり、青柳は言った。

とはいえ、その日るり子はリハーサルの見学をする気にもなれず、ぽっかりと時間があいてしまった。新しくなった三越のジュエリーフロアをリサーチしに出向こうか迷ったが、なんとなく心が晴れないので、瀧川の工房に電話をしてみることにした。

アシスタントのエミが遅めの夏休みでおらず、今日は自分だけの作業をしているので、いつでも気軽にどうぞ、という返事に、渋谷の駅地下でモンブランなど秋らしいケーキを3つほど見つくろい、るり子は遠慮なく工房に出向くことにする。

いつものように薔薇のアーチをくぐり、白い工房のチャイムを押す。

何度か押しても反応がないので、そっとドアをあけると、今日はスキンヘッドにピンクのバンダナを巻き、ゴーグルをつけて研磨作業に没頭している瀧川の姿が見えた。

るり子は思わずくすっと笑い、

「瀧川さん！」

ガガガという作業の音に負けないよう、おなかの底から声を出した。

「おー」

ゴーグルをあげ、瀧川が笑った。目が充血している。

「最近、けっこうハードワークなのよ。エミちゃんがいないときに限って、なんか立て込んじゃっててさあ」

この不況だというのに、腕のいい瀧川には、メーカーや個人クライアントからの仕事が集中しているらしい。

「ま、姫も来たんでちょい休憩」

資料が積みあげられた作業台をがさっと乱暴に片づけて、席をすすめてから、自ら奥のキッチンに立ち、紅茶を入れてきてくれる。

クライアントのお土産だと言って、ショッキングピンクの生地にツタのような不思議な文様が刺繍されたランチョンマットまでしいてくれた。

「ミャンマー土産なんですよ、それ。なんか、趣味で原石のコレクターをやってる面白いオッサンからなんだけど、あ、今度紹介しますよ。なんだかすごい金持ちらしくてさ、銀座ヤナセの近くに個人ギャラリー持っててさ、波動が上がるからって、床下全体に、クリスタル敷き詰めてんだぜ？」

宝石の話をする瀧川は、内側から何かがあふれ出しているかのように熱気を帯びている。

今日のように、耳たぶまで紅潮させることも珍しくなかったが、そんなとき、ずいぶん年上の瀧川を、小学生の男の子のように可愛く感じている自分に、なんとなくるり子は気づいていた。

「で、そのオッサン、ミャンマーとかスリランカとかしょっちゅう出かけて、独自にルートを開発してるんですよ。業界全体で石枯れって言われてるけど、あっちの山奥の鉱山じゃ、まだまだいい石は出てるらしいよ。結局、鉱物ってのは、自然の恵み、エネルギーの結晶体なわけじゃない？当たり前だけど、水や緑、大地のパワーが分厚くて元気なところで、いい石もはぐくまれるんだろうな。そういうとこ、扱うほうの俺たちも、きっと忘れちゃいけないんだよな」と自らにも言い聞かせるように言うと、「そうだ！」と突然瀧川は大きく膝を打った。

「はい」

るり子は思わず背筋を伸ばして、ななめ前で2つめのケーキを食べている瀧川を見なおした。

「姫。あのブラッディなルビーさあ……どうなってる？」

ドキッとする。

たびたび感じるのだが、瀧川はその眼光の鋭さが示すように、天性の勘のよさのようなものを持っている。

「まさに今日、最終インタビューだったんですが、ちょっとうまくいかなくて……。まだあのまま、ペンディングです」

るり子はためらいつつ答える。

「あれ見せてもらってから、ずっと俺、なんかひっかかるんだよな」

瀧川は、中高な鼻の付け根を片手でつまみ、顔をしかめながら言う。

「変な言い方だけど、ここんとこ……脳の奥ってか視床下部のとこに、なんかひっかかる感じで気持ち悪いの。姫、一回さー、奥園さんのとこ持っていきませんか？」

〝奥園さん〟は、紀尾井町に事務所を構える60がらみの宝石鑑定士である。欧米諸国に比べあまりその文化が浸透していなかった日本の鑑定・鑑別業界では先駆者でもあり、るり子たちの専門学校の非常勤講師をつとめていた縁で、るり子も講義を受けたことがある。男性というよりも細く白く、まるで神職のような不思議な雰囲気の人だ。

「でも、あれは……」

思わぬ嫌疑をまるで自分にかけられたかのようで、るり子はじわっと胸が苦しくなる。

自分の中に強い感情の塊のようなものが湧いてきたとき、それを言葉に変換し、スムーズに放出することが、彼女は得意ではなかった。

純に対してもミサに対してもそれは同じで、相手が何かを言ったり結論づけたりするうちに、たいていのことは、自分の内側に呑み込むか、ため込むかしてしまうのが常だった。

しかし、瀧川は何も言わず、大きな瞳をまっすぐに向け、じっとるり子の言葉を待っていた。

「た、確かに」

ポロッと続けて言葉が出ると、あとはスムーズだった。

「底のほうに包含物はありますが、ほとんどの天然石はそうですし、あれは間違いのない石だと思います。戦前から名家に代々受け継がれてきているものを譲ってもらったそうですし、わたしも……これでも鑑定眼には多少自信があるつもりです」

「そうね、そうかもしれんけど」

瀧川がやわらかく相槌を打つ。

「それに、ルビーを囲んでるパールやダイヤ自体も、かなりのクオリティだ、昔の金持ちってホント贅沢だなあ……と瀧川さんも感心されてたじゃないですか？」

なぜか涙目になっている自分を、るり子はおかしいと思う。

『この世界は嘘ばっかり！』という悲鳴のような麻里衣のセリフが、じつは強烈なショックだったのかもしれない。

「だよね。そうなんだけどさ」

瀧川が静かに、でもきっぱりと言った。

「それでも、俺は一回持ってったほうがいいと思う。別に俺のクライアントじゃないし、誰も求めてないのかもしれないけど。職業的倫理とか勘が、なんかそう言ってる。姫がのらないなら俺が行ってきてもいいですよ。責任もって預かりますから」


ルビーのデザインの方向性を決める最終インタビューは、再び、銀座の「カフェ・プレリュード」で行われることになった。先週、無事初舞台をスタートさせ、これから約1ヵ月間天王洲のシアターに通いつめる現在の麻里衣は、

『ショッピングがてら、華やかな銀座の空気を吸いたい気分♪　秋物も買いたいし♪』と、メールの文面も今日は明るい。

プレリュードでめずらしく先に待っていた麻里衣自身も、いつになくるり子の視界にぱっと飛び込んできた。真っ白なシャツワンピを着ているせいか、今日は帽子をかぶっていないせいなのか、グラスの水を優雅に飲んでいる彼女は、季節外れの蛍のようにほんのりとあたりに光を放ってい

る。

「るり子さん」

よほど機嫌がいいのか、席にやってきた目の前のるり子に、胸元で小さく手を振ってみせる。

ここに来るまで、偏頭痛がするほどの憂鬱を覚えていたるり子も、少し気分が救われる。

さすが女優といえばそれまでだが、麻里衣が笑うと、あたりは華やぎ見る者の心は明るくなる。

一方で、先日のように泣き叫ばれたり不安定な様子を見せられると、後日までずっと、気分がめいってしかたがないのだ。

彼女との交流を通して、不思議なことに、自分に対する純の気持ちや視線が、るり子はうっすらとわかったような気がしていた。

「この間は、本当にごめんなさい。みっともないとこお見せしちゃって」

ぺこりと頭を下げる。

「いいえ、舞台の成功おめでとうございます。とても評判がいいみたいですね。新聞でも何かの雑誌でも、絶賛されているレビューを見ました。これ、気持ちだけですが、わたしから……」

麻里衣をイメージしたガーベラの小さなブーケとレカンのマカロンを渡す。

「そんな、あんなとこ見られたるり子さんに褒められたら、何だか恥ずかしい」

ふんわりと花束に顔をうずめるが、世辞ではなく、それは本当だった。

恋愛短歌の名手、最後の情熱派と呼ばれる女流歌人・赤月万葉原作の、女性の性や業をストレートにうたった『姫ざくろ』を、イギリスの有名監督が舞台化するという話題性だけではなく、独白スタイルでほぼ出ずっぱりの主演の麻里衣の演技、情熱と鬼気迫る演技が、うるさ型の評論家からも「魔性の女の真骨頂、本格派女優開眼へ」などと、絶賛されていたのである。

「千秋楽までに、ルビーのリメイクは間に合わないかもしれないけれど……何だか、この間のことがあってから、るり子さんをとても近く感じるんですよ、わたし。だから、るり子さんもこの舞台、きっと見に来て、ね？」

甘えて見上げる麻里衣の大きな目を見たとき、やはり言わなくては、とるり子はようやく心を決めた。

「麻里衣さん、実は……」

「はい」

「こんなときに、ごめんなさい。実は、このルビーなんですが……」

預かった重量感のある黒いケースをバッグから取り出し、膝に置いて、るり子は言った。

「イミテーションだったんです。かなり高い技術で染色された模造品でした。真っ先に気づけなくて、ごめんなさい」

深く頭を下げた。

「うそ、何言ってるの？」

下げた頭上で、麻里衣の固いつぶやきが聞こえる。

「ニセモノ？」

「わたしも、信じられなかったのですが……こういうことでした」

憂鬱な気持ちで、瀧川から預かってきた宝石鑑別書を、封筒から取り出して麻里衣に渡す。

「どういう意図でつくられたのかは、わたしにはわかりかねるのですが、それが、ルビーの周りのデコレーションはすべて本物だったのです」

だから、自分も見事に騙されてしまったのだ、とはるり子も職業人として言えなかったが、辛くても、このことは伝えなくてはいけなかった。

「ただ、真ん中のこのルビーだけが、模造品だったんです。リメイク、どうされますか？」

「うそでしょ？　嘘。だって、あのお母様がゆずってくださったものなのよ？　彼女だけは本物の貴婦人だし、本当に愛してくれたのよ？　わたしたちは魂がつながってるって、このルビーはわたしの分身だって、離れても素敵な女性でいるようにって」

みるみるうちに麻里衣の顔から血の気がひき、その可憐な口元は小刻みに痙攣している。るり子は、まるで自分が責められているかのように辛い気持ちで、唇をかみしめながら彼女を見つめていた。


天王洲のシアターで満員御礼が続いた雨宮麻里衣の初主演舞台『姫ざくろ』の千秋楽は、予想通りプラチナチケットになった。

「知ってる？　この舞台、ヤフーオークションで5万までいってたんだよ。あたしこんな舞台見るの初めて。しかも関係者席。ありがとうルリルリ様！」

有名人の名前が掲げられた華やかな花々がずらりと並び、観客やマスコミ関係者がごった返す受付で、めずらしくニット・ワンピにブーツ姿の亜子も興奮状態である。

それでも多少はあたりを気遣ってか、パンフレットを軽く丸めてるり子の耳元でささやくように続ける。

「……で、赤月万葉センセも、やっぱり離婚しちゃうわけ？　このあとの会見で発表するって噂だけど」

「え、知らない。そんなこと初めて聞いた」

るり子は驚き、かぶりをふる。

「あのね～……」

亜子がつやつやした唇をペロッとなめてから、はりきってしてくれた説明によると、この『姫ざくろ』は、評判のいい麻里衣の熱演はもちろんのこと、公演半ばに写真週刊誌にすっぱ抜かれた、万葉の亭主で俳優の田代祐二と劇団員の不倫スキャンダル、そして、あてつけるように緊急発表された恋愛短歌などが、まるで仕組まれたティーザー広告のような効果を生み、世間の注目やチケットの高騰に拍車をかけているそうだ。

「その短歌がさあ、なんでもこの舞台の監督の、イギリス人のじい様にあてた、って言われてるわけ。老いらくの国際恋愛。ってか、なんかやることいちいち〝女の現役感〟みなぎってない？　すごいよねえ、おばちゃんパワーって。それに比べたら、あたしなんか枯れちゃってる」

えんじ色の客席シートに、ぐったりと身を沈めるふりをして亜子がおどけ、尋ねた。

「ルリルリは？」

「なあに？」

「純サマのこと。日曜日なのに、こんないい舞台に、彼と来なくてよかったの？」

「それは……」

そのとき、ジリリリリリ……と開演ベルが鳴り、あたりは急激に暗くなった。

舞台の中央にスポット・ライトが当たり、真っ白な貫頭衣のような一枚の布を身につけて椅子に座る、麻里衣が浮かびあがった。

彼女は、観客席のほうを見ない。長いまつげが頬に影を落とすのがはっきりと見てとれるほど強烈なライティングのもと、茶色の革に金色の背表紙の一冊の本をひらき、おもむろに朗読をはじめた。

『姫ざくろ　憂い熟れゆき　歓喜知り　ぽとり落ちなお　燃えさかる、あかく』

「……ちょっと。こ、こわすぎるよ〜」

亜子が隣で、るり子の袖口をひっぱった。

「しっ」目配せで制し、るり子は舞台に視線を戻す。

冒頭の短歌を詠み終えたあと、小さな麻里衣は椅子からゆっくりと立ち上がり、白い衣装の裾をひきずりながら舞台の前面に立ち、そこでようやく面をあげた。

『わたしがその男と出会ったとき、不思議なことに、ああ、わたしは救われた、と感じたのです』

大きな目が、異様なほどきらきらと輝いている。

『少女時代からいやでたまらなかった和歌山の山奥から上京し、女優として世間的な成功をおさめ、世間にちやほやされているころでした。親を捨て、夫を捨て、子供を捨て、神も仏をも信じず、倫理観さえ失っていました。そう、誰かに救われるような女ではありません。願ったことさえありません。でも、彼の眼を見たとき、わたしはそう感じたのです』
常に私生活をベースに歌を発表し続けている万葉自身のストーリーらしかったが、ゆっくりとごく小さな声で独白をする麻里衣自身も、自らを重ねているらしい。
彼女が全身から醸し出す静かな迫力やその沼のような吸引力に、るり子は一瞬でひきこまれていた。

「あれ、なんか出血してない？　麻里衣の足元見て」

亜子が再び、客席の暗がりの中、るり子の肩をつついた。

小一時間の独白を終え、相手役の男二人に挟まれる対話スタイルの第二部がはじまったばかりだった。

舞台は、主人公のMが新たに身ごもり、父親を名乗る二人の男のはざまで揺れる、という佳境に向かっていたので、イギリス人監督の大胆な舞台演出なのだろう、とるり子は思った。

ところが、相手役の中年俳優と若手俳優の表情に、しだいに動揺の色が浮かびはじめた。

そして、額に脂汗を流している麻里衣の白い衣装の裾が赤く染まりはじめ、足元には、みるみる赤い水たまりができはじめる。

そして彼女は、とうとうガタンと大きな音をさせ、椅子から転げ落ちた。

「キャー」客席から、悲鳴が上がった。

「うっそ。すっごい舞台！　迫力！」と亜子は手を叩いているが、舞台上になんとADの青柳があらわれ、あのどんな場においてもひょうひょうとした彼の真剣な表情を見たときに、

(これは演出ではない）とるり子は悟った。

舞台上で茫然とつったっている二人の俳優をよそに、薄汚れたデニムとボーダーのTシャツ姿の青柳は、さっと麻里衣を抱きかかえ、あっというまに舞台のそでに消えてしまった。

「……マジで？　なんか病気？」

立ち上がり唖然としている亜子はもちろん、会場全体も一斉にざわめきはじめた。

ほどなくして、主演の雨宮麻里衣急病につき、本千秋楽が公演中止となり、代わりに原作者赤月万葉の朗読会と記者会見が行われる旨が、場内アナウンスされた。


麻里衣のことはもちろん心配だったが、緊急事態で関係者や記者でごった返す楽屋に、一介のジュエリー・デザイナーであるるり子が入り込めるわけはなかった。

かといって、万葉の朗読を聴く気持ちにもなれなかったので、るり子は亜子と相談し、二人で舞台を中座しシアターの外に出た。

心臓がざわついて仕方ないので、ホテルのカフェで落ち着きたかったが、「とりあえず、こういうときはカシ変えるべし、気分変わるし！」という亜子の提案で、バスに乗り品川駅に移動することにした。

亜子がチェックしたいという、石榴坂《ざくろざか》に最近できた天然酵母の焼き立てパンを扱うオープン・エアのカフェに入る。

アイスティーを亜子に頼み、お手洗いで丁寧に手を洗ってから、ふと鏡で自分の顔を見ると、血の気が失せ、真っ青である。

軽く深呼吸し、赤みの強いグロスをつけてから席に戻ると、「るり子！　もう出てるよ、ニュー速！」待ち構えていたように、亜子が携帯を見ながら読み上げた。

「舞台・姫ざくろ公演中倒れ、急きょ病院へ運ばれる。女優の雨宮麻里衣（26）……早期流産だってさー」

「流産……？」

「誰の子だろうね。っていうかさあ」

素早くとってきていた3種類のパンにも手をつけず、片手で頬杖をついている亜子が、すぐ目の前の銀杏並木に視線を移しながらいう。

「なんでそんなにドラマチックなんだろうね、あの方々。麻里衣なんかいちおう同じ女で、あたしと年も変わらないのにさぁ、もう見た目から運命からまるっきり違うんじゃない？　でも、万葉さんだって、オバサンなのに張り切ってるしな。考えるほど、なんか自分が空しくなってきた……。ほら、銀杏の葉っぱも落ちてきた」

彼女のモッズ・コートの上にひらりと落ちてきた黄色い葉っぱを手にとり、軽く振ってみせながらいう。

「そんな……」

「いや、ルリルリ。ぶっちゃけ、あたしも恋したいわけよ。デートしたり、妊娠したり、流産……は嫌だけど、玉のような子を産んだりしてみたい！　なんか、ものすごくしたくなった！」

「しっ。でも大丈夫よ、亜子なら、できるよ」

子供のように太めの脚をじたばたさせる亜子が可愛いらしく、励ましながらも、思わずるり子は吹き出してしまう。

店を出て、石榴坂を下りて品川に向かう途中、歩道橋から降りてくる若いカップルの姿に、るり子は一瞬目を疑った。

「……あれ、純サマ？」

止める間もなく、先に亜子がすっとんきょうな声をあげた。

その声に気づいたのか、前方の男女がこちらを見た。今日は、赤坂のオフィスに休日出勤しているはずの純と……隣で、見慣れた彼のジャケットに腕をからませているのは、あの西美奈子だった。

「どうしたの、偶然！」

るり子の凍りついた表情とこわばった場の雰囲気を察知し、亜子が明るく声をあげ、純に駆け寄り肩を叩いた。

西美奈子はパッと腕を離した。

「亜子さん、るり子」

さすがに、純もいつもの優しい笑顔や言葉が出てこないらしい。

「……お芝居の帰り？」

「そう。途中で終わっちゃったんだけど。で、純サマは？　るり子を迎えに……きたわけじゃないよねぇ」

言いながら、ようやく亜子も事情を完全に理解したのか、もごもごと言葉をにごした。

そして、休日の人々がゆきかう石榴坂で向かい合う形で、4人は誰も言葉を発さなくなった。

目の前の光景が信じられなくもあり、でも、どこか心の奥底でわかっていたことが〝現実〟となってあらわれた気もして、るり子は混乱のあまり、意識が遠のくのを感じた。

このままでは、さっきの麻里衣のように、わたしもこの場に崩れてしまう、と思い、

「行こう、亜子」

彼女は力なくつぶやき、なんとかその場を去ろうとした。

「るり子さん！」

突然、西美奈子がるり子の背中に向かって声を張り上げた。

「わたし……純くんが好きですから。純くんは……あなたのことも大事だそうです、でも、わたし頑張りますから！」

振り向くこともできず、るり子は逃げるように歩道橋を駆け上がる。

「マジで……。どうしてあんたたちって、そんなにドラマを生きてるの？」

駅の雑踏の中でも、亜子が必死でおどけてくれるのが余計につらく、るり子は泣くこともできなかった。

翌週、麻里衣からのメールで、銀座からタクシーでワンメーターの聖路加国際病院の特別個室にいることがわかり、指定された平日の夕方、るり子はお見舞いに向かった。

鑑定の結果、模造品であることが明らかになったあとリメイク作業を中断しているあのルビーの相談ももちろんしたかった。しかし、それ以上に、今のるり子はただ、麻里衣に会いたい気持ちでいっぱいだった。

総合病院全体に漂う消毒液やエタノールのような臭いに、なんとなく息をとめながら、るり子は受付を尋ね、白衣を着た若い看護師にE病棟に案内された。

「雨宮さん、お約束の真行寺さんですよ」と看護師がドアをノックしながら声をかけると、「どうぞ」と、待ち構えていたようにすぐ、病室の内側から、小さな声で返答があった。

ドアをあけて中に入ると、シンプルな白い病室の中で、一回りほどさらに小さくなった麻里衣が半身を起こした状態で、ベッドからるり子に向かってほほ笑んでいる。

その頭を見て、るり子は眼を丸くする。なんと麻里衣は痛々しいほど地肌が透けて見える、スキンヘッドのようになっていたのだ。

戸惑うるり子の表情に気づき、麻里衣が青々とした頭に手をやりながら、首をかしげて笑う。

「どうぞお掛けになって。あ、びっくりですよね、これ」

「ええ……」

すすめられて、ベッドのそばの簡易椅子に座りながら、るり子も思わずうなずいた。

あのつややかだった麻里衣の甘栗色のセミロング・ヘアを思い、彼女の中の何かが完全に失われたような気がし、るり子はせつなくなる。

「丸めちゃったの」

しかし、麻里衣はまるで憑き物が落ちたかのように、スッキリとした表情である。完全なノーメイクのせいか透明感は増して見え、女優というより森にひそむ妖精か小さな尼僧のようだ。

「おとといだったかなあ……ママに頼んで。これ、ママに刈らせたのよ、ココで。仕事はどうするんだ、って怒ってたけど、どうせ休養だからいいでしょって、頑張って。あっちも根負けしたのね。そしたらね、夕陽を見ながらバリカン入れてるうちに、あの人も、泣いちゃったんですよぉ。鬼ババの目にも涙だね。なんか、すんごい謝ってた」

鈴を転がすような声で、心から楽しげに笑う。そして、急に姿勢を正して面を上げ、まじめな表情でるり子の方を見た。

「ごめんね、るり子さん。いきなりだけど、あのルビー、あなたに差し上げます」

「え？」

「これまでの作業代は、別にお支払いさせていただくわ。でも、よければアレ……そのまま、引き取っていただけないかしら？」

いつもの、甘えるような上目づかいで言う。

「そんな、あんな高価なもの……」

「でも、真ん中は偽物だから」麻里衣がふっ切るように言った。

「わたしもう、嘘のものは何もいらないな、って思って。全部サッパリ捨てることにしたのよ。子供のお父さんだって、誰かもわかんないし。だからまた、流れちゃう。そういうの、もうやめる。もう、芝居だけでいい」

るり子は息が苦しくなる。

思い出したくなくても、あの日、腕を組んで楽しげにしていた二人の姿がありありと目に浮かぶ。何を話していいかもわからず、純の電話やメールにも、あれから返答をしていなかった。

「あちらのお母様とも、とっくに縁なんて切れているのにね。いつまでも、幻影にすがってたわたしもいけないのね。あんなことになっちゃったけど、今回の舞台で目が覚めた。わたしは芝居が大好きだし……」

「麻里衣さんのお芝居、ほんとうに、素晴らしかったです」

ありったけの思いをこめて、るり子はうなずいた。

「ありがとう。この機会にちょっとお休みして、体も治して、ごはんもいっぱい食べて……現実を、たくましく、生きるよ。るり子さん」

麻里衣が小枝のように細い両腕で、ガッツポーズをしてみせて笑う。

彼女が、ひとり、運命に立ち向かおうとしているような気がして、痛々しいような、感動で応援したくなるような、複雑な気持ちが、るり子の胸をふたたびいっぱいにした。

「この部屋も何もないでしょう？　面会もお見舞いもお花も、みんなお断りしてるんだ。ママでしょ、るり子さんでしょ……」

指折り数えてみせながら言う。

「あと、あの、青柳くんだけ。なんかね」

そのとき、まるで芝居のように絶妙のタイミングで、ドアがノックされた。

仕事帰りなのか、相変わらず薄汚れたパーカを着ているのに、あらわれるたび、なぜか軽やかな風がふくような、ＡＤの青柳だった。

「あ、真行寺さんこんにちは」と形だけ挨拶をしながら、「麻里衣さん、これ」白い紙袋を渡す。

「この人、変なの。派手なバンダナばっかり買ってくるのよ」

言いながら、麻里衣がベッドサイドの引き出しをあけると、赤やオレンジの派手なバンダナがきちんとたたまれてずらりとつめられていた。

「スキンヘッドもきれいですけど。寒くなってきたから、院内でも、トイレ行くとか散歩とか、頭冷やすと風邪ひくし」

「バカでしょー」

麻里衣がくすくすと笑う。

「それに、やっぱり女優さんですから。巻いたらもっと、可愛いですから」

青柳はベッドの脇でつったったまま、顔も赤らめず、のんびりと、でもまじめに言う。

「るり子さん、ね。ほんと、青柳ってバカでしょうー？」

もらったばかりの紙袋からバンダナを取り出しながら、麻里衣は「だからあ。値札くらいとれよ。１８００円とか、笑かす！」とつっこみながら、タグのついたままの真っ赤なバンダナを、白いベッドの膝の上にゆっくりと広げた。

そして、突然バッと顔をおおうと、麻里衣は肩を震わせわんわんと泣き始めた。

「がんばるから、見ててほしい」

言いながら泣きじゃくっている。

何もない白い病室で、るり子も青柳もしばらく言葉が出てこなかったが、

「麻里衣さん……」

青柳が立ちすくんだまま、ようやく声をかけた。

「それ、洗濯しときますし。明日も僕、新しいの買ってきます」


麻里衣の病室をあとにし、銀座をふらふらと当てもなく歩きながら自宅に戻ると「るり子」とエレベーターホールで、名前を呼ばれた。

会社帰りなのだろう、トレンチコートとスーツ姿の純が待っていた。

「純ちゃん……」

「いきなり、ごめん。ちょっと話したくて」

「いい……」

反射的に首をふっていた。涙がじわりと浮かんでくる。

「入ってもいいかな」

「いや」

「近くのカフェか飯食えるとこ」

「行きたくない」

「……じゃ、ココでいいから話聞いてよ」

立ったまま純が言う。

「この間は、ごめん」頭を下げる。

「俺、るり子に嘘ついて、西さんと会ってた。休日出勤が同じだったから、そのあと、流れで……」

「うそ」

(ああ、もう、駄目なんだ)

言いながら、るり子は自分の心の大事な所に、完全にヒビが入ってしまったことを知った。

好きだからこそ、子供のように、すがるように純だけを信用していたからこそ、ひとたび嘘をつかれたら、自分は信じることがもうできない。なぜなら、また裏切られるのが怖いから。この世でたった一人信用していた人にそうされたら、自分はもう崩れてしまう。

「俺は、るり子が大事で、大事で、大事だから……本当に。信じて」

「嘘。じゃあ、あの人は？　つきあっているんでしょう」

あれほど近くにいた純に、いまや近寄ることも手を伸ばすこともできず、泣きながらるり子は言った。

「つきあってないよ。誓って。だけど……、正直、彼女にも惹かれている。どうしたらいいか、わからない」

そんなことを言われても。

るり子は耳をふさぎたくなる。

(純ちゃんは何しに来たの？　そんなことを言われても、わたしだってどうしたらいいかわからない)

「俺もわかんなくて。西さんは、るり子とまるで違う。まるっきり違う感情とベクトルで……でも、俺は惹かれてるみたい、だ。でも、このままほっといて、るり子を失うと思ったら、いてもたってもいられなくて」

これでは、麻里衣のルビーと同じじゃないの、とるり子は思った。

あのぐるりを囲んでいるダイヤやパールのように、自分に対する純の気持ちも、これまで重ねてきた時間も、いくつかは本物かもしれない。でも、真ん中が模造品では、いっきょにすべてが色あせてしまう。

『もう、そういうものは何もいらないと思ったの。幻影にすがるのはやめた。全部手放して、わたしはサッパリと新しくはじめたい』

さきほどの麻里衣の姿とセリフが、るり子の脳裏を突き刺すようにリフレインしていた。

第3章　イエロー・トパーズ

『それは素敵なイエロー・トパーズなんですけどね。なんとインペリアル。持ち主のアヤトくんって、とにかく哀愁漂うイケメンなんですよ。もしかしたら、姫もクラッとくるかもしれないぜ』と、電話越しに明るく笑う先輩の瀧川の紹介で、るり子は週末の今日、はじめての男性クライアントと面会することになっていた。

ブルーやイエローのカラー・トパーズは、これまでにもいくつか手がけたことはあったが、「インペリアル」と呼ばれるほぼ恒久的だといわれるイエロー・トパーズは、るり子もまだ見たことがなかった。

ひさびさの新規顧客ではある。母親のミサがよく言う〝ゲンかつぎ〟ではないが、るり子は、先日思いきって購入したChloéの明るい茶色の革のブーツをおろして街に出た。

おっとりと優雅におさまりかえっているかのように見えて、じつは、銀座の街はどこよりも気が早い。

銀座名物のミキモト・ビルのXｍａｓイルミネーションが点灯されたころから、街中のあちこちの店もめいめいにライトアップや飾りつけがされはじめた。

しかし、通いなれた通りや店がカラフルに華やいでいくにつれ、るり子の視界は曇り、ブーツの足取りは重く沈んでいくようだった。

純のこと。

先週のあの晩、エレベーターホールで泣きながら追い返してしまった後も、るり子は一切彼の呼びかけや言い訳に返事をしていなかった。

できるわけがない、と彼女は自分の中で、ひとり反芻と葛藤を繰り返していた。

『るり子が大事だよ。でも、るり子とは別のベクトルで、俺は、西さんにも惹かれているみたい、だ。……どうしたらいい？』

あの健やかな自信と優しさに満ちあふれた純の、絞り出すようなかすれた声。るり子を哀れみながらも、教えと許しを乞いすがる、苦しげなまなざし。

とても直視することができず彼女がとっさに視線を落とすと、彼のこげ茶色の靴紐は、ポーチの白い大理石の上でだらしなくほどけていた。

――許せない。それに、あんなに「頼りない純ちゃん」を、私は二度と見たくないのよ。

あれからずっと、悲鳴のようにるり子はそう心の中で繰り返しており、それは彼女のやわらかで繊細な内側をズタズタに傷つけ続けていた。

胸の痛みを抱えたまま、色褪せて見える世界を歩き、るり子はホテル２階のカフェ・プレリュードに着いた。

いつものウェイターにコートを預け、通された一番奥のソファ席に体をゆだねながら、るり子は目を閉じ、静かにピアノのムーン・リバーの調べを聴いていた。

純のマンションで『ティファニーで朝食を』のＤＶＤを観ながら、明け方までいっしょに毛布にくるまっていた温かな思い出が嫌でもよみがえる。

しかし、それはモノクロ映画のようにもう遠い昔の出来事なのだ、と彼女は感じていた。

ちょうど一曲演奏が終わったころ、頭上で低い声が聞こえた。

「真行寺さんですか？　アヤトです、三浦綾人。瀧川さんの紹介の……」

るり子がハッとして顔をあげると、まるで映画から抜け出してきたようなクラシカルな細身のスーツを着た若い男がニコリともせず立っていた。

絶妙なバランスのスタンド・カラーの白いシャツや、軽くウエーブのかかった栗色のアシメトリーなヘア・スタイルが、彼が、美的感覚に優れた現代の男性であることを示している。

「はい」

「あ、タバコ、いいですか？」

席についたとたん、自分の胸のポケットを探って銀色のライターを取り出しながら、綾人が言った。

「ごめんなさい、こちらは禁煙席なんです。では、あちらへ移りましょうか」

るり子は、ウェイターに合図した。タバコはひどく苦手だったが、仕事なので仕方がない。

喫煙席に向かい合って座るなり、綾人はカチッとタバコに火をつける。ふうっとやや上に向かって煙を吹き出し、はじめてリラックスしたようにぎこちない笑顔を見せた。

「――あまりこういう場所には縁がなくて、ですね。なにか、緊張しますね」

照れているのか人見知りなのか、正面のるり子から視線をややそらし、端整な横顔を見せながら言う。

瀧川のように彫りが深い濃い顔立ちというわけではないが、モデル出身の俳優だ、といってもおかしくないような美形である。

もしもデッサンモデルをしてもらったら、さぞや美しい中性的な男性像が描けるだろう、とるり子は思った。

こけたように見える頬や鼻梁にもまったく無駄がないのに、切れ長の目の奥には、激しさと甘さが秘められている。

不思議と、モノトーンの世界がよくうつる男だった。

「……ええと、僕は建築デザイナーをやっています。新藤裕三って、ご存知ですか？　そこの事務所で」

「ええ」

畑違いとはいえ、氏の名前ならるり子も聞いたことがある。先日、芸術殊勲賞をとったばかりの建築界の巨匠だった。

「瀧川さんとは、彼がまだ舞台美術やってるころに、赤坂パーク・ヒルズの仕事で知り合って……なんとなく気が合って、って大先輩なのにそういっちゃナンですが。よくしてもらっています。面白いですよね、彼。あんな風体なのに、仕事とセンスは痛烈に繊細で」

「はい、わたしも大変お世話になっています」

今日もあの薔薇の花が咲く工房で、ピンク色の服を着て作業に没頭しているであろう瀧川の姿を思い浮かべ、るり子の気持ちも少しほころんだ。

「ジュエリー技師に転職されてからの仕事ぶりは、正直なところ、僕はよくは存じ上げないんですが」

綾人は、低くどこか甘い声で、ポツリポツリと言葉を選びながら話す。

視線は、運ばれてきたコーヒーカップに落としたままだ。

「それは、素晴らしいですよ。わたしも学ぶことがいっぱいで……本当に尊敬してしまいます」

「ですよね」

綾人が初めて面をあげ、るり子を見た。

「はい」

思わず、るり子はドキッとする。ウエーブのかかった綾人の前髪がはらりと流れあらわになった彼の眉間の上に、くっきりとした十字の傷跡が見えたからだ。

驚いたるり子に気づいたのか、綾人は自身の前髪をさりげなくなでつけ、以前のように切れ長の美しい目だけ見えるようにしてから、言った。

「それで……。瀧川さんから聞いているかもしれませんが、僕には昔から、大事にしている、石があるのです」男のくせにね、と自嘲気味に笑ってみせる。

「トパーズ」

「そう、イエロー・トパーズです。これを僕の彼女に……贈りたいと思っています」

「お誕生日や何か記念日のプレゼントでしょうか？」

「いえ」

綾人は再び空《くう》に向かってふうっと息を吐いた。

そして、重大な告白をするように真剣なまなざしで言った。

「プロポーズ、しようと思っているんです」

「それは、素敵ですね。おめでとうございます」

反射的に、るり子は明るい声をあげた。

しかし、綾人はうつむきタバコを消しながら「いえ、まだ、決まったわけではありませんから」と硬くつぶやいて引き取る。

その薄く色のない唇と細い指先を見ていたら、るり子はふっと寒気にも似た寂寥感を感じる。絵のように若く美しい男で、恋人に石を贈る相談をしているというのに、どうしてこれほど寂しい感じがするのだろう？とるり子は言いようのない不安と戸惑いを覚える。

「というわけで、瀧川さんの推薦であれば間違いないだろう、と、真行寺さんをご紹介いただきました。ホームページも拝見して……やはり才能ある方なのだな、と世界観に感じるものがありました。よろしくお願いします」

綾人は率直に言いながらも、やはり照れたような表情を残しつつ軽く頭を下げる。

「ありがとうございます」

そのホームページ〈Ruriko's Jewellery〉も、瀧川のアドバイスで最近ようやく立ちあげたばかりのごく簡単なものだった。

しかし、プロフィールと業務内容、そして代表作の数点を載せただけなのに、すでに彼女の元には新規の問い合わせや海外からの英語のメールが舞い込んでいた。

「では、さっそくいくつかインタビューさせていただきたいのですが。その前に、綾人さんは、今日その石をお持ちでしょうか？」

紫色の取材ノートを膝の上に広げながら、るり子が切り出すと、「あ、ええ」と、たった今気づいたように、綾人が自らのシャツのボタンをあけて、首元にかけられていたペンダント・チェーンを引っ張りだした。

「これ、です」

そのペンダント・トップには、唐突なほどゴロリと重量感のあるシェリー色のトパーズが、やわらかく輝いていた。


クライアント・三浦綾人（27）の恋人について。
○プロフィール／24歳・英国帰国子女、美人。プロバイダー会社の広報兼営業職
○性格／明朗活発、気が強い
○趣味／乗馬。富士山のふもとの厩舎に自分の馬を持ち、毎月通っている
○ファッションテイスト／シンプル×スポーティー
○愛用ブランド／コーチ、ケイト・スペード、バーバリーetc.
○ジュエリー／ゴールドや色石は身につけず、シルバーのアクセサリーか、母親に譲られたダイヤのピアスしかつけていない

綾人からいくつかのキーワードを得たというものの、るり子はまだ「綾人の彼女」の像がしっくりはこない。

というより、そのような快活な美女と、どこか薄幸なムードを漂わせた綾人が、るり子のイメージの中でうまく結びつかないのかもしれない。

（でも、それを言ったら私と純ちゃんだってそうだわ）

自宅のテーブルでノートを整理しながら、るり子がふたたび暗い気持ちになったとき、携帯の着信音が鳴った。

休日だから、もしかしたら純かもしれない、とびくっとしつつ画面を見ると、見知らぬ番号だった。

一瞬ためらったが、なんとなくるり子は出てみた。

「はい」

「あの……」くぐもった若い女の声だった。

「え？」思わずるり子は聞き返す。

「るり子さんですよね。西です、ハワイと……先日高輪でお会いした、西美奈子です」

るり子は絶句した。

「お会いできませんか？　わたし今、銀座４丁目、三越のライオン像の前にいます」

西美奈子は、抑揚のない、でも有無を言わさない静かな迫力で、るり子を誘った。

すっかりあたりが暗くなった１時間後。

買い物帰りの客で混雑する中央通りの一本奥の静かなカフェで、るり子は西美奈子と向かい合っていた。

運ばれてきたミルクティーに砂糖を入れながら、るり子は、そんな自分と彼女の図がおかしくて、なぜか笑いだしたくなった。

緊張しすぎているのかもしれない。

ところが、白い兎のようなニットを着ている目の前の西美奈子は、ニコリとも笑わずこう言った。

「単刀直入に言いますけれど。この間、純くん、うちに泊まったんですよ」

「え？」

「一緒に寝たんです。先週、会社の帰りに飲みに誘って、純くんを無理やりうちに連れ込んだの。純くん……その晩は酔いつぶれていて何もしなかったけど……わたし、もう黙って見ていられない」

美奈子は視線を外さない。反論することも、かといって目をそらすこともできず、るり子も彼女を黙って見続けている。

「純くんが、おととい会社で倒れちゃったの、ご存じですか？」

「え？」

「過労みたいです、あのタフな純くんがですよ？　来春の新人スポーツ・フェアの大詰めで、休日出勤や徹夜が続いてるところに、あなたに会いにいって、その晩もずっとマンション前で待っていたんですってね」

――なのにあなたは、出てこないどころか返事もしないで。

言いながら感情がたかぶったのか、美奈子はアイラインで上下をふちどった茶色い目に、涙を浮かべはじめた。

「ハワイで会ったときは、わたしはただ、同僚としてそばにいられればいいと思ってた。でも、あなたは、長年つきあっている恋人という座に甘えて、純くんを苦しめているだけじゃない。彼が酔ってうちでつぶれている間に、わたし、携帯も見ちゃったんです。あなたって本当に冷たい人だと思う。あれほど彼が問いかけているのに無視するなんて、わたしならとてもできない」

背筋にすうっと寒気が走り、本当にこの場に凍りついてしまいそうだ、とるり子は思った。

美奈子の前にも温かいショコラが運ばれていたが、そばかすの浮いたファニー・フェイスは真っ青で、泣きながらも、その目はるり子をにらみつけるように据わっている。

「私の家でも……彼、うわ言みたいにあなたの名前ばかり言っていたけれど、抱きついたら抱きしめ返してくれて、はじめてキスもした。わたし、あなたに純くんをこれ以上預けられない、って心を決めたわ」

一気に言う。美奈子のあまりに女性的な率直さと〝はじめてキスをした〟という言葉に、るり子は頭からバケツで水をぶっかけられたような衝撃を受ける。

その場にしん、と固まっていた。指先まで瞬間冷凍されたように、スプーンを持つ手もうまく動かない。

「とにかく、今日はそれを言いにきました」

美奈子が、自分のバッグと伝票をつかみながら言う。

「わたしは純くんが好きですし、とても心配です。わたしなら、彼のそばにいつもいられるし、きっとうまくやれると思う。仕事もプライベートもお互いに明るく励ましあっていけるもの。ひどいと思うかもしれないけれど……本当の恋人ってそういうものだと思うわ」

ふらふらと歩きながら銀座の地下鉄の駅に降り、気がつくと、るり子は純が住む高輪の駅に降り立っていた。

純にメールか電話をしよう、と決意して携帯をひらくと、着信が2件入っていた。瀧川だった。折り返してみる。

「おー、姫！ アヤトくん、どうでした？ なんかちょっと心配になってさあ、あいつ人見知りくんでしょう」

「あ。綾人さん……」

先ほどの衝撃で、すっかり忘れていた今日の面談と綾人の顔を、懸命に思い出しながら、「ご報告が遅れてすみません、ご紹介ありがとうございました」と礼を述べる。

が、頼りないるり子の声は、大通りを行き交う車音にかき消されてしまうらしい。

「え？ ちょっとよく聞こえないけど、見たでしょー？ あのトパーズ」

「はい、はい……」

瀧川は、珍しいあのイエロー・トパーズの話がしたかった様子で、いつにもまして張りのある声で、カラーの妙や透明度などについて、受話器の向こうで怒鳴るように話している。

「姫も聞いたでしょ？ 彼、あんなお宝と一緒に、雪の日に北海道の神社の前に捨てられてたっていうんだから、ドラマみたいだよなあ」

——生い立ちがそうだから、ちょっと難しいところはあるけれど、センスはすごいしイイ奴だから。とにかく、姫も気を入れてよろしくな。

そう瀧川は念を押し、電話は切れた。

（トパーズと一緒に捨てられていた？　綾人は孤児ということ？）

思いがけない綾人のストーリーにショックを受けつつも、るり子は、純と何度か入ったことがある近くのアンナミラーズに入り、今夜は純を待つことにした。

コンソメスープを飲んでひとごこちついてから、るり子は思いきって純にメールを送った。

『純ちゃん、今どこですか？　話をしたいです。るり子』

するとすぐに、『ごめん、休日出勤中。9時には終わるから、どこにでも行けるよ。純』と返事が返ってきた。


1時間もすると、いつものカーキ色のダウンジャケットを着た純が店に入ってきた。

遠目からもはっきりと見てとれるほど、おもざしは一回り小さく尖り、明らかにやつれている。

「るり子」

それでも、純はいつものように息をはずませてるり子のそばにやってきて、優しく彼女に声をかけた。

「ごめんね」

「何で、あやまるの？」

「何でって……俺はるり子を傷つけてしまったから。ごめん」

純は目を閉じて、両手で自分の顔を覆いながら、天井をあおぐようにしてつぶやいた。

そこへ、メイドスタイルの制服を着た若いウェイトレスが、にこやかに注文をとりにきた。

「あ、カフェオレをお願いします」と純はいい、「隣にいってもいい？」とるり子に聞いた。

るり子の答えを待たず、純は細い体をあげて、隣にやってきた。

どさっと彼が腰をおろした瞬間、懐かしい純の匂いをるり子は嗅いだ。

すると、緊張の糸が切れたのか、再び涙があふれてきた。

「純ちゃん、会社で倒れたんでしょう？　もういいの？　何で私には言ってくれないの？」

「少し疲れていただけで、大した話じゃないんだよ。でも、どうしてそれを？」

「あの人に、聞いたわ」

るり子がこわばった口調で言った。

「あの人って、まさか」

「さっき、西さんが銀座に来たわ。二人でお茶したの。わたしは……自分勝手で、冷たくて、純ちゃんの恋人失格だ、って」

自分で言いながら、ハッとする。本当にそうかもしれない、とるり子は初めて心底思った。

「西さんが、本当に？」

嘘のつけない純は、動揺を鎮めるようにグラスの水をぐびっと飲みほした。

「いいの。考えてみれば、大学の頃からずっとそう。純ちゃんは優しくて、何でも知ってて、頼りになって……」

綾人ではないが、るり子は自分もまるで捨てられた子猫のようにみじめな存在に思えてくる。

「最近の私は、ジュエリーのことで頭がいっぱいだったし。あなたが何を考えてるかも、何の仕事をがんばってるかも、どうして私のことを好きでいてくれたのかも……もう、全部わからなくなっちゃった」

泣き笑いのように言いながら、そうだ、もう全部捨てて忘れてしまいたい、二人でいることがこんなにも苦しいのなら、とるり子は思う。

「俺は、るり子が好きだよ。理屈じゃない。大事なんだよ」

低くうめくように、隣で、温かい純が言う。

「じゃあ、あの人は？」

「………」

「これから……わたしたち、どうしよう？」

どこに行けばいいのか、どうすればいいのかも、今はまったくわからない。

二人は隣りあって身を寄せながら、互いに言葉を発することもなく、夜更けのアンナミラーズでしんと途方に暮れていた。


純の運転するレンタカーで白い山道を数時間走り、小高い丘を抜けると、洞爺湖が見えてきた。ぐるりを白いドームのような雪山に囲まれた湖畔は、太陽の光を反射して、水面を小刻みにきらつかせている。

「純ちゃん、ちょっと降りたい」

るり子は思わず、車中で小さく声をあげた。

「でも、寒いよ。それに、もうすぐホテルに着くよ」

濃紺のニット帽をかぶったままレンタカーを運転する純が、カーナビの画面とるり子の横顔を交互に見ながら、心配そうに眉をひそめた。

「大丈夫だから、降りてみたいの」

初めて降り立った真冬の北海道の芯から凍えるような寒さと、先週アンナミラーズで気まずく別れた夜以来の再会に、千歳空港から言葉少なだったるり子の目が輝いている。

白い息を吐きながら、二人は車の外に出る。そして、純の差すビニール傘の中で身を寄せ合いながら、さくさくと雪を踏みしめ湖の近くへ歩いていった。

「素敵……」

雪の積もった湖畔の柵に思わず素手を置き、るり子はその絶景に身を乗り出して、声にならない声をもらした。

自然が織りなすシンプルで大胆な構図なのに、粉雪と薄もやがかかっているせいか、夢かまぼろしのように美しい眺めだった。

しかしそれ以上に、その雄大な風景の中に静かに息づいている、生命の気配の獰猛《どうもう》さに、彼女は胸をつかれていたのだ。

「それじゃ冷たいよ、貸して」

傘を差さない左手で、突然、純がるり子の手をとり、雪ごとガサッとダウンジャケットのポケットに入れた。

そして、彼女の手を強く握りしめながらしばらくためらっていたが、やがて、ぐいっと腕をひき、彼女の体ごと抱き寄せた。

突然のことに戸惑い、るり子はただ、じっと純のダウンジャケットに顔をうずめ、頬に当たる雪と純の体温を感じていた。

傘は打ち捨てられているらしい。

「るり子……俺のこともちゃんと見て」

すぐ耳元に響くような、しかし、雪にかき消されてくぐもったような声だった。


同僚の西美奈子の一件で、もはや終わりかと思われた二人の関係だったが、純は「もう一度やり直したい。西さんにも、きちんと説明してけじめをつけるから」とあきらめなかった。

そして、週末の札幌出張のついでに、と、るり子を旅行に誘ってくれたのだった。

(なぜ、わたしは、来たんだろう)

純がとってくれたホテルの豪華さに驚きつつも、ソファでチェックインする彼の隣で外の白い景色を眺めながら、るり子は再びぼうっと考え込んでいた。

迷いがなかったといえば、嘘になる。

相談した親友の亜子も、「どうかなあ……。あのプードルみたいな西ミナっての、同僚でしょ？純サマにも正直ガッカリしたし。デリケートなルリルリの性格考えると、もうツライかなって気もあたしゃするんだけどね」と、いい顔はしなかった。

何より、純とこれ以上気まずい時間を過ごすことに、自分はもう耐えられない、とるり子は悩んだ。

（それでも、こうして北海道までやってきたのは……）と、彼女は数年前のホワイトデーに彼に贈られた右薬指のプラチナ・リングを自らなぞりながら思う。

そう。この世で一番確かなものだと思っていた純との関係が、この雪のようにいつか消えてしまうだなんて……わたしはまだ信じたくないのだ、と。

このホテルは、名物シェフのフレンチが有名なんだけど、予約する？　と純は尋ねたが、るり子は街に出たいと言った。

正装したウェイターがサーブする素敵なレストランでは、とても本音は話せない、と彼女は思った。

純がコンシェルジュに尋ね、地元の人々にも評判がいいという洋食屋とろばた焼きの店を紹介してもらった。

「ろばた焼きがいい」とるり子が言うと、「ほんとに？」純は一瞬目を丸くしたが、すぐに、いつものくしゃっとした笑顔を見せた。

20分ほどタクシーを走らせ、街中にぽつんとあらわれたろばた焼きの店に、純とるり子は入った。

まだ6時すぎだというのに、店内はすでに地元の人々で混雑していたが、常連さんらしき人々が席をつめてくれ、二人はなんとか囲炉裏ばたの席に腰をかけることができた。

「じゃ、熱燗を」

藍色のはっぴを着た肌艶のいい大将に、純が明るく声をかけた。

「るり子は？　ウーロン茶？」

覗き込んだ純の瞳を久しぶりに見た、とるり子は思った。優しいこげ茶色の……少し不安の色を浮かべた目。

るり子は思わず、「ううん、わたしも飲んでみる」と言い、「だって寒いから……」と付け足しながら、テーブルに目をふせ少し照れてしまう。

「弱いのに、大丈夫かなあ。でもいいか、俺がついてるし。よし、今夜は飲みなさい」

嬉しそうに声を張り上げた純が、すぐに運ばれてきたお燗を、彼女のおちょこにとくとくとついだ。

と、「お兄さんたち、旅行で来たの？　どこから来たのさあ」

すでに頰を紅潮させている、ニットを着た隣の中年男が突然声をかけてきた。

「東京です、洞爺湖観光で」

純が機嫌よく、でもまじめに答えた。

「やっぱり東京もんだよねえ、雰囲気が違うさ、彼女は嫁さんかい？」

奥のるり子を、遠慮なく覗き込むように言う。

「いいえ、彼女です」

「ふうん、美男美女だねえ……あれだよ、コマーシャルから出てきたみたいな。で、お兄さんはいくつなの？」

「28です」

「じゃ、もういいんじゃない、身を固めてもさあ、男は固めてからが一人前よ」

「あんた。若い人の邪魔するんじゃないよ。このよっぱらいが」

向こう隣にいる奥さんらしき福顔の女性が、笑いながら中年の肩をひっぱった。

「邪魔じゃないよ。この店来たら、自家製塩からとイクラ丼がおすすめよ、って教えてあげてるのさ」

「教えてないっしょ」

「これから教えるところっしょ、うちのかあちゃんは怖いこわい」

純とるり子は顔を見合わせ、思わず笑ってしまう。

そして、注文をとりにきた女性に、彼のおすすめを含めて、純が手早くオーダーした。

アスパラのサラダや酢の物など、もう聞かなくてもるり子の好みそうなものをまず注文してくれる純に、るり子はやはり安堵感を覚える。

そして、熱燗とかけあい漫才のような隣の夫婦の会話が緊張をゆるめたのか、二人の間には、久しぶりに穏やかで温かい空気が生まれていた。

「俺さあ……」

3本目の熱燗が運ばれてきたころ、純が自分の両肩と胸をとんとんと叩き、天井にうーっと背伸びしてから、意を決したように切り出した。

「今日さ。るり子が来てくれて、ほんとはすごくほっとした。昨日もよく眠れなかったし、空港に迎えに行くときも、ほんとに来てくれるかドキドキしてた」

「………」

酔いにまかせて頬杖をつきながら、るり子は店内のざわめきとすぐ前の囲炉裏でぱちぱちと焼かれている干物や野菜を見つめ、黙っていた。

「許してほしい、なんて言う資格はないのかもしれないけれど……やり直したい、失いたくない」

「何だぁ、浮気か？　もう一声！」

隣の中年が、再び無粋な茶々を入れてきた。

「いえいえ、してません。未遂なんですが」と言いかけた純のセリフに、るり子は再び西美奈子の顔やあれこれを思い浮かべ、胸にチクリと痛みを覚える。

「でも、とにかく僕がフラフラして、傷つけてしまいました、大事なこの子を」

純はふざけず、唇をかみしめながら続けた。

「そりゃ最低！　サイテー男！」中年が、パシッと割り箸で純の肩を叩いた。

「あんたもう！」雰囲気を察した奥さんが、今度は尖った調子でとどめた。

しかし、「おまえ、ちょっと黙ってなさいよ」。

中年男は、急にまじめな調子で隣の妻を制して言った。

「若いからそういうこともあるさー、お兄さんも男前だし誘惑も多いっしょ？　でも、大事な人にはちゃんと大事だって言うんだよ。失敗もいいの、仕事なんてもっとどうでもいいの。男がさー、はげても殺されても絶対に離しちゃいけないのは、一番大事な女なんだよ、わかる？」

「はい」純が力強くうなずく。

「じゃ、いけ！　決めろ」

今度は中年男性に、肩を直接、バシッと叩かれている。

「いや、そう言われても……じゃなくて、るり子」

純がるり子に向き直った。

「ごめんなさい。許してください。そしてもう一度……結婚を前提に、俺とやり直してくれないかな。俺には、一番も二番もないってわかった。るり子が大事なんだ」

「いい！　よく言った」

中年男が、パチパチと手を叩き、囲炉裏ばたの客たちも、二人に視線を注ぎ、温かく見守るように笑っている。

るり子は、気のきいた返事どころか、泣いていいのか笑えばいいのかもわからず、しばらくただ純を見つめていた。

しかし、気がつくと、ずっと頭を下げている形のいい純の短髪に、そっと手を伸ばしていた。


小さくジャズが流れる暖かいホテルの室内に戻り、これまでの緊張が一気にほどけたのか、その晩二人はシャワーを浴びるとベッドに吸い込まれるように眠ってしまった。深い眠りだった。世俗から切り離されたようにシンと静かな北海道の空間で、この白いベッドはまるで二人の繭みたい、とるり子はぼんやり感じていた。

しかし夜明け前、彼女が体に圧力と違和感を感じて目覚めると、純の腕は、るり子の首にしっかりと巻きついていた。

その強い意志を感じる堅い腕に両手を添えながら、

（ここにいたい。ずっとこのまま二人で眠っていられたら）と切実にるり子は願った。

春が来たら、あの雪で覆われた洞爺湖の木々もいっせいに芽吹き、それぞれの形や実りに向かって生命の活動をはじめる。

そしてそれらも、いつかはやがて朽ち果てる日が来ることを、彼女ももちろん知っていた。

それでも「今この瞬間が永遠であってほしい」と願わずにはいられないのが、人を愛するということなのかもしれない、と涙ぐむような想いでるり子は考えていた。

やがて、起きだした純が、るり子の体を優しくまさぐりはじめる。

再び戻ってきた宝物を愛でるように、慣れた手順で。でも、ゆっくりと深い愛しさを込めて。


翌朝、雪はやんでおり、白い積雪に太陽がまぶしく乱反射するような素晴らしい快晴だった。

夕方の便まで時間があるので、帰る道すがら、二人は登別の街の日帰り温泉に立ち寄ることにした。

車を駐車場に止め、どこか懐かしい風情がする、雪の残る石畳のおみやげ街の坂を手をつないで歩きながら、純が家族経営の小さな旅館を探し当てた。

そして、古い檜でできた、白い湯けむりの立つとろりと白濁した貸切温泉に二人で入ることにした。

北海道の抜けるようなおおらかな空気のせいだろうか。

狭い脱衣所で、るり子も純とともに自然に服を脱ぐことができ、彼のあとをついて、湯けむりのもうもうとたつ狭い室内に入る。

純に後ろから抱かれながら、10分ほどぼうっと湯を楽しんでいるときに、突然、頭の後ろで、スウスゥという空気の漏れるような音がした。

振り返ると、純が、湯船にもたれてるり子を抱きかかえたままの格好で眠っていた。

「純ちゃん」

るり子は思わず、上気し玉の汗を浮かべている純の顔に手を伸ばした。

「ごめんね」自然に言葉が口をついて出る。

「純ちゃんは……」

そうだ。この人は、自分のことは何も大げさに言わない。今回の旅だって、きっとわたしに気を遣って、わざわざロマンチックなアートの街やホテルをセレクトしてくれたに違いない。るり子は一瞬、温泉にざぶんと自分の頭ごと沈めてしまいたくなった。

そのとき、

(この人と向き合うことから逃げるのを、私こそもうやめなきゃ)

という強い気持ちが、この湧きだす温泉のように彼女の中に突然生まれた。

西美奈子の存在やアプローチはもちろん気になる。

だけど、もしかしたら、純ちゃんの言うように、わたしは彼女より、彼だけをちゃんと見つめていればいいのかもしれない。

だって、純ちゃんは今も、何とかそばにいようとしてくれている。

「わたし、何も気づけなくて。何より、あなたのこと、ちゃんと見てなくて、本当にごめんね」

眠っているかと思ったけれど、純は目を閉じたまま、何も言わずにすぐ後ろから彼女をギュッと抱きしめた。

その後、二人はしばらくミネラルウォーターを飲みつつ旅館の休憩所でやすみ、温泉を出た。

そして、さらに坂の上をたどって行くように散策をしていると、突然、うっそうとした森に囲まれた小さな神社があらわれた。

「湯守り神社みたいだよ。お参りしていこうか」

純が手をひいているるり子を振り返って言った。

こくりとうなずき鳥居をくぐった瞬間、「あ……」突然、るり子の脳裏にあのイエロー・トパーズが浮かんだ。東京のクライアントである綾人のことを思い出したのだ。

『聞いたでしょ？　あいつ、孤児でさあ、なんと雪の日に、北海道の神社の前に捨てられていたっていうんですから……ドラマみたいじゃねえ？』と紹介者の瀧川が言っていた。

あの憂いと翳りを含んだ瞳、寸分たがわぬほど計算しつくされたデザインのスーツや着こなしとは裏腹に、どこか世界としっくりきていないような態度。

そして、額に刻まれた十文字の古い傷。

――思わぬ悲しい出生の秘密を聞いたせいもあるかもしれないが、綾人には、異性なのにとても他人とは思えぬような既視感を彼女は感じていた。

「るり子？」

純の声にハッとして、るり子はあわてて、差し出された彼の温かな手をとった。

手をひかれるようにして細い階段を上がっていくと、小さな社務所とご拝殿が見えてきた。

まだ父が生きていた幼少のころ、家族で湯島天神をお参りした記憶はうっすらとあったが、それきりるり子は神社とは縁遠かった。

とりあえず純に倣《なら》い、見よう見まねで綱をひき鈴を鳴らし、パンパンと手を叩いてお参りをする。

白い息を吐きながら、静かに目をつぶっている純を横目に、

（神さま、二人でやり直せますように……）とるり子も真摯な気持ちで祈ってみる。

しかし、その頭の片隅で、帰京後の綾人とのミーティングについて、思いを巡らせはじめていた。


「アヤト！」

2回目のインタビューを終え、カフェ・プレリュードを出たところで、小さな、しかし凛とよく通る声がした。

綾人とともにロビー・ソファのほうを見やった瞬間、るり子は、その目が覚めるように青いハーフ・コートを着た女性が、彼の恋人〝トウコ〟であるとすぐにわかった。

ヴィクトリア調のゴージャスな調度品で飾られたロビーでも、パッと目に飛び込んでくるほど、存在感が濃く美しかったからだ。

綾人とるり子が近づいていくと同時に、彼女もすっとしなやかな身のこなしで立ち上がった。るり子と上背はそう変わらないが、姿勢が良いのかポニーテールの頭がキュッと小さいからか、長身に見える。

「もう終わったのかしら、ミーティングは？」

恋人のジャケットの腕に自然に手を伸ばしながらも、後ろのるり子にもにっこりとほほ笑んだ。

「こんにちは」

すっと白い手を差し出され、間近で向かい合った瞳子《とうこ》に、るり子はすでに圧倒されていた。同世代とはとても思えない落ち着きはらった優雅な物腰はもちろん、その名の通り、漆黒に輝く瞳や髪といい、利発そうな額や紅い唇といい、彼女のどこもかしこもが、つややかに光っていたからだった。

そんな彼女をまぶしそうに見ながら、綾人が立ったまま紹介をした。

「ジュエリー・デザイナーの真行寺るり子さん。春の乃木坂のレセプション・パーティーで……ジュエリー展示をお願いしていてね」

ええ、とぎこちなくるり子もうなずく。

――彼女には、誕生日にサプライズでプロポーズをしたい。だから、イエロー・トパーズの件は、それまで黙っていてほしい、と先ほども綾人から何度も念を押されたばかりだった。

「ああ、あの大型モールのね、それは素敵ね。休日にお疲れさまです。で、るり子さんはこのあとどちらへ?」

あくまで感じよくなめらかに瞳子は言った。

しかし、彼女自身はるり子に興味を持っておらず、恋人と早く二人になりたいと思っていることをさりげなく伝達しているようだった。

「わたしは、アトリエに戻って作業をします。この近くですので」

「そうなんですね。お疲れさまでした。私たちはこれから買い物に行くんです。綾人、今日はつきあってくれるのよね?」

きりりと大人びた顔立ちだが、素直な性格なのだろう。

瞳子は嬉しそうなパッと明るい笑顔になり、綾人にさらに寄り添い、彼の顔を見上げている。

るり子の前で恋人に腕をまきつけられた綾人は、るり子がはじめて見るような、戸惑いと喜びの入り混じった表情をした。

そして、両手の置きどころに迷っているような彼のその仕草を見ていたら、なぜだか、彼が泣き出してしまうのではないか、とるり子は感じた。

しかし、綾人は、さきほどまでのきりっとした表情をもう一度こしらえるようにして、るり子に軽く会釈をした。

「るり子さん、ありがとうございました。では、また……」

「ええ、少し構成案などを考えて、またこちらからご連絡させていただきますね」

化粧室に寄るから、と二人の後ろ姿を見送りながら、るり子はさきほどのミーティングでの綾人の真剣な懇願を、ぼんやりと反芻していた。

「瞳子とはもう、2年のつきあいになります。容姿も性格も、家柄も経歴も、僕には過ぎた女性です。だけど、彼女を失うことはもはや考えられないんですよね。絶対に手に入れたい。それをるり子さんにも手伝ってほしい」

そう。生まれつき、自分自身が心もとないような、この世に身の置き所がないような綾人にとって……彼女は〝光〟なのだ、とるり子は思った。

(まるで、わたしにとっての純ちゃんみたいに)

たった一人で放りだされてしまったような荒涼とした人生に、温かさと安堵を与えてくれるもの。

生きていく道しるべ、希望の象徴。そして、絶対的な輝きを放っているのに、この手につかみきれるのか、常に不安を感じさせるもの。

綾人もやはり、こう続けていた。

「でもね、彼女が僕のプロポーズを受け入れてくれるのか……僕は本当にわからないんですよ」

眉をひそめて切なげに言いながら、彼が手のひらでもてあそんでいたイエロー・トパーズは、今日も変わらぬ、柔らかで深い光をはなっていた。


「おかえり」

純の靴がひしめく狭い玄関で、突然振り返った彼に、スーパーの袋ごとるり子は再び抱きしめられた。

「……ただいま」

懐かしい匂いがするトレンチ・コートの腕の中でつぶやきながら、(わたし、帰ってきたんだ、本当に)と、彼女はようやく実感する。

先週の北海道旅行の後、そして、西美奈子のことでこじれはじめてからは、じつにひと月以上ぶりの彼のマンションだった。

一瞬見つめ合い、どちらからともなくそっとキスをし、ほほ笑んだ純がるり子の頬をなでる。そして、抱きしめられた拍子にパックからこぼれおちた苺を、二人でくすくす笑いながら手のひらに拾い集めた。彼の残業後に最寄り駅で待ち合わせ、近所のスーパーに寄ったので、時刻はすでに21時を回っていた。

互いにコートだけ脱ぎ、そのままキッチンに向かう。お湯をわかし、純が米を研ぐ間に、るり子がコンソメ・スープをこしらえ、買ってきた惣菜をレンジであたためたりお皿にうつしたりして、簡単な夕食を整えた。

『結婚を前提に、やり直そう』

北海道でそう告げられ復縁してから、二人の間には、春の気配より生々しい「生活のにおい」が持ち込まれた。帰京後、純が積極的に、まず会話の中にそれを織り交ぜはじめたのだ。彼の年収、会社の業績と今後の見通し。家賃や生活費、趣味のテニスや会社づきあいを含めた遊興費、財形貯蓄の額。そして、近くに住む弟夫婦がこまごまとした面倒をみるけれど、長男である自分もゆくゆくは気持ちだけでも仕送りを考えている、という浜松の両親のこと。

そのうえで、都心のサラリーマン生活において実現していける暮らしの範囲。

「そうね、うん、うん……」

長い間甘く優しい恋人だった純から、突然目の前に突き出されはじめた現実を、るり子は受け止めるので精いっぱいだった。

正直なところ、今手がけている若手建築家・綾人のいわくつきのイエロー・トパーズ、そしてその石をもって彼が手中に収めたい美貌の恋人・瞳子との世界に、連日イメージを飛ばし、想像力のチャンネルを合わせている彼女には、具体的な数字の羅列や生命保険のプランなどは、あまりにも唐突で、むしろリアリティを欠いていたのだ。

『あんたって子は。芸者の血と汗のにじんだ泥水飲んで育ったくせに、いつも1円にもならない綺麗ごとばかり。霞《かすみ》を食べて生きられるわけじゃあるまいし、宝石の仕立てなんかさあ。とにかくね、誰がなんて言おうが結婚は生活、最後は金だから。あの坊ちゃんの実家の資産でもちゃんと調べてからすることだよ。きょうびは興信所でもつけなきゃ、蓋あけてびっくり食わせ物も多いってよ』

少しほろ苦い菜の花に箸を伸ばしながら、るり子は昨夜も電話をかけてきた母親のミサの嫌な忠告を思い出す。確かに、これまでの二人は、週に1度か2度待ち合わせて外食をし、この部屋ではDVDを観ながらコンビニで買ってきたハーゲンダッツをなめていた。しかし、今は、スーパーのパックからお皿にうつした、菜の花のお浸しや細切りの牛肉が混ざった肉じゃがを、テレビ前のテーブルで並んで咀嚼している。食事を終え、純が風呂掃除をしている間、23時のニュース番組を横目にシンクで食器を洗いながら、

「結婚、生活か……」

るり子はふうっとため息をつき、洗剤の泡まみれになったプラチナ・リングを慌ててはずした。

日差しのやわらかな春の訪れとともに、神南の瀧川のジュエリー工房の薔薇のアーチも、ふんわりと匂い立つような華やぎを増していた。

「早咲きの薔薇も、庭師にちゃあんと仕込んでもらってるのよ。本番は来月からだけどさ、すでに美しいでしょ、姫もウキウキするでしょう？」

今週も徹夜作業が続いている、と言いつつも、今日の瀧川は上機嫌だった。それは、月末から銀座7丁目のギャラリーでスタートする、〈REAL-DREAM～瀧川光次郎の宝石たち～〉という個展のせいかもしれない。

るり子の土産のケーキも、いつもの手刀《しゅとう》を切って受け取ると、アシスタントのエミに頼まず、今日は自分でコーヒーをいれて、来客用の広い作業台に並べてくれる。

「でさー、今日はご多忙のるり子センセをお呼び立てして悪かったけれど」

今日は席を並べて座りながら、ぐりぐりとした大きな目でるり子をじっと見て、

「これとこれ、どうですか？」

黒とピンクの2冊の分厚い作品ファイルを渡す。

「方向性をもう決定しないと、ブツの手配や搬入が間に合わないんだけれど。スポンサーの例の宝石収集家も、おまかせだっていうし、少し迷ってしまってるんですよね、俺は」

本当に緊張して暑くなってきたのか、薄いピンク色のシャツの第2ボタンまで開けながらも、生真面目な表情で言う。マグカップを片手にるり子がざっと眺めたところ、黒いブックには、彼の得意とする立体構成の妙が際立つオーセンティックでインパクトあるジュエリーが集められ、ピンクは、細やかなセンスと職人技が際立つ、前衛的でモダンな作品の写真集である。

「個展のタイトルは……ええと、REAL-DREAMでしたよね？」

目の前のボードに貼られていた個展のハガキを見上げつつ、るり子が確認した。うん、と真面目

な表情で瀧川がうなずく。

「それが、俺の作品づくりというか、人生のコンセプトですから。舞台芸術も宝石も……夢のような現実であり、現実を忘れるような夢、であるべきなんです」

「……それこそ、どちらも、交ぜたらいいんじゃないですか？　方向性を決めすぎないで瀧川さんの好きなものを」

とるり子が言うと、ぷっ、と隅のデスクで静かに研磨作業をしていたエミが笑う。

「やっぱりそうかあ、じつは、エミちゃんもそう言うんですよ」

と瀧川が坊主頭をかいた。照れたようなその表情がおかしくて、るり子もつい笑ったとき、

「――で。つきましては、姫も作品を出してみませんか？」

急に瀧川が切り出した。

「え、わたしの？」

「そう、これも、ひとつのチャンスだと思うんですよ。場所も銀座の一等地だし、例の金持ちオヤジの不思議な客筋も見に来てくれるでしょうから、姫の世界も何か面白く広がるんじゃないかと思って」

瀧川は、いつものいたずらっぽい笑顔を見せ、驚くるり子に、ぬっと大きな手を差し出した。


「るり子さん、どうも」

今日の綾人は、淡いグレーのパーカに光沢のある紫色のダウン・ベストをはおったカジュアルな

スタイルであらわれた。それでも、彼が全身のコーディネートに細心の注意をはらって、ここ〈カフェ・プレリュード〉へやってきたことは、明らかだった。

スニーカーにわざわざ二重に通されている細いオレンジと紫の紐の配色の妙といい、手元にじゃらりと存在を放っているにび色のシルバー・アクセサリーといい、デザイナー視線でるり子がどこをチェックしてみても、小憎いばかりに計算しつくされているのだ。

「ええとそれで。今日は、彼女のことをお話しすればよいのですよね？」

綾人が小さな貧乏ゆすりをすることを、るり子は知った。その美貌や額の傷に意識を奪われがちで、これまでのインタビューでは気づかなかったのである。

「僕……今日はデッドが14時、延ばせて14時20分なんですね。15時前には、事務所のほうに戻らなくてはいけなくて。週明けに、大きなプレゼンを控えてて今日はボスの新藤もチェックに来るんです。これ、けっこう僕的に勝負なんですね。あ、タバコ、いいですか？」

「どうぞ。ごめんなさい」

思わずるり子は謝っていた。

最初から1時間の約束で、十分間に合うはずだったが、そう言わせる苛立ちのようなものが、彼のまばたきやライターをかちかちとせわしなくつける仕草から、小刻みに伝わってくるからだ。

「……で、るり子さんはどう思われましたか？　瞳子」

ふうっと煙をはきながら、視線を落としたまま綾人が尋ねた。

「はい。とてもお美しい方で、驚きました。ただいるだけで輝いてるみたいなひと」

「そう、ですよね」

マナーとしての謙遜をすることもなく、綾人は満足げにうなずき、「るり子さんはやはり……本物のアーティストなんだ」と、突然、るり子のほうに身を乗り出した。

「え、わたしが？」

話の関係性がつかめず、るり子は驚く。

「いえ、たいていの女性は、そうすんなりあの人を認めない。何か、憎んだりライバル視するんですよ。どこの世界でも同じでしょう？　美しさにしろ富にしろ才能にしろ、飛びぬけていたり異形のものは、この村社会では迫害を受けるんです。だからこそ、それらはよりいっそう種の保存のための進化をする。あるものは輝きを増し、あるものは生きるための忍びの術を巧みにするんです」

両手を組み、前のめりの姿勢になって語りながら、ふだんとは別人のような自身の熱弁にハッとしたのか、

「……すみません」

綾人は、いつもの髪を額になでつける仕草をし、再び目をふせ貧乏ゆすりを始めた。

「僕、じつは子供のころからダーウィンおたくで。中高と生物科学部だったので。大学のほうは、将来を考えて建築学科にすすみましたが」

「まあ、そうなんですね。わたしは美術部でした。三浦さんのように意外性がなくて残念ですが」

珍しく、自分はお上手めいたことを言っている、とるり子は落ち着かない気持ちがした。

「瞳子は……」

彼女の名前を口にするとき、伏し目がちな綾人の目にも、一瞬きらっとした輝きがともる。

「彼女が大学2年のときだったかな、僕の大学の学園祭のミス・キャンパスコンテストで、優勝し

たんですよね。そして僕は舞台上の彼女を見た瞬間……恥ずかしながら、まるで隕石にぶつかったような衝撃を受けたんです」

「まあ。一目ぼれ、だったんですね」

「はい。それから、戸惑う彼女に押して押して、押しまくりましたから。そんなことは、正真正銘人生で初めてでした。でも、全身にわいてくる不思議な力に突き動かされるようで、ともかく必死でした」

話しているうちに、いつのまにか彼の長めの前髪が分けられ、額の十文字の傷があらわになっていた。

「あ、これですか？」

るり子の視線に気づいた綾人が、彼女が視線を外す間もなく、切れ長の目で鋭くとらえるように言った。

「瀧川さんからお聞きかもしれませんが、僕は、孤児でして。捨てられていた神社のつてで、そこの氏子だった旭川の教員夫婦に育てられたんですよね」

「………」

とっさにうまい合いの手も浮かばず、ソファに腰をかけ直しながら、るり子は無言でうなずいた。

「子供に恵まれなかった彼らは、僕を申し分なく可愛がって育ててくれたと思います。田舎町でしたが、教育もきちんと受けさせてくれたため、一浪はしましたが、まがりなりにも東京大学にも進むことができました。感謝していますし、今でもいい関係ですよ。ただ……」

再び、胸のポケットからタバコを取り出し火をつけてから、その手の親指で自分の額を指しながら、

「最初から僕は、このように〝傷もの〟だったんです」

ひきつれたように笑って言う。

「顔を見たことはおろか、名前さえ知りませんが、おそらく僕の生母は、精神的に病んでいたんですよね」

「そんな……」

息苦しさを覚えつつ、るり子はもらした。

「それは、そうですよ。生まれたばかりのわが子に、しるしのようにこんな傷だけつけて、トパーズと一緒に雪の中に捨ててしまうくらいですからね」

綾人が奇妙な表情で笑ってみせ、

「るり子さんも宝石を扱ってるからご存知でしょうけれど、一度ついた傷って、癒えることはあっても完全には消えないんですよ。生涯ね。だけど、それをクリアする方法がひとつだけあるんです。建築でもよく使われる手法ですが」

「なんでしょう？」

「その土地や物件が持つマイナス以上の、圧倒的な光や華を据えることです。視線をそこに集めることで、欠損や傷は、人々の目にはうつらなくなるでしょう？　すると、それは存在しないのと同じことになるんです」

翳《かげ》りがちな綾人の目に、今は、力強い光が宿っている。自らをなぐさめるためではなく、そのこ

とを、彼は本気で信じているようだった。

「るり子さん、だから、僕が一緒になるのは、彼女でなければならないんです。そのためなら、僕は自分が持っているものをなんでも使いたい」

胸元から例のイエロー・トパーズを引っ張りだし、綾人は、るり子の目の前でギュッと握ってみせた。

「こいつは良くも悪くも……僕と運命をともにしてきたんです。きっと、大金をかけて買うダイヤモンドより、彼女を射貫く力があるだろう、と僕は直感的に感じるんですね」

ピアノの調べが流れる銀座のラウンジにいながら、るり子はなぜか、あの雪の洞爺湖の風景を思い出していた。男性としてはつくりが華奢で、内面も繊細に見える目の前の綾人にも、やはり、何か得体のしれない荒々しいものが秘められていた。それが何なのか、るり子はようやくわかったような気がしていた。


世間ではホワイト・デーでもある今年のるり子の誕生日は平日で、何事につけ季節の行事やイベントを大切にする純は、少し頭を悩ませたらしい。

「ごめんね、るり子。週明けの当日はきっと残業になっちゃうんだよ。だから俺、考えたんだけど」

前日の日曜日の夜、〝東京湾のディナー・クルーズ〟でお祝いしないか?と言う。

もちろんるり子にもその予感はあったが、船内での豪華なバースデー・ディナーのあと、まだ夜風が肌寒いデッキ上で、鮮やかにライトアップされたレインボー・ブリッジをともに眺めているとき、彼女は純からの正式なプロポーズを受けた。

「るり子。俺と、結婚してください。それで、考えたんだけど……これ」

今日は改まったジャケットをはおった純が、内ポケットから、真っ白な分厚い封筒を取り出して、彼女に渡した。うながされ、るり子が立ったまま封を切ると、そこにはなんと、現金が入っている。

「こんなことをしてごめん。でも、エンゲージ・リングをどうしたらいいか、俺もちょっと悩んだんだよ。それでその、これは俺の予算だけ、るり子にあずけたほうがいいな、と思ったんだけど、だめかな？　あの、それ持って一緒に買いに行ってもいいし」

年度末に向けての忙しさのせいか、最近少し痩せ、今日のディナーでも咳をしていた純が、ずずっと鼻をすすりながら言った。

「ごめんね、なんかロマンチックじゃなくて」

「大丈夫？　はい」

片手でバッグからティッシュを取り出して渡しながら、

「……ありがとう」

るり子は自然にその無粋な封筒をじぶんの胸に押し当てていた。おそらく、仕事柄、身につけるジュエリーには人一倍こだわりの強い彼女に、純も気を使ったのだろう。彼女の中には、不思議と失望や怒りの感情はわかず、ただ温かい気持ちが広がっていた。

「春になったら、浜松に行こう。両親に紹介するよ。俺も、君の実家に正式に挨拶に行く」

るり子を抱きよせて、彼女の頭をなでながら純が言う。そうよ、これまでもこれからも、すべては「純ちゃんにおまかせ」でいいんだわ……うなずきながら、心の中で、るり子はそう自分に言い聞かせていた。

　ところが、慣れないシャンパンと船酔いのせいだろうか。帰港前、化粧室に寄ったるり子は、ゆらゆら揺れるようなけだるい感覚に突然全身を襲われて、少しディナーをもどしてしまった。


「ふうん、純サマもやりますなあ……。まさに、雨降って地固まるってか。ルリルリは、一足お先に春ってわけね。こっちは運命のオトコどころか、仕事もなくなっちゃったってのにさ。あーうらやましい、正直、ちょっと憎たらしい」

　先週、突如勤務先から、派遣業の解雇を言い渡されたという亜子が、紅茶を運んできたるり子の頭にチョップする仕草をしながら、冗談めかして言った。

「頭にきて、週明けからまとめて有休をとった！」

　と言い、昼過ぎに、るり子の家に遊びに来たのである。

「でも……有機野菜のほうは、順調なんでしょ？」

　背の低いガラスのテーブルに自分のカップを置き、るり子も亜子の斜め向かいにペタンと座る。

「まあねえ」

　亜子はぷうっと丸い頬をさらに膨らませてみせる。

「といっても、まだ例のカフェと千葉の新規店としか契約も結んでないし、上がりなんて月5万にもならないよ。実家から通ってるから、今はなんとかなってるけれど。はー、あたしこれからどうなるのかなあ、ああああ、もう！」

叫びながら、亜子はそのまま仰向けにバタンと倒れ、天井を仰いで寝転ぶと、

「ね、やっぱりさっきの苺出してよ、食べよう」

と言う。

冷蔵庫に冷やしておいた彼女のお土産の苺を、キッチンでさっと洗ってガラスの器に盛り付けて出す。

「春待ち苺が、あたし的にはいちばんおいしいんだよね」

と亜子は遠慮なくフォークで刺しながら言う。

「きゅっと甘酸っぱくて、春へのときめきみたいなの？　ビタミンCとか体に染みいるかんじがしない？」

「亜子ったら、詩人みたいね」

「プーだよ」

その言い方がおかしくて、顔を見合わせて一瞬笑ったあと、

「ところで、やっぱりさあ、銀のスプーンは、幸せを呼ぶのかな？」

亜子が苺を刺したフォークを目の前で寄り目になって見つめながら、言った。

「え？」

「ほら、ハワイで純サマに買ってもらってきてたじゃん？　浮気のお詫びに。てか、あの話は片づいたわけ？」

「そうね……」

仲直りの北海道旅行の夜、『西さんには、きちんと説明をしてけじめをつけるから』と純に聞いたきり、二人の間で、その話題は出ていなかった。

それよりも、二人のこれからと現実生活の話が生々しく強烈で、るり子もなんとなく忘れていたのだ。

「しかし、るり子もいよいよ結婚かあ。スプリング・ハズ・カムだねえ、東京じゃロクな男もみっからないし、英語でもやり直して、あたし留学でもしよっかな」

思ったことをそのままポンポン口にするだけで、悪気のない亜子は、再び「うらやましい」モードに戻っている。しかし、るり子は、つやつやと紅い春待ち苺の味が、一瞬味気なく感じられ、戸惑いを覚えていた。


石座の金細工をヤスリで削り終えてから、黒い粉と金粉の散らばる作業台で、るり子はふうっと深呼吸をする。

じぶんでも知らないうちに、いつも息を止めている、神経を使う作業だった。

華やかなジュエリーを仕立てるすべての工程において、作り手は、ミリ単位の範囲で常に全方位に目を配る。

と同時に、宝石をつまむピンセットのように、指先まで神経をとがらせ続けていなければならない。

郵　便　は　が　き

料金受取人払郵便

小石川局承認

1360

差出有効期間
平成26年10月
15日まで

112-8731

〈受取人〉
東京都文京区
音羽二―一二―二一

㈱講談社
with編集部行

愛読者カード

今度の出版企画の参考にいたしたく存じます。ご記入のうえご投函くださいますようお願いいたします（平成26年10月15日までは切手不要です）。

ご住所　〒□□□-□□□□

お名前
（ふりがな）

電話番号

メールアドレス

今後、講談社から各種ご案内やアンケートのお願いをお送りしてもよろしいでしょうか。ご承諾いただける方は、下の□の中に○をご記入ください。

□ 講談社からの案内を受け取ることを承諾します

TY 2160605-1209

■ご購読ありがとうございます。今後の出版企画の参考にさせていただくため、アンケートへのご協力のほど、よろしくお願いいたします。

書名

a　本書をどこでお知りになりましたか。

1. 書店で実物を見て　2. 雑誌（雑誌名　）
3. インターネット・モバイルサイト（サイト名　）
4. 人にすすめられて　5.（　）

b　どこで購入されましたか。

1. 書店（具体的に：　）
2. ネット書店（具体的に：　）

c　購入された動機を教えてください。

1. 好きな著者だった　2. 気になるタイトルだった　3. 好きな装丁だった
4. 気になるテーマだった　5. 売れていそうだった・話題になっていた
6. 内容を読んだら面白そうだった　7. その他（　）

d　この本の内容について。

1. とても面白かった　2. 面白かった　3. 普通　4. つまらなかった

e　この本についてお気づきの点、ご感想などをお教えください。

ご職業　性別　年齢
男・女　10代・20代・30代・40代・50代～

プロとしてそれは当然のことだが、瀧川の工房に技師として勤務するエミのように専門工程に集中すればいいのではなく、るり子のような個人デザイナーには、全工程にそれを求められる。

デザインや原型づくり、セッティングに石留め、そしてフィニッシュ作業……どこかに、ほんの少しでもつめの甘さを残すと、完成したジュエリーに、必ず〝たわみ〟やアンバランスがあらわれるからだ。

「芸者の本番は、旦那衆がいびきかいて寝ちまってから。売れっ子を張っていくほど、仕込みが命なんだから」

と現役時代のミサも、愚痴とも自慢ともとれる調子でよく言っていた。

事実、酒とあの練り香水の匂いをぷんぷんとさせ、ふらついた足取りで夜更けに帰ってからも、必ず鏡台の前でコールド・クリームを使い丹念に化粧を落としてからマッサージをし、しかし、幼いるり子が起きだすころには、三味線の音を響かせていることも珍しくはなかった。

母親や女性としてのミサをるり子はいまだ受け入れることができないでいたが、ジュエリー・デザインの仕事に深く入っていくにつれ、

(ああ、彼女もまたプロフェッショナルだったのだな)

と見直すような思いで振り返る瞬間はあった。

お茶を入れて一息ついてから、バフという工具で磨く仕上げにとりかかろうとした瞬間、ダイニング・テーブルの携帯が鳴った。

「真行寺さんですか？　こんにちは。赤月の秘書をしております、村松と申します」

まだ若い女性らしく、どこかあどけない声の主は、女流歌人・赤月万葉の新しい秘書だという。万葉の紹介でるり子のクライアントとなった小宮山夫人から、銀座の個展に初出品する件を聞いたので、今週あいている時間があれば、お祝いがてらぜひランチを差し上げたい、という申し出だった。

るり子は慌ててデスクのデザイン画に埋もれた手帳を探しだし、木曜日と土曜日が空いている、と答えた。

すると、

「では、12時に銀座でお願いします。曜日と場所のほうは、赤月に確認してから、またご連絡させていただきますね」

あっさりと電話は切れた。


「いやあ、瀧川くんのご推薦ですから間違いはないと思っていましたが。るり子さんの作品を拝見したときは、僕は正直、ちょっと戸惑ったんですね」

殿塚と名乗る宝石収集家兼ギャラリーのオーナーが、ゆっくりとワイングラスを回し、テイスティングをしながら静かに言った。

「僕のように、宝石商のせがれで生まれ、典型的な宝石畑にどっぷりつかってきた人間からすれば、ひとことでいえば、アナーキーでアンバランスです」

慣れないグランメゾンの豪奢な席と初対面のスポンサーに緊張していたるり子は、一瞬ひやりとした。

今夜は、胸にピンクのチーフだけさし、モーブ色のシックなタイをしめた瀧川も、そっと隣のるり子を見やる。

いいえ、ご心配には及びませんよ、とでもいうように、殿塚はマジシャンのごとく両手をひらいてみせ、笑顔で続ける。

「しかし、見ているうちに非常に心地よくなってきたのです。あなたの宝石たちは、繊細なさざ波のようなリズムというかビブラートというか……共通した波動を伝えてくるのです。それは、もしかしたら、女性の持つ完璧なリズムなのかもしれませんね」

僕は波動研究家でもあるのです、とつけ加えながら、

「ムルソーです、'86年のものですが、なかなか悪くはないですよ」

と殿塚は、向かいの二人にもワインをすすめた。

るり子と同じく瀧川も下戸なので、とくに気のきいた返答もできず、形だけ口をつけている。

それにしても、とても不思議な言葉を使う人だ、まるで〝ろう人形〟のように年齢不詳な見かけにたがわず……と目の前でワインを飲んでいる殿塚のいやに赤い口元を見ながら、るり子は内心思っていた。

昨晩かけてきた携帯で、瀧川も言っていた。

「いや、正直俺もよくわかんないんですよ。彼の本業が何で、何であんな派手な暮らしをしているのか」

「ただ、鑑識眼と人脈は掛け値なしにすごいです。フランスの貴族や老舗ジュエラーとも、さりげ

なく取引してたりしますからねえ……何より、宝石と才能に対するわけわかんねえ熱意と愛があるんです。姫も知り合っといて損はないと思いますよ」

メインディッシュが運ばれ、再来週からはじまる個展の話題にうつったころ、席の後ろにおいていたるり子のクラッチバッグから、携帯メールの着信音がした。一瞬なんとなく胸騒ぎがし、食事中にごめんなさいと男二人にわびてから、るり子は席を立ちパウダールームへ向かった。

メールを確認すると、やはり純からだった。しかし、それは予想外のメッセージだった。

『ただいま点滴中。会社で倒れ、さっき病院に急患で運ばれてしまいました。ただの過労みたいだから、しばらく自宅療養ですみそうだけど。とにかく自分でも驚いた。純』

一瞬意味がつかめなかったが、花の飾られた洗面台の鏡の前で、るり子は震える手でレスをする。

『大丈夫？　いま話せますか？　ルリコ』

ピピッ。すぐに返事がきた。

『今はちょっと難しいかも。たいしたことないから大丈夫。2～3時間ベッドで休んでから、自宅に帰ってよしとのこと　純』

確かに最近頰がとがり、咳込みがちだった純の姿を思い浮かべながら、もちろん彼女はすぐにでも病院に駆けつけたい気持ちだった。

しかし、会食と懇談は佳境に入っている。純のメールの文面からも、とにかく大事ではないらしい。

少し迷って、るり子は返事を打った。

『純ちゃんごめんね。今、クライアントと会食中なので、2時間後にとにかくまた連絡するね。ルリコ』

ゆっくりとしたコース料理の出方に気をもみつつも、なんとか殿塚のデザート・ワインまでつきあい、店を出ると、時刻はもう11時を回っていた。

自分のハイヤーでお送りしますよ、という殿塚の申し出を、歩いて帰れる距離なので、と断った。

殿塚の後ろから乗りこむ瀧川を見送っていると、

「姫、だいじょうぶですか？」

と小さな声で、心配そうに彼が尋ねる。

「もちろん。ありがとうございました。おやすみなさい」

と精いっぱい明るい調子でるり子はいい、運転手と車中の二人に頭を下げ、黒塗りの車を見送った。

そのまま路上でタクシーを拾い、心臓をドキドキさせながらるり子は純のマンションを目指して高輪へ向かう。

飲み物か食べ物か、何か買っていくべきだろう、と車中ではっと気づいたが、思った以上に動揺しているのかうまく判断ができない。

とりあえず彼のマンションにたどりつき、すでに記憶している暗証番号を押して玄関をくぐり、エレベーターで5階にあがって純の角部屋のチャイムを押す。

反応がない。

部屋で再び倒れているのかと、嫌な胸騒ぎを抑えつつ、るり子が必死にチャイムを押し続けると、しばらくして、かちゃりとドアが開いた。

「大丈夫なの？　純ちゃん……」

言いながら、はっと息をのんだ。

チェーンをかけたまま、ドアのすきまから顔をのぞかせたのが、パジャマ姿の純ではなく、紺色のボーダーのニットを着た女性だったからだ。

「るり子さん。もう、遅いです」

別人のように低い声だったが、中にいるのは西美奈子だった。

「遅いって……純ちゃんは……？」

目の前で起こっていることがすぐには呑み込めず、るり子はうまく言葉が出てこない。

「休んでます。疲れきってるみたい」

ため息をつきながら、ドア越しの美奈子が言う。

「開けてください」

ドアノブをガチャガチャ言わせながら、るり子は懇願した。

しかしなぜ恋人である純の家に入れず、中にいる美奈子に頼んでいるんだろう？

るり子はたまらなく純が恋しく、またみじめだった。

「……開けないわ」

突然、強い調子で宣言するように美奈子が言った。

「だからもう、遅すぎるのよ」

「そんな」

「彼はもうぐっすり寝てるし。だいたい今何時だと思ってるの？　彼から連絡があったはずよ。それなのに、こんな時間まで、あなたはいったい何をしていたの？」

「それは……」

ドアを引き戻そうとする西美奈子の手首で、カラフルなブレスレットが揺れている。青ざめた表情で懇願するるり子をあざ笑うかのように。るり子は言葉につまった。

「とにかく、今夜は私がつきそいます。今、彼に必要なのは、しずかな睡眠。こんな夜中になって押しかけてくるあなたじゃないと思います」

ピシャリと美奈子が言い、るり子の鼻先で、静かに、しかし冷たくドアは閉められた。

再度チャイムを鳴らしたり、直接純の携帯にかけたりし続けて、それでも、30分ほどるり子は純の部屋の前にいた。

そのとき、突然携帯が鳴り、るり子は一瞬希望を持った。

しかし、電話の主は瀧川だった。

「姫、無事におうちつきましたか？　大丈夫ですか？？」

ついたけど、入れないんです……そう言葉にすることもできず、思わずるり子はしくしくと泣き出してしまった。

「姫、こっちこっち」

目黒駅前でタクシーを止めると、瀧川は、約束通り駅ビルの1階にあるスープ専門店の前で手を振っていた。

先ほどの会食で着ていたジャケットは肩にかけタイもはずしていたが、もともと大柄で目鼻立ちの派手な男だ。

しかも、今宵は坊主頭に正装スタイルなので、終電間際で行き交うサラリーマン群の中でもひどく目立っていた。

顔を合わすなり、るり子はそのまま伝えてみる。

さきほど、電話口で思わず泣き声を出し、いきおいで先輩を呼び出してしまった照れ隠しだった。

「大人なバーには弱いんですが、桜の見える、ケーキのおいしいとこなら知ってます」

と瀧川が明るく胸を叩くので、るり子は素直に瀧川に続いてタクシーに乗り込み、目黒川沿いのカフェに行くことにする。

少しあけたタクシーの窓ガラスから鼻先をくすぐるなまめかしい空気を感じながら、窓の外をぼんやりと眺めていると、目黒川に何重にも覆いかぶさるように咲き乱れるしだれ桜の絶景が広がった。

（綺麗……闇にうかぶ白いシャンデリアみたい。春の夜なのね）

るり子はようやく全身で理解する。それほど、今夜の彼女は緊張し通しだったのだ。


このへんに住んで長いんですよね、という瀧川の慣れたエスコートで、目黒川から一本裏通りにある3階建ての緑の屋根のカフェにつく。

3階のソファ席に通され、

「どうですか？　この桜シートは」

と瀧川に言われて見下ろせば、なるほど、まるで桜の雲の上にいるかのような眺めである。


深夜だというのに、常連や、クリエイターらしき人々で混雑する店内で、本日のスペシャルだという桜のモンブランを食べつつ小一時間ほど雑談をする。

るり子が小さなあくびをしたのをきっかけに、

「そろそろ、帰りましょうか？　姫も疲れたでしょう」

と瀧川が言った。

今夜の殿塚や個展についての話はしたが、るり子の涙については何も尋ねなかった。

「はい」

聞いてほしかったような、聞かないでくれて救われたような複雑な気持ちで、るり子はうなずいた。

会計を済ませて外に出て、夜桜をながめつつ目黒川のほとりを歩いていると、

「そういえば……」

と瀧川が急に振り返って言った。

「はい」

一瞬、るり子は足を止め、身を固くする。

「いや、おめでたい話。うちのエミちゃんなんですが、来月、結婚するんですよ。羽生くん、姫も知ってるでしょ？」

瀧川の工房に不定期でバイトに入っている、若手のジュエリー技工士だった。

「まあ……」

「入籍するだけらしいんですけどね、何かお祝いしなきゃいけませんよね」

ニコニコとして言う。

「た、瀧川さんは……」

今夜の不安定なテンションのせいか、自分でも意外なことに、るり子は瀧川に問いかけていた。

「ご結婚されてるんですか？」

「僕？　まさか、独身ですよ」

瀧川が真顔で言った。

「考えたこともありません。いや、10年前に1回あるけど……彼女はもう、亡くなってしまったんですよね」

さらりと言う。

「そうですか、ごめんなさい」

思わぬ返答に動揺し、言葉すくなにるり子はわびた。

いえいえ、と首を振りながら、瀧川は続けた。

「まあ、僕はジュエリーと結婚したようなものですから。当時はまだ舞台美術のほうだったんですが、もうその当時から、僕らの個展じゃないですが、リアル・ドリームに夢中だったんですよね。そして、ずいぶんと長い間、彼女をほったらかしにしていたら」

やめて、それ以上言わないで、と悲鳴のようにるり子は思った。

しかし、瀧川も今夜は高ぶっているのか、珍しくプライベートな話を続ける。

「彼女、幼馴染のサラリーマンと浮気してたみたいで。浮気相手とタクシー事故にあって、なんと二人とも亡くなっちゃったんです。お葬式で思いましたよ。ほんと、芸術とこの現実、いったいどっちがリアル・ドリームなのか、って」

なぜか濃度を増している夜桜の香りに、めまいがしそうだ、とるり子は思った。

「きっつい話をしてすみません、独身主義のおじさんのひみつのストーリー、ということで。でもね」

瀧川が言った。

「さしでがましいようですが、姫は、それでもいつか、ちゃんと結婚したほうがいいと、僕は思うんです」

「……なぜですか？」

なぜ、あなたはそんなにも勘がいいのですか？　宝石だけでなく、わたしも見透かせるんですか？

という思いも含め、るり子はすがるように問い返した。

「あなたはやっぱり、女の人だからです」

ジュエリー・デザインの先輩でも個展のパートナーでもなく、はじめて見るような普通の男の表情で瀧川が言った。

「殿塚さんじゃないけれど、作品からもあなたという存在からも、女性なんだな、とあまりにも強く感じるからです」

思わぬセリフに胸をつかれ、瀧川の真意をはかりかね……さらには、今日一日の出来事がめまぐるしく脳裏で交差して、るり子は言葉を失った。


翌日の午後、純からの度重なる電話で、るり子は目を覚ました。瀧川と別れて銀座のマンションに戻ったあとも、不安と焦燥感で今夜は一睡もできない、と思っていたのだが、緊張の糸が切れたのか、ソファで眠りこけていたらしい。

「きのう、ごめんね、来られる?」

いつもの優しい調子で、でもどこか硬い声で純が言った。

本当に大丈夫なの?　西さんは泊まったの?　どうしてなの?　いくつもの質問が頭をかけめぐったが、とにかくただ、彼が恋しく、早く顔を見たかった。

「行くわ」

と一言だけるり子は答え、シャワーを浴びて手早く身支度をすると、純の家に向かった。

チャイムを押すと、今日はパジャマ姿の純がすぐに出て、咳込みながらも抱きかかえるようにるり子を部屋に招き入れた。

苺、八朔《はっさく》、ミネラル・ウォーター、そしてハーゲンダッツのアイスクリーム。デパ地下とコンビニで買いこんできた見舞いの食料をテーブルに並べながら、

「大丈夫なの？」と尋ねるるり子と、

「きのうはごめん」と頭を下げる純のセリフが、同時にぶつかった。

「本当に、情けないけれど、ただの過労なんだ。点滴も、念のためってことで、ブドウ糖とビタミン剤を2時間くらい打たれただけ」

ダイニングのソファで、まだ脱脂綿と包帯が巻かれたままの腕をめくってみせる。

「だけど、会社で倒れるだなんて……」

青ざめた純を目の前にしていても、あのスポーツマンの純ちゃんが？と、るり子はこれが現実なのか、どこか信じきれないような気持ちだった。

「俺も信じられなくて。確かに年明けからハードな残業続きだったけれど、貧血にも病院にも縁はなかったから。どうも、この前のインフルエンザから、立て直し切れてなかったんじゃないかな」

「インフルエンザ？」

「あ、前回倒れちゃったとき……」

二人の間に気まずい沈黙が訪れた。

西美奈子に銀座のカフェに呼び出され、「あなたには恋人の資格がない」とるり子が泣いて責め

られたときのことだった。

「西さん……」

遠慮がちに口火を切ったのは、純だった。

「会社から病院に駆け付けてくれて。いいって言ったんだけど、昨日は俺もフラフラしてたから、送ってくれたんだ。そして、そのまま……」

「泊まっていったの？」

るり子はできるだけおだやかに尋ねたかったが、尖った口調になっていた。

「ごめん。でも、看病してくれただけ。俺はベッドで爆睡してて、彼女はそこで寝て……」

テレビの前のカーペットの上に畳まれたブランケットを指差しながら、純が言う。

「起きたら、出社してた。ほんとそれだけ。彼女も何も言わないし、俺も意識飛んでダメダメだったから、さっき携帯見て、るり子が来てくれてたことも知ったんだ。本当にごめん」

自分の両ひざに両腕をつき、純が男らしく頭を下げた。

その腕をなにげなく見たとき、るり子はサッと血の気がひいた気がした。

点滴を打たれていないほうの彼の右腕に、オレンジ色やブルーの石がランダムに組み合わされたパワーストーンのブレスがはめられている。

るり子が夢を見ていたのでなければ……それは、昨晩、ドアの内側の西美奈子の手首に揺れていたものと、おそろいのものだった。

（大人の男の人って、わからない）

白い手袋をはめ、作品のジュエリーを慎重にショーケースにおさめつつも、さっきからるり子の頭から、その思いが離れない。

『REAL-DREAM～瀧川光次郎の宝石たち～』のオープニングを明日に控えた、銀座7丁目の殿塚のギャラリーにて。

夕暮れどきから、オーナー兼スポンサーである殿塚の立ち会いのもと、瀧川とるり子、受付を手伝うエミ、そしてインテリア・コーディネーターの白髪の女性を交えて、最後の確認作業が行われていた。

あの晩、『僕はジュエリーと結婚したようなものです。でもあなたは、いつか結婚したほうがいいと思います。なぜなら……』と、はじめて見るような男の表情を見せた瀧川も、今日はすっかりいつもの真剣なジュエリー・デザイナーの顔に戻っている。まるでるり子が、桜の下で夢でも見ていたかのように。

そして、今日の殿塚は、初対面のときの浮世離れした鷹揚《おうよう》な印象とは打って変わり、終始せわしなくサロン全体に目配りをし、そのチェックは執拗だった。

長いつきあいらしき秘書の山村薫や白髪の女性インテリア・コーディネーターに、ショーケースのジュエリーの陳列順やライティングを何度も変えさせる。そして、一歩離れて腕を組んでは、

「そうねぇ……」と黙りこくる。

最後には、受付デスクの薔薇のアレンジメントにかかっているリボンの色にも細かく指示を出し

はじめるので、るり子まで胃がキリキリするほどだった。

「前祝いに、シンコ食べにいきませんか？」

ようやくすべてに殿塚のＯＫが出て、パンと手を打ちながら彼が明るい声を出したとき、時計はすでに夜の8時近くになっていた。

「近くにシャンパンを置いてる鮨屋があるんです。るり子さんも乾杯しましょうよ」

殿塚はグラスを掲げる仕草をしてみせ機嫌がいいが、るり子はすっかり神経ごとぐったりと疲れていた。

丁重に断って彼らを見送ると、るり子は一緒に残ったエミとともに、サロンの玄関口にある革張りのソファに無言で沈みこんでいた。

(男の人ってわからない)

そのまま、思わずガラス窓に頭をもたせて天井を見上げると、窓にはびっしりと無数の水滴がついている。いつのまにか、小雨が降りだしていたらしい。

(迎えに来てくれないかなあ……、純ちゃん)

緊張の糸がほどけたのか、るり子は急に純の笑顔を思い出した。

(だけど、一番わからないのは、純ちゃんだわ)

そう思うと、わっと子供のように体を丸めて泣き伏したくなる。

7年近くの歳月、そして西美奈子との浮気疑惑を乗り越え、彼のプロポーズを受け入れたこと。

その直後に、ふたたび過労で彼が倒れ、救急病院に運ばれてからの、あの悪い夢のような出来事。純がしていた、彼女とおそろいのパワーストーン・ブレスレット。

引きちぎっても追い払っても、二人の行く先には、いつも西美奈子が現れるような予感を、るり子はぬぐい去ることができずにいた。


「るり子さん？　どうかされました？」

エミが心配そうに声をかけたとき、

「今日はお疲れさまでした。よろしければどうぞ」

と秘書の薫が、温かい紅茶と小さなマロングラッセを運んできてくれた。

「ありがとうございます」

るり子はあわててソファから体を起こし、エミと同時に頭を下げる。

「いえいえ。ごゆっくり休まれていってください。殿塚は、いつもあの調子でマイペースですし。明日から、どうぞよろしくお願いいたします」

気をきかせたのか、再び奥の事務室に戻っていった彼女に目礼をし、ぽつりぽつりと、いつも化粧っ気のない無口なエミと雑談をする。

それでも、「今は入籍と引っ越しの準備も重なり忙しいんです」と言うエミは、ぽっと頬を赤らめて、しあわせそうな笑顔を浮かべる。

その表情を、るり子がまぶしいような気持ちで眺めていると、「コッコッ」。

頭の後方で、ガラス窓を叩く音がした。

「るり子さん、お知り合いですか？　手を振ってますけど……」

と向かいのエミが遠慮がちに指をさし、るり子は一瞬ドキリとする。純かもしれない、と思ったからだ。先日彼が倒れ再び気まずく別れる前に、個展のハガキは渡していた。

るり子は反射的にさっと髪形を整え、ゆっくりと振り向いた。

しかし、窓のすぐ向こうには、ビニール傘を差したクライアントの綾人が、恋人の瞳子と一緒に手を振っていた。


「突然すみません。今日たまたま、彼女との待ち合わせで通りかかったので。個展は明日からだと知ってはいたのですが、まさかるり子さん本当にいらっしゃるとは」

るり子や殿塚の秘書にそう詫びながらも、野心家の建築家らしく、奥のサロンへ通された綾人の目は好奇心に輝いていた。

「しかし、すごい構造ですね。明るいショールームみたいな外見からは絶対わからない。からくり部屋みたいな二重構造になってるんですね。海外のアート・コレクターが好むスタイルですよね。いやあ、まさか銀座の一等地に、こんな秘密サロンがあるとは」

ひっくり返りそうなほど体をそらして高い天井を見上げ、あきらかに興奮している。いつもは異常なほど神経質になでつけている長めの前髪も、今日は気にならないらしい。

確かに、NYのロフトのようなコンクリート打ちっぱなしの無機質な空間なのに、シャンデリアやカーペットは宮殿の調度品のようなものが飾られているこの不思議なサロンには、最初通されたとき、るり子も少し驚かされた。

「そうでしょう？　これは、普通の日本人の感覚ではありえないですよ。あの、ぶしつけで失礼ですが。山村さん、でしたよね」

突然、綾人が一番後ろで静かに見守っていた薫のほうを振り返り、スタスタと歩み寄りながら言った。

「申し遅れましたが、三浦綾人です」

そして、ジャケットの内ポケットから慌ただしい仕草で名刺を取り出し、半ば押しつけるような勢いで、薫に渡した。

「建築家の新藤裕三、ご存じでしょうか？　そこで建築デザイナーをしています」

「はい、存じております。とても有名な方ですよね」

薫がにっこりと、しかしやや職業的な、感情のない笑顔で答えた。

「もし、よければ教えていただけませんか。こちらの設計はどなたがされたんですか？」

「申し訳ありません。ここにギャラリーを構えてからは、おそらく10年以上になりますが、わたくしはこの数年ほどの勤務ですので、詳しくはわかりかねるのです。ごめんなさい」

「そうですか……。では、こちらのオーナーのお名前をうかがってもいいでしょうか」

「名前ですか？」一瞬目を丸くして、しかし気を取り直したかのように、薫が続けた。

「殿塚です。殿塚浩でございます」

「いやあ、何者なんだろうなあ」

関心を持った相手の像が、自分の中でなかなか結べないことに苛立ったのか、あからさまなため息を綾人がもらした。子供じみた態度だった。

「三浦さん？」

るり子さんの大切なクライアントなのですね、と前日なのに特別に通してくれた秘書の薫に申し訳なく、さすがにるり子は彼を軽くとがめた。

そんな恋人の様子をときどき横目で見やりつつも、瞳子は、いつものように落ち着き払った態度で、白い首と手を伸ばすようにして、フロアに点在するショーケースをゆっくりと回っている。瀧川やるり子の宝石を、じっくり鑑賞しているようだった。

そのとき、静かなサロン内に、携帯の音が鳴り響いた。綾人のジャケットからだった。「あ、事務所からです。ちょっと失礼。山村さん、すみません、ココ開けていただけます？」「ええ、はい、ええすぐ折り返します」

言いながら、カツカツと革靴の音を鳴らして綾人は出ていった。

何重にもなっているオートロックを解除しつつ、薫がいったん綾人を送り出しに行ったため、突如シンとなったサロン内には、るり子と瞳子が残された。

「るり子さん」

ショーケースから白い面をあげ、瞳子が、ケースの向こうに立っているるり子に声をかけた。

さきほどの恋人の無礼を詫びるのかもしれない、と一瞬るり子は思ったが、再びショーケースの側面に両手をつき、ジュエリーを眺めながら、予想外のことを瞳子は言いだした。

「宝石って、正直、ほとんど興味なかったんです。だけど、とても素敵ですね」

「ありがとうございます」

「なんだか、別の美しい世界へ旅をしていたみたい。キュウッと吸い込まれてしまいました」

それは嘘ではないらしく、るり子がよく見ると、まるで夢からさめたばかりのように、彼女の印象的な強い瞳は、焦点がぼやけてうるんでいた。

「この紫色の石は、アメジストですよね？　白はパール。こちらのブルーのは……？」

ひとつひとつ、桜色のつややかな爪で指差しながら、尋ねる。

「アクアマリンです」

るり子もショーケースに近寄り、瞳子の対角線上から、ともに覗き込みながら答えた。

「そうなんですね、わたし、本当に何も知らないわ」

いたずらっぽくウィンクしながら瞳子が笑った。すると、端整な顔が崩れ、綾人でなくとも思わず抱きしめたくなるような愛らしさが、ふわりとあたりに放たれた。

そのとき瞳子が眺めていたのは、半貴石の石たちを埋め込んだ、手のひらサイズのティアラだった。るり子がひとり立ちしてから、初めて全工程を手掛けた思い出深い作品でもある。

「〝天国のティアラ〟だなんて……ネーミングまでとても素敵ですね。おとぎ話に出てきそう。るり子さんは、どうしてこれを制作しようと思われたのでしょう？」

綾人が言うとおり、彼女は、本当に天真爛漫な性格なのだろう。彼のように、人の懐にとがった何かをねじ込むような鋭さや強引さは決してないのだが、子供のようにストレートに質問をする。

「それは……」

制作したころのことを思い出しながら、るり子は言った。

「ご縁あって紹介された、あるご婦人からのオーダーなのですが。ひとり娘さんをご幼少のころ、海水浴の不幸な事故で、亡くされてしまったそうなのです」

言いながら、るり子の胸には婦人への慣れないインタビューや、制作過程での苦労、そしてなぜか、つたない駆け出しデザイナーだったけれど、楽しかったころの純と自分の姿がよみがえり……ふたたび切なさと、胸の痛みを覚えた。

「まあ、それはお気の毒に」

瞳子はつややかで濃い眉をひそめた。

「ええ。でもご婦人は、毎年娘さんの誕生日のたびに、石を買っていたそうなんです。それらを25歳のお誕生日に、〝ティアラ〟として仕立ててほしい、というオーダーでした。娘は天国にいるけれど、それでもそろそろ、嫁入り道具をつくってやりたいので、と」

瞳子はまばたきもせず、じっとるり子の話に耳を傾けている。

「そしてこのティアラを、ご婦人は海に返して、娘さんの本当のお弔いにしようとしていたそうなんです。でも、やはり流すことができなくて……ご主人のすすめもあり、ずっと彼女の形見として、海辺の別荘に保管されているそうです」

「だから、〝天国のティアラ〟なんですね。素敵だわ……と言ってはいけないのかもしれないけれど」

瞳子がほうっとため息をつき、もう一度ケースを覗き込んだ。

「るり子さん、わたし……こちらの男性の完璧で大胆なジュエリーも素敵だと思いますが、やっぱり、心をキュッとつかまれるのは、るり子さんの作品みたいです」

瞳子の発言には、てらいや媚のようなものが一切なく、思わずるり子は照れてしまう。

「ありがとうございます」

「なんて言うのかなあ、美しくて切ないのだけど、それだけじゃない……」言葉を探すように、自分のこめかみに細い指をあてながら言う。「ああ、うまく言えない。でも、なんだか好きですよ」

にっこりと笑う。

「今日、来られて本当によかったです」

ティアラのショーケースの前で、瞳子が片手を差し出し、るり子も手を出した。

彼女の手ははっとするほど温かく、るり子はなぜかやすらぎをおぼえた。

もしかしたら、瞳子はその手のひらの中で、るり子の爪が割れているのに気づいたのかもしれない。もう片方の手を出して、両手でるり子の手を包み込むようにして、言った。

「わたし、小さなころから、痛みを抱えたものに惹かれるんです。それでいて、強烈に何かを求めているものに憧れちゃうんです。なんだろう……。自分自身はおさまりかえっちゃってて、ほしいものひとつない。つまらない人間だな、ってずっと思っているからかもしれない」

「そんな……」目の前の、完璧なまでに整った容姿を持つ彼女の意外なセリフに、るり子が驚いて言いかけたとき、「トウコ！」後ろから、息をはずませた、綾人の声が響いた。

そして、携帯ごと手をふりながら、せかせかと落ち着かない様子で彼女に近づいてくる。

その小柄な恋人のほうをゆっくりと見やりつつ、瞳子は、まるで母親のように慈愛に満ちたまなざしで、彼に向かってほほ笑んだ。

翌日の同じく夕方にひらかれた、殿塚や瀧川の上顧客を中心とした小さなオープニング・パーティーでも、るり子は緊張しっぱなしだった。

初対面の大人たちとの挨拶やジュエリーの説明など、3時間ほど立ちっぱなしで神経の休まる暇はない。

彼女のクライアントからも、色とりどりの豪華なアレンジメントや可憐な花束が届いていた。その中には、意外なことに母親のミサ、そして女流歌人の赤月万葉のネームがつけられているものもあった。

先週の万葉とのランチ会のことを、るり子は意識的に忘れるようにしていた。

あの日の万葉は、狭い和食屋の個室の中で、シミの浮いた肉厚の頬を終始盛り上げ、笑いながら、何の呪《まじな》いか、呪《のろ》いのような言葉を戸惑うるり子に向かって吐き続けていたからだ。

『だからね。あたしたちのような女には、恋愛だの結婚だのは、要は作品の糧でしかないの』

『何十人の男と寝てさ。子供も産んで。2回目の結婚もいつのまにか、ヒモがぶら下がってるだけの使い古したタンポンみたいになって。……ようやくわかったのよソレ』

『ほんと馬鹿らしいわよ男なんて。息子だっていつかはあたしを捨てていくんだから。悪いこと言わない。るり子さん、あんた才能にも美貌にも恵まれたんだから、芸術に生きなさいよ』

つい思い出してしまったせいか、人に酔ったせいか、るり子は少しめまいがしたので、いったんサロンを抜け出して、入り口のソファで休んでいた。

すると突然、頭上でガサッと音がして、目の前に、優雅な香りとともに薄いピンク色の薔薇の花束があらわれた。

「るり子」

聞きなれた、でもやはり、ずっと一番聞きたい声だった。

「純ちゃん」

「まだ見られるかな？　るり子の作品。間に合ったかな……」

「そろそろ終わりの時間だけど。たぶんまだ、見られると思う」

時計を確かめるふりをしながら、るり子はこぼれおちそうな涙をこらえて言った。


「ほんとうに、それで、大丈夫でしょうか？」

3日後の、カフェ・プレリュードでの最後のインタビューでも、綾人はひっきりなしにタバコに火をつけつつ不安げに繰り返していたが、「大丈夫だと、思います」と、るり子は初めて、きっぱり強く主張した。

新藤とともに手がけた自然と共存するスタイルの乃木坂の巨大パーク・マンションで、建築家の新人賞を受賞したという彼は、来月行われる授賞式で、彼女にプロポーズすることを決意したという。

そんな綾人へのるり子の提案は、「王妃のシェリー・ネックレス」だった。

綾人の言うとおり、いつも光り輝くような天然の存在感を、あっさりと仕立てのいい洋服でつつんでいる彼女には、大粒のダイヤモンドはさておき、デコラティブだったり甘いデザインのジュエリーは似合わない。

だから、彼が首から下げているイエロー・トパーズには細工せず、そのまま砂のように細い上質の24Kチェーンに替えてゆずる。

しかし、ペンダント・ヘッドには、王妃のティアラをかたどって小さなメレ・ダイヤを埋め込んだ、精巧な金細工をつける。

「アイデアは良いと思います。ティアラというのも、彼女らしいですし。しかし……」

デザイン画を描いたスケッチブックを何度も眺めつつ、綾人が最後まで食い下がったのは、ゴールド・チェーンで本当に大丈夫か、ということだった。

シェリー色のイエロー・トパーズは、瞳子の好むシルバーとは相性があまりよくない。24Kのゴールドと組み合わせるのが、もっとも上品で美しい、とるり子は考えていた。職業柄、美的感覚に優れた綾人も、もちろんそのことは理解できる。しかし、彼女がそれを受け入れられるかが、どうしてもひっかかるというのである。

「綾人さん、大丈夫だと思います、自信を持って。瞳子さんは、美しいものがわかる人です。そして、綾人さんに関しては、実は、全部受け入れてくれる人なんだ、とわたしは思うんです」

言いながら、瞳子のすべてを見透かしていると同時に包み込むような、あの、モナリザのような綾人へのまなざしを思い出す。

そして、るり子に対して噛みつくように攻撃的ではあるけれど、純を守ろうと必死な西美奈子。どうしてだろう。わたしは、とてもそうなれない……自分を情けなく思いつつ、るり子はそう認めずにはいられなかった。

そんなるり子の内心の逡巡に気づかない綾人は、さらにるり子に食い下がる。

「そうでしょうか。どうしてそう思われましたか？　ご説明いただけますか？」

「どうしてと言われましても。もうなんというか、女のカン、みたいなものになってしまうのですが……」

るり子が困り果てたように言うと、綾人は一瞬黙り込んだ。

そして、手のひらにのせていたトパーズをぎゅっと握りしめてから、「わかりました、では、賭けてみます」ようやくあきらめたように、でも何かに向かって祈るように言った。

「ありがとうございます。瞳子、受けてくれました。喜んで、って！」

綾人から礼を告げる電話があってから、1ヵ月後。るり子のもとへ、彼らの結婚式の招待状が届いた。

(せっかちな綾人さんらしいわ)と、西日の差す夕暮れの作業台の上で、その透かし模様の入った白いハガキを眺めながら、るり子は自分の中である決意を固めていた。

プロポーズのとき純からもらったままになっていたエンゲージリング用のあのお金を、そっくりそのまま純に返すこと。そして、しばらくこの仕事を中断し、純の看病をしていくこと。

あのあと、純はまたも倒れて入院した。

大学病院での精密検査の結果、純は急性白血病であることが判明したのだった。

第4章　パール

「るり子。明日さ、デートしない？」

　バスタオルを首にかけ、サッパリとした顔でダイニングに戻ってきた純が言う。梱包を終えた後、手を洗いに行ったのかと思っていたら、早めのシャワーを浴びてきたらしい。

「デートって……」

　ガム・テープを持ったまま、ふさいだ気持ちでフローリングに座り込んでいたるり子は驚き、彼を見上げた。

「ん、なんとなく。明日は天気もいいらしいし」

　言いながら、部屋の隅に運んだ段ボール箱の上に、スポーツ・バッグをポン、と無造作にのせる。

　その紺地に黄色のブランド・マークが入った楕円形のバッグは、純がテニスや1泊の出張のときに愛用していたものだった。

　しかし、今その中につめられているのはスポーツウエアではなく、明日の午後からの本格的な入院生活のための、当座の生活用品なのである。

　押し黙るるり子にかまわず、純はバッグのポケットから携帯電話を取り出して、検索した画面を見せながら続けた。

「調べたんだけどね。庭園美術館は、ちょうどジュエリー展やってるみたい。120カラット以上のダイヤや1800年代からのクラシックなコレクションが見られるんだって」

「宝石なんて……今はいいの」

やっとのことでつぶやくようにるり子は言い、首を横に振る。

「だったら品川アクアスタジアムとか。映画観てもいいし。そのあと、プラチナ通りを散歩するのは？　考えてみれば、平日デートのチャンスなんて、社会人になってからめったになかったしさ。ね、どっちがいい？」

るり子はどこにも行きたくなかった。

つとめて明るく言ってはいるが、今の純には、遠出や人込みが心身ともにこたえることも、彼女には痛いほどわかっていた。


検査入院を終え、純の病名が「急性白血病」であることが判明するやいなや、明日からの入院生活は決定された。

発覚した以上、一刻も早く非常にデリケートな化学療法を集中して行わなければならなかった。そして、退院までの期間も、完治する可能性も、入院生活をはじめてみないと、何とも言えない状況なのだという。

3度目に倒れたあと、検査入院を経る前から、すでに純は、ぷつっと何かの糸が切れたように急激に痩せはじめていた。駅の階段を上ったり近くのスーパーに買い物に出かけるだけで、肩で息をしている。

それなのに、明日入院を控えた純は、ふさぎこむるり子を気づかって、彼女の好きなところに出かけよう、と精一杯明るく言うのである。

（……ここでいい。わたしはただ二人で静かにいたいだけ。誰にも邪魔されずに）

しかし、そう訴えることが、純にとってかえって酷なこともわかっていた。

だから、るり子は精一杯の笑顔をつくって「じゃあ……純ちゃんに、おまかせで」と答えた。

「ＯＫ。いつもの感じで」

嬉しそうに言いながら、純もフローリングにしゃがみこみ、彼女の頬に手を伸ばそうとした。

どうしよう、涙がこぼれてしまいそう、とるり子がとっさにうつむいたとき、純が彼女の頭ごと、静かに抱き寄せた。

床に片手をついた不格好な姿勢のまま、るり子もそっと純の背中に片手をまわす。Ｔシャツの背中も胸元も、一回り薄くなっていた。

それでもやはり、彼の腕の中にいると、彼女は安堵感を覚えてしまう。

「よしよし」と頭をなでられながら、そんな自分のふがいなさや先の見えない闘病生活を考えて、るり子はポロリと涙をこぼしてしまった。


まるで真夏のように強い日差しのふりそそぐ朝だった。

光をまっすぐに浴び、まぶしいほどにきらめいている新緑や花々と、アスファルトに伸びる二人の長い影のコントラストを、るり子はぼんやり眺めていた。

「なんか、呼吸しやすくない？　都会のオアシスって感じだね」

そう言って笑う純の白いシャツも、降り注ぐ日差しで透けて見える。

確かに、平日の庭園美術館は、日傘をさすマダムやベビーカーを押している若い母親を見かけるくらいで、人影もまばらである。

「ほんとにいいの？　ここまで来て、宝石見ないで」

と、美術館の建物前で振り向きながら純は言うが、うん、とるり子はうなずいた。本当に石など見たくなかった。

事実、純の本格的な入院が決まり、るり子はこれまでの一切の仕事や新規受注をストップしようと決めた。

彼の身の回りの世話をしたい、闘病生活を支えたい、という気持ちはもちろんだが、とても手につかない、というのも正直なところだった。

昨日、るり子が検査入院を終え一時帰宅する純を迎えに行ったとき、純は、彼女を近くの公園内にあるオープン・カフェに誘い、言ったのだ。

「るり子、ごめん。俺……このままほっといたら、最悪、余命1年くらいかもしれないんだって」

泣いているような怒っているような、初めて見る複雑な表情で彼にそう告げられ、彼女の時間や血流は、ピタリと止まってしまったような気がしていた。

「——あ、ちょっと、ここ入ろうよ」

ぼうっとしていたるり子が足を止める間もなく、純が、美術館の隣にある白い小さなミュージアム・ショップの扉を開けた。

チャリン。ドアに付けられた小さな鐘が、澄んだ音を立てた。

いらっしゃいませ、というようにレジの前でほほ笑んで目配せをした丸メガネの中年女性に、純とるり子も会釈を返す。

真っ白な狭い空間だったが、ステンド・グラスのような細長いガラス窓といい、どこかチャペルのような空間である。ぽつんぽつんと並べられている美術館のグッズや輸入品らしき雑貨たちを、純と二人で見るともなしに眺めて回る。

「これ」

はっ、とるり子の眼をひくアイテムがあった。薔薇と蔦がからまるようなデザインの真鍮に、小さなパールがあしらわれた、美しい三つ折りの写真立てだった。

もちろんパールはイミテーションだろうが、単なる雑貨とは言えないほど贅沢なつくりである。手に取ってみると、やはり、意外なほどずっしりと重量感があった。

「キレイだね。シルバー？」

「ううん、真鍮だわ」

あら、というように、レジの女性がメガネの位置を直してるり子を見なおし、

「お詳しいのですね。それはイギリスのメーカーのものなんですよ」

二人のほうに近づき、声をかけてきた。

「ええ。彼女はジュエリー・デザイナーなんですよ」

純が誇らしげに言う。

「まあ、そうなんですね。では余計なご説明かもしれませんが、真鍮は重さがありますが、加工次第ではずっと錆びることなく美しさを保てるんです」

彼女は単なるレジ番ではなく、仕入れもしているオーナーなのかもしれない。商品説明をしはじめたとたん、彼女の眼に輝きがともったのを見て、るり子は思った。

「ですから、アジアの仏像なんかはもちろんですが、ヨーロッパのご家庭のインテリア・グッズにも広く愛用されているんです。ね、ご覧になって」

女性はいたずらっぽくほほ笑みながら、写真立てを裏返し、銀色のロゴを指さして見せた。

「Eternity LOVE。永遠の愛。ブライダル・グッズで有名なシリーズなんですよ。お二人にぴったりかもしれませんわね」


「あ、そうきたんだ、あの坊ちゃん。なんかそんな気がしてた。で、あんたどうするの?」

古ぼけた湯島の喫茶店のカウンターで、筋張った指でさやえんどうの筋をとりながら、表情ひとつ変えずにミサが言った。

るり子の母親のミサが経営する、このカウンターのみの喫茶店は、彼女が芸者を上がったとき、実家の玄関口の板の間をつぶして始めたものだった。

接客してないと頭がすぐボケちまう、と言って芸者時代の常連客を相手に始めた小さな店だが、改装費から不思議な花柄のインテリア、食器代など、少なく見積もっても１０００万円単位はかかっている。でも、出資者が誰なのか、るり子は知らないし聞こうとも思わなかった。

ただ、これは聞き捨てならなかった。

「そんな気がしてたって……どうして」

怒りというより驚いて、客席からるり子はたずねた。

「そりゃあんた」

お世辞にも大きいとは言えない眼を、大きくむいてみせてミサが言う。得意なときの彼女の表情。

「母親のカンってやつに決まってるでしょ。あんたとあの坊ちゃんは、なんだか、すんなりいかないような気がしていたんだよ」

そして、さやえんどうを竹ザルにぽいっとほうり、大げさに顔をしかめてみせる。

最近は体調もすぐれず客入りもよくないので、週末以外は店を閉めることが多いと言い、今日るり子が訪れたときも店のシャッターは下りていた。しかし、中で割烹着をつけ料理をしているミサの顔には、誰のためなのか、おしろいと口紅はしっかりと塗られている。

「……あんたは本当に、何もわかっちゃいないんだね。誰のためって、身だしなみのために決まってるじゃないか。えんどうは筋をとらなきゃ食べられないくらい、決まってる話だよ」

呆れたようにミサが言う。

「で。あんた、看病するつもりなんだろうけど、あたしはすすめないね。白血病って、あれだろ。夏目雅子がなったやつ。あんたは知らないかもしれないけど、水もしたたる美人女優でねえ。でも若かったから、進行が早くてあっという間に死んじまった。あの坊ちゃんも27か28だろ？　抗がん剤治療したって、止められないと思うねえ」

芸者あがりで、もともと口が立つ下町っ子のミサは、ポンポンと機関銃のようにまくしたてる。

「いい？　男は甲斐性、女は美貌。バカ、ブス、ハゲと根性悪には、つける薬はありゃしない。そして、いい人ほど早く死ぬ。お父さんだってそうだっただろう？　悪いけど、それがこの世の決まりだよ」

自分の母親ながら、あまりの言い草に、るり子は言葉を失っている。

結婚3年で脳梗塞で倒れ、そのまま逝ってしまったという大学教授だった父。

それでも、亡くなるまでの半年間、つきっきりで看病したというミサに、るり子は、純の入院生活のための心構えやアドバイスなどを聞きたいと思い、意を決して実家を訪れたのだ。

ジュエリー・デザイナーとして一人立ちしてから2年ほど、るり子は、熱を出しても生活費がままならなくても、絶対に実家には寄りつかない、と心に決めていた。

だが、彼女はひさびさ自ら実家を訪れた。それほど心細い思いをしていた。

「で、おなかはすいてないの？　欠食児童みたいな青い顔して。そこの総菜食べてけば。こうやって、週1回まとめてつくっておくんだよ。合理的だろう？　ちゃんと食べてあんたも正気で考えなさい。別れどきだよ。入籍してなくて助かったんだよ。看病なんて共倒れだから」

えんどうをゆでるグツグツ沸いた湯を娘の頭にぶっかけるようなセリフしか、ミサからはとうとう出てこなかった。

買い物客に交じりOLやサラリーマンたちが行き交う夕暮れの銀座の街を、どう帰ってきたのかわからないまま、それでもるり子は銀座の自宅マンションにたどりついた。

部屋に入ると、やはり今日も留守電のランプが点滅している。誰からのメッセージかは、聞かなくてもわかっていた。

クライアント、瀧川、そして「お忙しいとは存じますが、どうしても、パールのリメイクをお願いしたいクライアントがいるんです」としつこい万葉の秘書。

『今後について、少し考える時間がほしいため、しばらくお休みをいただきます。私は大丈夫ですのでご心配なく。真行寺るり子』

そんなメールを関係者に送ったきり、ぷっつりと連絡がとれなくなったるり子を、めいめいに心配しているのである。

瀧川はもちろん、万葉にいたっては、『まさか、あなた、自殺なんてしてないでしょうね?』と、最近は秘書をつかわず、自ら電話をかけてきていた。

それでもるり子は、純とやりとりする以外、携帯で折り返すことはおろか、メールの返信さえしていなかった。ただでさえ神経の細い彼女は、青天の霹靂《へきれき》のような純の病気発覚からジェット・コースターが急降下するように決まってしまった本格入院までの経過で、すでに憔悴しきっていた。他人に回すエネルギーや気持ちの余裕が、本当になかったのだ。

それでも気力を振り絞り、るり子は作業台の奥におしやったままのノート・パソコンを引っ張り出して、立ち上げてみる。そして、デスクスタンドだけつけた暗がりの中、おそるおそるメール・チェックした。

【申し訳ないですが。至急連絡乞う】というタイトルの瀧川からのメールが目についた。画像付きのそれを開いてみる。


『姫へ。

お元気ですか？

オレたちの個展の大成功後、いきなり連絡がとれなくなり、オレはなんだか、愛娘に突然家出だか駆け落ちされたオヤジのような、妙にさみしい気持ちを味わっています。エミちゃんと羽生くんときたら、うちの工房でもほのかにラブラブですしね。新婚さんには、独身の上司に対する遠慮なんてないらしい。まあ、若く美しい君にも、きっといろいろあるんだろうな。それもすべてジュエリー道の肥やしになるでしょう。引き続き、励んでくれたまえ。

——ってか、それはさておき、本題です。

今回世話になった殿塚さんに（&オレに）、やはり、お礼の挨拶はしときませんか？　事情心情は汲みたいところなのですが、社会人としてのマナーかと思います。つきましては、来週のご都合を教えてください。

菓子折りでも持って、一緒に銀座のギャラリーに行きましょう。

追伸・秘書の山村さんも、君あてにいくつか預かっているものがあるそうです。

瀧川光次郎　０９０—８８００—×××× 』

添付の画像をクリックしてみると、見事に満開になっている、彼のジュエリー工房の薔薇のアーチの写真だった。

純がミュージアム・ショップで購入した、真鍮でできた薔薇があしらわれたフォト・フレームを思い出す。

「俺たちの写真をこれに飾ろう。それを枕元に飾って、俺も頑張るから」

という冗談めかした彼のセリフを思い出し、るり子は複雑な思いにかられていた。でも、瀧川には、新人時代からあまりにも世話になっている。彼女は大きく深呼吸をしてから、携帯に手を伸ばし、瀧川の番号を押した。


午後の一般客の面会時間を待ってから、るり子は、純の入院する大学病院を訪れた。

受付で「血液内科に入院している、松沢純さんの……」というと、小太りの看護師が手なれた様子で台帳を調べてくれ、1013号室だと教えてくれた。受付で説明されたとおり、るり子も入院患者と見舞客用の一番奥のエレベーターに乗り、10階で降りる。

廊下には、看護師がガラガラと台ごと運んでいる昼食の残飯たちと薬品のツンとした臭いが混ざった、胃液がこみあげてくるような臭いがする。

るり子は不安な気持ちで歩きながら、ようやく純の部屋を探し当てた。

部屋の前にかかっているネームプレートを確認すると、男性ばかり4人の相部屋らしかった。

コンコン、とノックしてからドアを開けると、日当たりのよい部屋には、2つずつ向き合うようにベッドが並べられていた。といっても、ベッドを全方位囲めるカーテンで、おのおののプライバシーは守られる形らしい。まだ午後の1時だというのに、カーテンが開いているのは、窓際のひとつのベッドだけである。

「えっと、どちらさま……」

半分起こしたベッドの上で、パジャマ姿でみかんを食べていた初老の男が、一瞬目を丸くして、戸惑ったようにるり子のほうを見た。

「あ、松沢さんのお見舞いで」

るり子は手にした花束で自分の顔を覆うようにして、純の名字を言う。

「マツザワ、松沢……あ、新入りの」

細面の人のよさそうな男が、窓際の向かいのベッドを指さした。その会話に気づいたのだろう。そのとき、そっとカーテンが開いて、誰かが顔をのぞかせる気配がした。

「純ちゃん」

言いかけて、るり子は黙った。純のベッドの内側から、品のいい紺色のサマーニットを着た見知らぬ中年女性が顔をのぞかせたからだ。

「もしかして……るり子さんですか？　どうぞこちらへ」

小声で手招きをされ、おずおずとベッドのほうへ近づくと、純は天井からつるされた大きな点滴を打たれ、やや青ざめた顔ですやすやと眠っている。

「こんな椅子ですが、どうぞお掛けになってください」

すすめられるまま、そっけないほど簡易仕立ての椅子に座る。

「ごめんなさいね。お昼がすんだらすぐに点滴を打たれて、たった今眠っちゃったんですよ」

その、目がくしゃっと細くなる優しい笑顔やこのシチュエーションから、るり子もそうではないかと思っていたが、

「純の母です。はじめまして。今日午前中に、浜松から来たんですよ」

母親は軽く頭を下げてそう言った。

るり子もあわてて頭を下げるが、突然の対面に、うまく言葉が出てこなかった。

「るり子さんのことは、純からよくうかがっていたんですが……。まさか、こんなところで、ご挨拶になるだなんて、ねえ」

苦笑してみせる。

確か、浜松で書道の先生をしているという純の母親も、どちらかといえば無口なほうらしい。人見知りのるり子もうまく言葉が続かず、すぐシンと静かになり、純の寝息だけがかすかに響いていた。

しばらく二人で並んで彼の寝顔を見つめたあと、「あ、お花を……」とようやくるり子が、珍しい青色の薔薇を中心にした花束を、母親に渡した。

「まあ、ありがとうございます。花瓶、あったかしら……。私もまだ不慣れでして。看護師さんに聞いてみなくちゃ」

言いながら、母親が病室を出ていったので、るり子はようやく純の寝顔をじっと見つめることができた。

こうして距離を置いて眺めてみると、純ちゃん、ずいぶん顎がとがってしまったのだな……とる

り子は涙ぐむような気持ちになった。

あわててベッドサイドのティッシュ箱に手を伸ばし、るり子は、真鍮のフォト・フレームが飾られていることに気がついた。

(純ちゃん、いったいいつ用意したのかしら)

その三つ折りのフレームには、2枚の写真がセットされていた。

右端は、二人で初めて旅行した軽井沢で、まだ短大を出たてのるり子がアイスクリームを食べている写真。ストロベリーを頰につけている顔が可愛いと、当時から純が気に入っていたものだ。

左端には、この冬、仲直りした雪の北海道旅行でのツーショット。

そして、中央のフレームには、まだ何の写真もおさめられていない。よく目をこらすと、その白い台紙にも「Eternity LOVE」という筆記体のロゴが薄くプリントされている。

そのとき、純がごほっと咳をして、寝がえりを打とうとした。引っ張られ点滴が倒れてはいけない、とるり子は反射的に純のパジャマの肩口に手を伸ばし、押さえようとした。その拍子に肘をひっかけてしまったのか、フレームはゴトッと音をさせ、床に落ちた。

一瞬ひやりとしたが、るり子は拾い上げてほっとする。こわれてはいない。

(だけど……私たち、これからどこに行くんだろう)

空白のフレームと、それでも目を覚まさない純の寝顔を交互に見やりながら、るり子は、胸にじわじわと広がる不安を打ち消すことができないでいた。

「それでね、亜子がね、この間久々に会ったら……〝好きな人ができた！〟っていうの」

純の病室のベッドの脇で、食後の林檎をむきながら、るり子が言った。

「えっ、彼氏できたの？　亜子ちゃん」

ｉＰａｄをいじりながら、片手で彼女の差し出す林檎をフォークごと受け取り、純が目を丸くする。

「ううん、まだ出会ったばかり。例の有機野菜のカフェに新しく入った、イケメン・シェフなんだって。でも、運命をビビッと感じたから、〝絶対に絶対に、なんとかして結婚するんだあたし！るり子も応援して！〟なんて言うのよ」

はずむような亜子の口調を真似てみせ、るり子は思わず吹き出してしまう。

そんな彼女を嬉しそうに横目で見やりつつ、「そっか、よかったね」と、純はシャリシャリと健やかな音をさせ、ふた切れ目の林檎を食べている。

「うん。でも、まだ知り合ったばかりみたいだし、どうなるかはわからないけれどね」

るり子は、少し首をかしげた。

「いいじゃない。好きな人ができたなんてさ。それだけで毎日楽しいんじゃない？」

鼻までくしゃっとしわを寄せ、照れた少年のように、でもとびきり優しく笑う。それは、どんなときも彼女をほっとさせる純の表情だった。

「それにココだけの話……」

純が急に声のトーンを落として言った。

「亜子ちゃんなら、タックルでもなんでもして本当になんとかしそうで……男としては、なんか怖いよね」

ぶるっとパジャマの上半身を震わせてみせてから、「ごめん、つぼに入った」とｉＰａｄをベッド上のデスクに投げ出し、腹を抱えて笑いだした。何事にも猪突猛進タイプの亜子の姿を思いだしたのかもしれない。

「もう、純ちゃんたら、失礼！」

るり子は果物ナイフを軽く振り上げ、怒ったフリをしてみせる。

「あ、ずるい。るり子も先に笑ってたじゃん」

「そうだった？」

「そうだよ。親友のくせにさ。ちゃんと導いてあげなさい、ゴールインまで」

まるで神父のように、純が胸元でおごそかに十字を切ってみせる。

「はい。誓います、がんばります」

るり子も片手をあげて真面目にこたえ、一瞬顔を見合わせて、二人はふたたび吹き出し、大笑いしてしまう。


「……お邪魔してもいいでしょうか？」

低い咳払いとともに、カーテンの外に人の気配があった。片手だけ差し出して、るり子がそっと顔をのぞかせると、カルテを持った担当医師の太田と看護師の金子さんである。

「あ、すみません。どうぞ……よろしくお願いします」

るり子は顔を赤らめて席を立ち、カーテンを開けて二人を迎えた。ベッドサイドの時計を見やると、いつのまにか午後の回診の時間になっている。

「いいんですよ。松沢くんだって、こんなむさ苦しいオヤジ面を見るより、真行寺さんを眺めてるほうが楽しいでしょう。免疫にもいいかもしれない」

ほぼ1日置きに面会に通い続けている彼女の名前を、太田もすっかり覚えたらしい。

珍しく冗談を言いながら、ずんぐりむっくりとした医師は、いつものように純の脈をとってからパジャマの胸をはだけて聴診器をあてた。


世間はすでに梅雨入りしていたが、純の経過は良好だった。

入院当初は、慣れない病院生活や化学療法のせいか、コンコンと眠ってばかりいたが、最近は時間を持て余しているのか、読書したりｉＰａｄを購入し使うようになっている。

複数の抗がん剤による白血病のコントロールが現状は順調で、このまま血液の状態が落ち着いてくれれば、もしかしたら骨髄移植をしなくてもすむ可能性もある、という。実際、血液や尿検査の数値も良いらしい。

「スポーツマンは、基礎体力が違うのかねえ。最初はどうなることかと思ったけれど、いや、本当に数値の持ち直し方がすごい」

と、今日の午後も、太田先生はうなるようにカルテと純を見比べていた。多忙な会社員生活から切り離された、規則正しい休養生活も功を奏しているのかもしれない。

そう、人気者の純を心配する会社の同僚やテニス・サークルの仲間たちの見舞いがひと段落し、当初は花々や果物籠であふれかえっていたこの病室も、最近ようやくシンプルな白い空間に戻りつつあった。

そして、それにつれ、二人の間にも穏やかで静かな時間が流れ始めていた。


もちろん、はじめはこうではなかった。

何もかもに慣れない看病生活の中で、るり子もいくつもの口内炎をつくり、さしこむような胃の痛みに悩まされ続けた。

見舞客が連日続くことにも気疲れし、また、それ以上に気をもんだ。

(これでは、純が休めない)と、週末の2日間を浜松から看病に来ている母親も、とうとう腹を立て、先週末は病院側に申し入れ、〈面会謝絶〉にしてしまったという。

月曜日の午後がくるたびに、そんな週末の純の報告を聞きながら、るり子は、『西美奈子』の存在をちらちらと感じることがあった。

週明けだけ給湯室にある、アニメのキャラクターがついた赤い色のタッパー、妙に饒舌になったりジョークを飛ばす、純のいつもと違う雰囲気……それは、何とも説明のつかないカンだった。

(だって、あの人が来ないわけがない)とるり子は思う。

でも……と給湯室で、病院のランドリーで、彼女はひとり何度も首をふった。

入院前、西美奈子との浮気疑惑を乗り越えて、彼のプロポーズを受けたとき、二人は指切りして約束したのだ。

「信じて。もう、二度と隠し事はしない。お互いに何でも話し合える夫婦になっていこう」と。

この入院生活で、結婚はいったんペンディングになっている。でも、彼が退院し完治が見込めるようになったら、晴れて入籍をする。

今となっては、それは二人にとって暗黙の了解であり、目標のようなものになっている。

だから、るり子は、西美奈子の名前は口に出さない。純も一度も触れない。

凪のようでいて何かがピーンと張り詰めているこの白い空間で、純とるり子は何かを慎重に避けながら、今日も、つとめて明るくふるまい続けている。

「じゃあ、あさってまた来るね」

純に明るく声をかけ病院を出たあと、るり子は、オレンジ色の空を見あげて深呼吸をする。いつもちらりと罪悪感を感じながらも、外の空気はやはりおいしい。

夕暮れの坂道を足早に降りながら、るり子は次第に胸をドキドキさせていた。病院のエレベーターで携帯の時計をチェックしたとき、すでに5時を回っていたからだ。急いでマンションに帰って、着替えをしなくてはいけない、とるり子はあせっていた。

彼女にも、純に話していないことがあった。それは、先週、殿塚のサロンで紹介された狩野のこと。そして、今夜、狩野と銀座のバーニーズで待ち合わせをしていることだ。

親日家のハリウッドスターを起用した派手なプロモーションで、最近多くのメディアで取り上げられている新進ジュエリー・ブランド〈S〉のことは、るり子ももちろん知っていた。その名の通り、〈S〉の曲線を生かしたしなやかなフォルムに、色石を独特の神秘的なムードで組み合わせたジュエリーたち。アメリカのセレブリティの間で火がついたという触れ込みだが、じつは日本商社がプロデュースする日系ブランドであり、去年逆輸入されたばかりなのだという。

その若き日本統括社長が、今夜るり子をエスコートする狩野瑛《えい》なのである。


「真行寺さん」

約束通り19時にバーニーズの玄関に行くと、すでにスーツを着た狩野が秘書を連れて待っていた。長身のドアマンたちにはさまれると急に小柄な男に見えたが、先日の印象通り、引き締まった体軀と顎のがっちりした精悍な顔を持っている。

「さあどうぞ。フェアの最終日に間に合ってよかった。東京は、じつはまだこちらだけの取り扱いなんですよ」

言いながら、さりげなくるり子の肩に手を添え、若いドアマンに軽く目配せをして店内に入ってゆく。瞬間、ふわっと男性用の香水が鼻をつき、るり子は一瞬ドキリとする。

エスコートされるまま店内をすすむと、るり子も時々リサーチにのぞく1階のジュエリー・コーナーの中央に、〈S〉のブランドロゴをのせた立体オブジェがあった。

特設らしきショーケースの周りにも、大きなジェリー・ビーンズやキャンディーのモチーフとなぜか扇子が組み合わせて飾られており、パッと目をひく。

もう閉店に近い時間だったが、多くの買い物客が興味深げにのぞいたり、販売員の説明を熱心に聞いている。

「狩野社長、おつかれさまです」

黒いパンツ・スーツを着た、黒髪をシニヨンにまとめた小柄な女性が、狩野とるり子たちに、ほほ笑みながら近づいてきた。

狩野は軽くうなずいてから、るり子のほうを振り返り、「真行寺さん、ご紹介しますね。銀座店店長の桜井さんです。桜井さん、こちらが、噂のジュエリー・デザイナーの真行寺るり子さんですよ」

狩野の話し方には、るり子が聞きなれない、独特のやわらかなイントネーションがあった。帰国子女で育ちはシアトルだが、生まれは関西のやり手若社長だと、紹介主の殿塚が、狩野本人の目の前で言っていた。

「はじめまして。お話は狩野さんからうかがっております」

白い手袋をつけた両手を体の前で重ねたまま、店長が会釈をした。

「じゃ、しっかりご案内してさしあげてね。桜井さん、あとはよろしくね。では、真行寺さんごゆっくりと。僕はミーティングがあるのでここで失礼します」

先日の殿塚のサロンでの熱心なスカウトが嘘のように、狩野は手をあげて、あっけないほどあっさりと、るり子にくるりと背中を見せた。


「パ、パ、ＰＡＲＩＳ——!?」

亜子が大声をあげたので、ウェイターたちのみならず、厨房のシェフもいっせいに窓際の席のこちらを見た。

「しー。そうなの。なんでも、再来年に〈S〉がパリにも進出するんですって。そのチーフ・デザイナーとして、来年、まずは留学してくれないか、って」

人差し指を口元において制御しつつも、るり子は淡々と続けた。

「おフランスに？」

「うん」

「マジで。あのう……それって、費用は自分もち？」

「ううん。契約をすればプレ給料という形で、その商社がビザから何から面倒をみてくれるみたいなんだけど……」

そのとき、〝カツーン〟と亜子がテーブルの上で大きな金属音をさせた。

「きゃ、なに!?」

驚くるり子が手元を見ると、食べていた黒ゴマ・プリンの入った陶器を、スプーンで打ち鳴らしたらしい。

「何って、ルリルリ。大っチャンスじゃないですか、それ」

「そう、よね」

「行くしかない、行くしかないでしょ。あたしも遊びにいくぅ！　あ、新婚旅行でもいいかな。なんちゃって？」

さきほど、るり子を紹介がてら、お目当てのイケメン・シェフ〝ハニカミ天使〟と会話を交わしたばかりの亜子は上機嫌である。実家の農作業の手伝いで早くもこんがりと焼けたむきだしの二の腕で、なぜかガッツポーズをつくっている。

「でも……」

「あ、もしや、純サマのこと？」

「……………」

うなずく代わりにるり子はグラスに目を伏せて、初夏限定のさくらんぼソーダをストローでかきまぜる。氷がカランと音をさせた。

「ダーリン置いては行けない、と。あたしだけ飛び立てない、と。だって、そのパリ留学は、来春からなんでしょ？　純サマだって、それまでには元気になってるんじゃん？」

先日、るり子について病室を訪れた亜子は、痩せてはいるものの楽しげに軽口を飛ばす純の姿に安心したのか、かなり楽観的である。

「だって……だとしても、留学は1年、パリ支店での準備研修が半年。それから、しばらくパリで勤務するのよ？」

るり子は、8、9、10、11月、そして来年度へと、携帯のスケジュール帳を指で送り見ながら言う。ビーチパラソルと浮き輪、イチョウの葉っぱと柿、雪だるまと雪の結晶、そしてチューリップや桜……と月ごとに変わってゆく季節のアイコンも、今はまだ純との予定を何一つたてられないるり子には、ひどく陳腐でつまらないデザインに見える。

「いいじゃん別に。純サマには悪いけど、どうしてもってんなら、別居婚でもすれば？　ルリルリってばPARISを拠点に、NYとかTOKYOとか、世界をまたにかけて出張しちゃうんでしょ？〈S〉のスター・デザイナーとして。あああ、めちゃめちゃ素敵」

亜子はもう決まったかのように、あわせた手のひらに頬をもたげ、うっとりと目を閉じている。

「田中さん」

「なによ？　……はいいっ」

声をかけられ振り向きざま、亜子がまた素っ頓狂な声をあげる。

さきほどの〝ハニカミ天使〟こと、ケンタくんが、白衣姿で新しいお皿を持って後ろに立っていたからだ。

「お店ヒマだから……さっきいただいたお野菜で、つくってみたんですけど。よかったら」

吃音気味だが、るり子にもなんとか聞きとれた。ケンタは両耳に軽度の聴覚障害がある、と亜子から事前に聞いていた。〝でも、あたしは声がデカイしぽっちゃり系だから。足して2で割るとちょうどいいんだ〟と頬を染めつけ加えながら。

その、炒めたアスパラとジャガイモに目玉焼きがのせられた、不思議なケンタ特製の料理は、るり子にはおいしいと思えなかったが、亜子が嬉しそうにパクパクと平らげた。


るり子は自宅に戻らず、そのまま、ホテルのカフェ・プレリュードに向かった。

なんとなく気がひけて、純はもちろん、たった今別れた亜子にも言いだせなかったが、万葉の紹介のクライアント、そして3度目となる狩野に会うためだった。


日曜日の夕方のカフェ・プレリュードは、思いのほかすいていた。

照明がしぼられ、ぐっとムーディーな入り口にるり子があらわれると、奥のソファ席から腰を浮かせ、軽く頭を下げるスーツ姿の中年女性がいた。

新規顧客は、万葉の実の妹だった。

純の入院以降、「とても今、新規の仕事を受けられる状態ではない」とるり子はずっと断り続けていたのだが、〝簡単なリメイクだから〟と万葉もあきらめない。

最後には、〝啓子ってんだけどさ、じつは、私の妹なのよ。うちは、熊野地方の旧家でね。体裁ばっかり整えてても、蓋をあければドロドロでさ、狭い土地で繰り返されてきた濃い血縁の業深さだなんていっても、まあ、あなたにはわからないでしょうけどねえ。だから、お互いとことん愛想をつかさないように、つかず離れずで今はなんとかやってるんだけどさ。それでも姉心みたいなものは、あたしにもあるわけよね〟などと唐突に告白され、意表をつかれたるり子が折れた形だった。


「すみません、ご無理を申しあげてしまって……」

万葉の妹・俵啓子は、るり子の予想を裏切り、ごく普通のかんじのいい中年主婦、といった雰囲気の持ち主だった。異様な迫力のある万葉とは似ても似つかない。

そして、さっきから、るり子が恐縮するほど、何度も何度も頭を下げている。

「いえもう、るり子さんのような方にお願いしていいのかわからないくらいの話ですし、私も田舎住まいなものですから、半分あきらめていたんですが、姉がどうも……」

啓子は、三重県の鳥羽市で専業主婦をしているという。

ひとり息子もこの春大学生になり家を出て行ったし、趣味の芝居を見るために月に1度のペースで上京しているのだ、と帝国劇場のパンフレットをヴィトンの巾着バッグから取り出して、るり子に説明した。

「先日、たまたま姉に誘われて、るり子さんの作品を拝見させていただいて、ぜひに、と思ってしまって。お引き受けいただき、本当にありがとうございます。その、アコヤ貝の2連の真珠のネックレスなんですけどね。ちょっとその、長すぎるので」

「はい。万葉先生に伺いました。先生には、こちらこそ本当にお世話になっているんですよ」

「……まあ、面倒見はいいかもしれないですね、あの人は。昔から」

その言い方が急に冷たく感じられたので、るり子がふとアイスコーヒーを飲む啓子の口元に目をやると、だらしないほど肉感的な受け口だけは万葉にそっくりだった。


啓子との話を終え、続いてあらわれた狩野が、今日は一人、黒のポロシャツ姿になぜかアタッシェケースを持ってあらわれたことに、るり子はまず面喰らった。

客とのつきあいで、千葉でのゴルフの帰りなのだという。

そして、狩野が得意げに開けたケースの中には、大小のパールがずらりと並べられていた。

「このユーロ戦略には、僕はパールを投入したい、と思っているんです」と熱心に言う。

パリの件について、るり子はまだ返事どころか、現実的に考えてもいなかった。

無理もなかった。

純の看病や病院での時間がすっかり生活の中心となっている今、彼女にとって、それは魅惑的だが決して手に取れない、ふわふわとした夢の中のお菓子のように感じていた。

ところが狩野は、るり子とパートナーシップを組むことが、すでに確定している未来であるかのように話をすすめている。

「パールはわが社にも安定したルートがありますから。何より、あっちでうけますよ。るり子さんのオリエンタルでナイーブなセンスと、このパールの組み合わせ。殿塚さんの個展で、僕はパッと電撃が走ったんです。あ、この人だな、と。オートクチュールももちろん展開していきますが、まずは、16区にフラッグシップショップを出そうと思っているんですよ」

iPadでいくつかの画像をるり子に見せながら、目まぐるしく続く狩野の話に、はあ、はあ、とるり子はただうなずくばかりだった。

「真行寺さんのは、パールを扱った作品はあまりなかったですよね。でも問題はありません。スクールとは別に、専門の講師もつけさせていただきますから」

口調やあたりは柔らかいが、途切れることなく、そして彼女の意見を待たずに狩野は話を続ける。そして、言いながらアタッシェケースを閉め鍵をかけ、ケースの蓋が閉まっているか慎重に二度ほど確認している。

先輩の瀧川も言っていた通り、彼はアーティストではなく、やはりやり手の商社マンであり経営者なのだな、とるり子は今ごろ心の中で納得しはじめていた。

「何か、ご質問はありますでしょうか？」

狩野はようやく思いだしたようにレモン・スカッシュをぐっと飲みほし、正面のるり子に尋ねた。

「いいえ……」るり子は首をふりかけて、「あ」と言った。ずっと気になっていたことがあった。

「〈S〉は……鑑定士はつけられていますか？」

「もちろんです。日米両方、専属が数名いますよ。欧州でももちろん用意します。商いも人間関係も、嘘ついたら育つものも育ちませんから」

再び関西なまりが混ざった。「それは、僕自身のポリシーでもあるんです。ご安心を」真面目な表情でるり子の眼をじっとのぞきこんでから、ニッコリほほ笑んでみせる。

「……じゃあ、狩野さんは嘘をつかれることはない？」

と、るり子は思わず尋ねたあと、自分の子供っぽい質問にハッとする。

ハハハ、と狩野が初めて大口を開けて笑ってから、「じゃあ、正直に答えましょうか。嘘は……僕がもしつくとしたら、優しい嘘ですわ」

狩野も意外なことを言う。

「優しい嘘？」

「そうです。そうだな……たとえば、このパールの鑑定を頼まれたとしますよね。すべてが巧妙な偽物だったとする。プロとしても人間としても、鑑定結果をごまかすことはできません。でも、〝うちではこう出ましたが、他では違うかもしれませんね〟と相手を気遣うことはできるでしょう？　そのような思いやりや余白が、先々のビジネスにつながることもよくあるのです」

「……それは、嘘ではないんですか？」

「僕は、違うと思いますよ。嘘というよりエンパシー……つまり共感する力、ちゃいますか」

少し考えてから、なぜか関西弁で狩野がきっぱりと答えた。

これまでのるり子の世界には存在しなかったビジネスマンであり異星人のような彼の話が、彼女にはなんとなく楽しくなっていた。

それが、現実逃避のためなのか、狩野の何かに惹かれているのか、るり子はまだ判断がつかない。

ひとつだけわかっていることは、今日は日曜日で、今この瞬間も、自分は常に西美奈子の存在を意識していること。そして、（明日からまた、わたしたちは優しい嘘をつきあうのかな……）世界中を目まぐるしく飛びまわる狩野の話を聞きながら、るり子は病室の純の姿をぼんやりと想っていた。

すでに夏も過ぎ去りつつあることが信じられないような、炎天下の午後だった。

その日も、るり子は昼時の混雑する品川駅隣接のスーパーで買い物を済ませ、純の病院へ向かっていた。

しかし、アスファルトまで溶かすような残暑の日差しのもと、純に頼まれたコーラの大きなペットボトルは、睡眠不足ぎみの彼女の腕には重すぎたのかもしれない。坂道を上りきるあたりで、るり子はふいにクラリとめまいを覚えた。

（あ……）

ひさびさの貧血の兆候だった。

明け方まで啓子から預かったパールのデザイン作業に没頭してしまったことを悔いる間もなく、スーパーの紙袋ごと、彼女はぐにゃりと道端にしゃがみこむ。

（落ちる……）

こめかみや背筋にツウッと流れる冷たい汗を感じつつ、るり子はスカートに顔をうずめるようにうずくまり、深く暗い穴にまっさかさまに落ちてゆくような感覚に襲われていた。

いつものことだが、そのとき、彼女はなにも考えることはできない。こみあげてくる吐き気を飲み込むようにやり過ごし、やがて全身の血液の回路がつながれ、血流が息をふきかえし、意識と感覚がよみがえってくるまでをひたすらじっと待つのである。

「……大丈夫ですか？」

頭上で男性の呼びかける声がした。

しかし彼女は面を上げることさえできず、路上でうずくまっていた。

やがて、ジージーと、遠くで蟬の鳴き声がしはじめた。戻りつつある意識のよるべにするように、るり子はそれにじっと耳を集中してみた。過ぎ去ってゆく夏を惜しんでいるような、アブラゼミの鳴き声だった。


「こんにちは」

ようやく大学病院までたどりつき、いつものようにるり子がそっと病室のドアをあけると、一番奥の純のベッドのカーテンはピッタリと閉まっていた。奥の両窓は開け放たれていたが、風がないせいか、室内はまるでサウナのようにじっとりと蒸している。

「あ、るり子さん、待っていたのよ」

ベッドサイドの小型扇風機の風にあたりながら、向かいの佐藤さんの背中をタオルでふいていた奥さんが、ノースリーブの白い二の腕を揺らしながら手招きをした。初対面のとき、「ノミの夫婦」という古いたとえがるり子の頭にすぐ浮かんだほど、小柄で貧相な夫とでっぷりと太りじしの妻だった。とりわけ人懐っこい奥さんは、同病の純だけではなく、通いつめているるり子にも何くれとなく親切にしてくれており、今ではすっかり顔なじみなのである。

両腕に荷物を抱えたるり子がベッドサイドに近づいていくのを待って、奥さんが意外なことを口にした。

「あのね、松沢くん、たった今、集中治療室に運ばれちゃって」

「え?」再びるり子は血の気がひくのを感じた。

「なんか急に……血を吐いちゃったみたいで。ここのところ、ひどく暑い日が続いたものねえ……」

あぐらの浮いた夫の裸をるり子の目から隠すように、さりげなくパジャマをかけながら、奥さんがなぐさめるように言う。

「血を吐いた?」

「うん、明け方にも咳き込みや胃痛がひどくてナースコールしてたみたいなんだけど、今朝はだいぶいいって言ってたんですよ。でも、さっきまた、急に」

パジャマのボタンを留めながら、気の毒そうに佐藤もうなずく。

「それで……?」

呆然と突っ立ったまま、るり子はたずねた。自分の心臓がバクバク音をさせて波打っているのがわかる。

「詳しいことは私たちもよくわからないから、金子さんに聞いてみたらどうかしら。ナースステーションに電話してみる?」

担当看護師の名前を言いながら、奥さんがベッドのすぐ上にある受話器に手を伸ばした。

「すみません、大丈夫です」

気力を振り絞ってるり子は夫婦に頭を下げ、スーパーの袋を持ち直すと、ふらふらとした足取りで純のベッドに近づいていった。

「あ、るり子さん、ちょっと待って」

奥さんが止める間もなく、るり子がカーテンをあけると、白いベッド・シーツの上に、こぶし大の大きな鮮血のシミがある。その衝撃に声も出ず、瞬間的にるり子が目をふせると、それはベッド下にも点々と続いており、冷たそうなリノリウムの床の上で、すでに黒ずみ固まっているように見えた。

「——女にとって、世の中の男は、2種類しかいない。それは、〝感じる男とただの男〟である。いやっ、うまいこと言うよね。るり子どう? そう思わない?」

カーキ色の短パンからのぞかせた太ももをぶるると揺らして、わが意を得たりといわんばかりに、バスの隣の座席で亜子が足をじたばたさせている。

「もう、静かにして！」

周りの乗客を気にしてたしなめつつ、るり子が彼女の足元を見ると、サンダルの足の指には赤いペディキュアがほどこされている。最近の亜子はすっかり色気づいているらしい。

ハニカミ天使こと、イケメン・シェフのケンタと出会ってからというもの、読み漁っていた雑誌の恋愛特集では飽き足らなくなったのか、近頃では常に恋愛マニュアル本を携帯し、マーカーで線をひいて参考書よろしくボロボロになるまで熟読しているらしい。

それはかまわないのだが、毎回会うたびにバッグから取り出して、気に入ったフレーズをるり子に読み聞かせては、コメントを求めてくるのである。

「〝感じる男は、女性センサーの動物的反応であり、理屈や条件ではないのである〟……ほんとそうだと思う！　だって、あたしもケンタに惚れちゃったのって、要は感じるからなんだと思うの！　もちろん顔も体もいいけどさあ」

「お願い、静かにして。あっちの中学生が驚いてる」

るり子は身をすくめながら頼むように言う。

「大丈夫。もう次だから、うちの停留所」

亜子はたじろぎもせず、にんまりしてVサインをしてみせる。

「一回うちに遊びにきてよ」と前から亜子には誘われていたが、千葉の山奥で都内から1時間30分以上かかるのと、何よりずっと純とのデートやジュエリーの仕事が忙しかったので、るり子はなかなか足を運ぶことができなかった。いつも亜子がうれしそうに話したり届けてくれる畑の野菜の話や、愚痴まじりの大家族の暮らしは興味深かったが、あまりにも環境が違うので、どこか自分とは別世界の話のように感じていた。

そんなるり子が、今回ふと亜子の家を訪れる気になったのは、先日の急な胃潰瘍の併発による吐血から、集中治療室に入っている純が面会謝絶になってしまったため、ぽっかりと時間ができたからである。

突然の吐血から、体力が急激に低下して昏睡に近い状態に陥り、いまだ意識も途切れ途切れだという純に何もすることができず、彼女に残されたのは言い知れない不安だけだった。

現実的にも、この数ヵ月間純の看病を中心にしていたために、この夏の思い出どころか、彼女には突然何もすることがなくなってしまったのだ。そしてそれ以上に、心にぽっかりと穴があいていた。

あの日、病院を出て家にたどりついてから泣きながら亜子に電話をすると、彼女はしばらく絶句していたが、やがて静かに、でも力強く言った。

「大丈夫だよ、純サマは大丈夫。でも、ルリルリは一人で家で電話待ってたらダメ。2〜3日うちに来なよ、連絡があったらすぐ戻ればいいじゃん」

だから今日、るり子は東京駅で待ち合わせした亜子につれられ電車に揺られ、バスに乗り、緑の深い千葉の田舎に降り立ったのである。

「あれだよ。歩かせてごめんね」

見渡すかぎりの畑の中、ぽつんぽつんと建っている住宅のひとつを、亜子が指差した。「ほんとは迎えに来てもらえばいいんだけどさー。今日はおねえさんが学校の行事で車使っちゃってて」

亜子の家は、古めかしい木造の大きな2階建ての家と、お兄さん夫婦が住んでいるという新築の青い屋根が隣接する、広い2世帯住宅だった。

「ただいまー！　るり子さん連れてきました！」

と玄関口で叫びながらサンダルを脱ぐ亜子の後ろから、「すみません、お邪魔します……」と顔をのぞかせると、亜子に似てよく日焼けした丸顔のお母さんが、部屋の出入り口ののれんからひょいっと顔をのぞかせた。

「いらっしゃい。ちょうどよかった。今、ぜんざいができたところだよ、今年の早穫れ小豆だから」

「ええっ、暑くてうちら喉カラカラなんだけど！」

「あんたは冷たい麦茶飲めばいいでしょ。暑いときは熱いもののほうが、疲れがとれるよ。さ、るり子さん、こちらにあがって」

広々とした居間の大テーブルの前にぺたんと座り、亜子の真似をして、差し出された熱いおしぼりで額をぬぐうと、るり子は緊張しながらも、なんとなくすうっと呼吸が楽になったのを感じた。

わけのわからないうちに、畑から帰ってきたおじいさんおばあさん、そして学校から帰ってきた亜子のお兄さんの子供たちまであらわれて、るり子は大家族に囲まれ、早めの夕食をとった。

そして、亜子に続いてお風呂を借りてさっぱりとして一息ついてから、るり子と亜子は、お母さんの出してくれた〈今年最後のスイカ〉とともに、縁側で涼むことにした。

シャキシャキと甘くみずみずしいスイカは、まだ夏の味がした。

「うわっ、まだ蚊がいるな」

パチンと音をさせて自分の腕をたたいたあと、「ごめんね、うち庭も草木がぼーぼーだから」と言いながら、亜子がどこからか缶入りの蚊取り線香をもってきて、マッチで火をつけ縁側の風上に置いてくれる。

闇に上りたってゆく白い煙を眺めながら、同じくパジャマ姿の亜子と並んで、虫の声を聞き、黙ってスイカをかじっていると、るり子はなぜか、子供のころに戻ったような気がした。

「ルリルリ、ごめんね、うちうるさいでしょ？　みんなおせっかいで。そういう一族なの」

静寂をやぶるように、亜子が急にるり子の顔をのぞきこむようにして言う。

「ううん。面白かった。ちょっとびっくりしたけど。ごはん、とってもおいしかったし」

自家製だという米やとれたてのナスをはじめとする野菜料理は、はっとするほど新鮮で、また滋味にあふれていた。

そんなるり子の笑顔を見て、亜子はほっとしたらしい。

「もー、よかったあ。るり子、うちで元気チャージしてってよ。ほらスイカも、もっと食べて」

つとめて明るくふるまってはいたが、東京駅で会ったるり子がげっそりと痩せていたことを、彼女なりに心配していたらしい。

「あ、種は吐き出しちゃっていいから、こうして」

ぷっぷっと、亜子は子供のように頬をふくらませて、スイカの黒い種を庭に向かって放物線を描いて飛ばしてみせる。

「うそ？　いいの、そんなことして」

るり子は驚き、隣の亜子を唖然として見た。

「いいの、土にかえるから。これもちゃんと、庭の草花の立派な肥料になるんだよ。ほら、るり子も飛ばして！」

「ほんとに？」

いいながら、るり子も真似して、ぷっと庭に向かって吹いてみる。なんだかおかしくなる。

「そうそう、もっと飛ばして！　スイカもうちらも、いつかはみーんな土にかえるんだから！」

「……ねえ、どさくさにまぎれて、そんなこと言わないでくれる？」

一瞬、吹き出すのをやめて、るり子が涙目になって言う。

「ごめんごめん。でもホントだから。そうやって四季も人の世もまわってるの。ばあちゃんの受け売りだけどね」

言いながら、亜子はスイカを片手に白く太い足でむっくりと縁側に立ちあがり、片手を腰に当てると、再び種を勢いよくぷっぷっと吹きはじめた。


2泊3日を亜子の実家で過ごしたことで、今にも折れそうだったるり子の心身は、少し持ち直した。

万が一、純の容態に何か少しでも変化が起きたら、何時でもかまわないのですぐに連絡してもらうよう、純の母親と担当看護師の金子さんには伝言してあった。

しかし、身内でも医療関係者でもない彼女には、突然昏睡に近い状態になった彼のためにできることはない。祈るよりほかに。それが現実だった。

「仕方ないよ。今はとにかく、るり子は元気でいなくっちゃ！」

いつも携帯を気にし、無力感や焦燥感で時々どんよりとふさぎこむるり子の肩を、亜子は気付けのようにポンッと叩いては、畑や家族の団らんにひっぱりだした。

そして、一人っ子で都会育ちの彼女には慣れないナスやかぼちゃの収穫をさせ、お兄さんの子供たちの面倒をみさせたのである。

(生きていくって、本当にあたたかいけれど……厳しい)

いかにも愛情と手がかけられている、亜子の母のほくほくとした煮物を食べたとき、まだ幼稚園に通う子供たちのやわらかな体を抱っこしているとき、るり子は人の温かさや幸せを感じるあまり、今自分と純が置かれている現実がつらくて泣いた。

しかし、一方で、そんな彼女を包み込みつつも笑い飛ばすような、亜子や亜子の家族の生きるエネルギーに圧倒されてもいた。

とりわけ、ぽこっと背骨が飛び出しそうなほど腰が曲がっているのに、今も毎日畑に出ている亜子の祖母の台詞が、彼女にはいちいちしみた。

「るりちゃん。どうして？って人はなんでも理由や説明を求めるけれど、畑をやっているとねえ、そんなこと考えてる暇がない。台風は来るわ大雨は降るわで、その場その場で対応して、作物を残さなきゃいけないんだから。自然やご先祖様に感謝しながら、畑を守っていくしかない。ご先祖様もそうして生きてきたんだし、私らもそうして生きてくんだよ」

銀座の自宅マンションに戻ってまず、るり子はむっとこもるような部屋の空気が気になり、カーテンと窓を大きく開けて、換気をした。

そして、つとめて何も考えないように、亜子にもたされた野菜を冷蔵庫にしまったり、荷物の整理をテキパキとすませた。

しかし、数十分もすると、胸の奥がざわざわとしだし、やはりいてもたってもいられない気持ちになる。

純が集中治療室に入った日から、すでに5日が経っていた。

病院に向かう道すがら貧血を起こしてしまったため、その場に立ち会うこともできなかった自分を何度も責め、彼女はあの日から、祈るような気持ちで携帯の画面を見続けていた。

だが、携帯はまるで壊れてしまったかのようにシンと静まり返っており、病院からも純の母親からもいっさい音沙汰がない。

るり子はとうとうしびれを切らし、純の母親に電話をかけてみることにした。

その瞬間、タイミングを見計らったかのように、るり子の手元で電話が鳴った。

びくっとして携帯の画面を見ると、電話の主は狩野瑛である。

「……はい」

一瞬ためらったが、るり子は電話に出た。

「ごぶさたしてます。真行寺さんお元気です？」

相変わらず歯切れのいい、商社マンらしいはつらつとした声だった。

「ええ、まあ……」

電話越しだが、なぜか彼がまぶしいような気持ちになり、るり子は言葉がうまく出てこない。

「直接おかけしちゃって申し訳ない。先週、秘書の小林からメールを差し上げたのですが、お返事がないようなので、僕もちょっと気になってしまって」

「あ、ごめんなさい。最近……留守にしていたもので、パソコンをチェックしていませんでした」

なんとなく力が抜けてフローリングに座り込んだまま、るり子は頭を下げて謝った。

そのまま視線をあげると、サイドボードに飾られていた純とのツーショット写真と目があってしまう。西美奈子のいやな思い出もあったが、なぜかそれゆえ今の彼女には輝いて見える、去年のハワイ旅行の写真だった。海辺の純は、くしゃっと目を細めるいつもの笑顔で笑っている。

「ご旅行ですか。優雅ですねえ、僕はまだ、夏休みもとれてないですわ。週末のゴルフでなんとか抜きながらやってますけどね」

狩野の関西なまりは、リラックスしたときや機嫌がよいときに出るらしい。そして、いつものように、彼女の返事を待たずに狩野は続けた。

「小林がご連絡差し上げたのは、例のパールの展示会のご招待です。じつは再来月、三重のほうで、取り扱い業者専門の見本市みたいなものがあるので、よかったらいかがかと思いまして。〈S〉のプロジェクトメンバーはもちろん、役員一同も向かう予定ですから、ご紹介させてください。それに、うちと契約されなくても、真行寺さんならご興味あるでしょう？　いやもちろん、ウチとしては契約していただきたいのが本音ですが。もしもし？　もしもし真行寺さん？」

（プツッ、ツー）

気がつくと、電話は切れていた。るり子が自ら、反射的にオフのボタンを押したようだった。矢継ぎ早に投げかけられる狩野の言葉は、相変わらず自信に満ちていた。そして、確実で建設的な未来を〝力技でつむぎだそうとしている〟かのように、るり子には感じられた。

それは、亜子の家族に添え木を当ててもらって、ようやく持ちこたえているような今のるり子には、少し強引すぎたのかもしれない。

それとも……。


「どうでもいい」

パタンと思わず写真立てをふせて、るり子は小さくつぶやいていた。

そう言葉にしてみると、狩野が連れ出そうとしている世界はもちろん、さっきまでの亜子の家での温かな日々も、生命力を感じるとれたての野菜や子供たちも、しわくちゃなおばあちゃんの笑顔も……何一つ自分には関係のない、遠い世界の出来事のように思われた。

「……純ちゃんに、会いたいのよ」

いつの間にか薄暗くなっていた部屋で、るり子はフローリングにうずくまった。

そして、全身の力を振り絞るかのように、わあわあと声をあげ、床を叩いて彼女はひとり、泣き続けた。

パールのネックレスのリメイクを頼まれている万葉の妹・俵啓子への2回目のインタビューを終え、るり子はひさびさに銀座の街を歩くことにした。

いつのまにか、頬をなでる風はひんやりと冷たくなっていた。

ニットでもワンピースでもいい。何か暖かな素材でしゃれたデザインの、秋物の洋服を買いたい、と彼女は思った。

「るり子さん、ちゃんとお食事はとられてます？　なんだかお痩せになったみたい……」

顔を合わせるなり啓子に心配されたせいもあったが、別れ際、ホテルの鏡にうつった自分がハッとするほど精彩がなく、また、みすぼらしく見えたからだ。

今日の啓子は、このあと行くという観劇のためか、白い厚手のスーツを着て首元にエルメスらしき花柄のスカーフを巻き、華やかに装っていた。

そんな彼女と並ぶと、親子ほど年が違うというのに、無地の化繊のワンピースを着て化粧っけのないるり子のほうが、まるで黒子のようだった。

自嘲気味に思わずそう口にすると、

「るり子さんいやだ、とんでもないです」

啓子が珍しくはしゃいだふうにるり子の肩をぶった。

「私はいつも〝しじみの啓子〟って親戚中にからかわれていたんですよ。姉がああでしょう。アワビの万砂子に、しじみの啓子です」

なるほど、とまさかあいづちを打つわけにもいかず、るり子はあいまいにほほ笑んだ。

「派手なのと地味なので、綺麗なアコヤ貝に憧れちゃって。そうして、真珠のリメイクを、こんな素敵なるり子さんにお願いしてるんですからねえ、女っていつまでも欲張りなものですね」

何がおかしいのか、啓子は白いハンカチで目じりを押さえながら、クックッと笑い続けた。


翌日、買ったばかりの深紅のプルオーバー型のニットにデニムを合わせ、るり子は純の入院する医科大病院に向かった。出がけに少し迷ったが、ヘアはポニーテールに高くあげてシュシュで結い、ほんのりとオレンジ色のチークと口紅もさした。


先月病室で突然吐血し、集中治療室に1週間ほど入ったあと、一時はどうなるかと思われたが、純はなんとか一命をとりとめた。

純の意識が戻ったその晩。純の母からその知らせを携帯でうけ、深夜るり子が病院に駆けつけたとき、会社を休み日中ずっと通いつめていたという西美奈子に出くわした。

「もう、やめてよお……」と子供のように思わず泣きじゃくってしまったるり子のことも、もちろん、純は誰かから耳にしているのだろう。

日々を乗り切ることで今は精いっぱいのはずなのに、以前にも増して彼はるり子をいたわり、優しい笑顔や言葉を向けるようになっていた。

しかし、投与する抗がん剤を変更しながら、ふたたび白血病と体調の安定をめざす、という今の状態は、いわば振り出し地点より遠くに押し戻されてしまったようなものではないか、とるり子は不安でたまらない。

さらに、担当の太田医師は、これまではっきりとは口にしなかった「骨髄移植」も、経過をみながら検討していきたい、と言っているらしい。

太田医師に直接尋ねる勇気もないけれど、るり子には、純が順調に回復に向かっているとはとても思えなかった。

実際純は、誰の目にも明らかなほど頬がこけ、とうとう髪が抜けはじめていた。

まだらになりはじめた純の頭皮を見て絶句するるり子をおもんぱかってか、最近の純は、面会に行くと、頭に白い薄手のタオルを巻いていることが多い。

そのヘアスタイルは、二人で行った海辺やテニスの試合で熱くなっていたころの彼の明るくていきいきとした姿をるり子に彷彿とさせる。それは、彼に対する愛しさと同時に、やりきれない思いをわきあがらせた。

今、この白い病室で、連日のように検査や点滴を繰り返さなくてはいけない純が、ラケットを持つことはできない。

その代わりに、おとといから彼は一眼レフのデジタル・カメラを持つようになった。

「週末オヤジに買ってきてもらったの。やっぱり読書とかゲームって柄でもないし、俺もなんか趣味みたいなの持たないとね。だからこれで……俺、るり子を撮ろうかと思って。素人でもカンタン、キレイ、プロ仕様、だって」

細くなった首から下げている黒いカメラを、ほらっと、小学生がおもちゃを自慢するように掲げて見せた。

「わたし？」

「うん。だめ？」

純はめずらしく甘えるようにるり子を見上げる。瞳の茶色が、少し薄くなっているように見える。

「いいけど……」

とっさに持っていた花瓶に目を伏せながら、るり子はつぶやくようにして言う。

「純ちゃんといっしょがいい。あのいつものオレンジのやつは？」

純がいつもツーショットを撮るために使っていた、雑誌の付録だったという携帯用の簡易三脚のことだ。

「俺はいいよ。こんなとこで、記念撮影もなんだから」

静脈のくっきりと浮いた手で、純がるり子の手をとり引き寄せるようにして、ベッドサイドの椅子に座らせた。

「そうね……じゃ、わたしも撮ってあげる」

るり子は甘えるように、純の膝上の白いベッドカバーに顔をうずめながら言う。

「ん。それはいい。るり子を撮らせて。大丈夫、いつも以上に可愛く撮るから」

彼女の頭をポンポンとなでながら、安心させるように純が言う。

「ありがと」

顔を上げて笑ってみせようと思ったけれど、るり子は胸がつまってしまい、それ以上何も言えなかった。

その晩、自宅に戻り、買ってきたサンドイッチと野菜のスープで簡単な夕食をとっているときに、西美奈子から携帯に電話があった。きっとかかってくるだろう、と心のどこかで予想していたのかもしれない。自分でも意外なことだが、るり子は落ち着いて挨拶をすることができた。

「こんばんは、先日はどうも……」

すみませんでした、と言うのもおかしいし、お疲れさまでした、というのも違う。心の中でそう逡巡しながらも、るり子は受話器に再度耳を寄せ直し、この電話にきちんと向き合うことにした。

すると、電話の向こうで息をじっと押し殺しているような西美奈子が、低いトーンで切り出した。

「るり子さん。また……あのお店で会えませんか？」

「今日ですか？」

「ええ」

「あのカフェは、もうすぐ閉店じゃないかと思いますけど」

切り口上になっていた。去年の冬、西美奈子に呼び出され、『冷たくて自分勝手なあなたには、純くんの恋人の資格がない』と罵倒された場所だ。言いながら、デスク上の円い置き時計を見ると、すでに19時30分をまわっている。

「じゃあ、どこでもいいですから。私、会社出たところなので、銀座なら15分で行けますから」

すがるように西美奈子が言う。

るり子は少し考えて、昭和通りの路地を1本入ったところにある、小さなワイン・バーの名前を言った。純と2度ほど寄ったことのある、コの字形のテーブル・カウンター席だけだが、簡単な食事もとれるフレンチ風の落ち着いた店だ。

目立たない場所にあるせいかまだ誰もいない薄暗い店内で、珍しくシャンパンを飲みながら、るり子は西美奈子を待った。酒に弱い体質で、ひとりで飲みに行ったことさえなかったのに、今夜の彼女はなぜか飲みたい気分だった。

しばらくすると、キィと厚い木造りのドアが開き、緊張したおももちの西美奈子が入ってきた。スポーツ・メーカーの宣伝部という仕事柄か、今日も小柄な体にピッタリした黒いパンツとグレーのニットに白いシャツをのぞかせた、カジュアルな装いである。

そして、黙ってるり子の隣に腰をかけた。ちらりと横目でるり子を見て、

「シャンパンですか？　私は何にしようかな……」

と中年の男性店主に渡されたおしぼりとメニューを受け取りながら、つぶやいた。

「じゃ、私はビールを。ギネスはありますか？」

「はい」

「るり子さんは？　おかわり」

「あ、では何か……飲みやすい白ワインを」

運ばれてきた琥珀色のビールグラスとワイングラスで、どちらからともなく乾杯をする。

チンと音がして、先に笑ったのは西美奈子だった。

「え？」

るり子が目を丸くすると、「だって」と西美奈子は華奢な肩を揺らして本格的にくすくすと笑い始めた。

「おかしいでしょう、こんな。るり子さんと乾杯だなんて」

「それもそう」

るり子もふっとほほ笑み、緊張が解ける。

「この間は……」

ぐっとビールを一口飲み、すかさず美奈子が切り出した。

「みんなの前で、あなたに大泣きされちゃって。本命の彼女にああされたら、ご両親にも看護師さんたちにも恥ずかしくって、私は病院に行けないですよ」

「ごめんなさい」

「私、純くんの病室に、週末に時々通っていたの」

「………」

もちろん、うすうす気づいていたことだが、るり子はグラスに目をふせ黙っていた。

「来ないでくれ、って言われてたわ。親も誤解するし、その気持ちには俺はもうこたえられないから、って彼は言い続けてた。でも、私は通ってた。押し売り看病」

思いのほかサバサバとした調子で、ペロッと舌を出しながら西美奈子は言う。

「ほんとはね……『ごめん。気持ちはありがたいけれど、俺はるり子が大事なんだ。彼女に知られたら、俺は西さんを嫌いになってしまうかもしれない』とまで言われたの。はっきりいって、立場なし。女としてのプライドずたぼろ」

「じゃあ、どうして……」

るり子が横目で美奈子を見ると、彼女は、顔をしかめて、ぽろぽろと泣いていた。

「だって好きなんだもの、止められない。好きな人がこんなことになっていて。どうして普通に会社行って生活してられる？」

るり子は言葉が見つからないまま、だからといって、それ以上飲む気にもなれず、隣で肩をふるわせている美奈子の気配を感じていた。

「そりゃあ、あなたには悪いかもしれないけど。私もどうしていいのかわからないの。彼が入院してからこの5ヵ月、思いつく限りいろいろしたわ。免疫にいいっていうレシピを手あたりしだいつくって差し入れしたし、箱根にもお参りに行ったし、有名なパワー・ストーン・ショップでブレスレットもつくったし。だけど、仕事だけじゃなく、ボディ・ボードも旅行も、本当に何も手につかないのよ」

それは、るり子も同じだった。

「純くん、どんどん痩せていく。私、なんだか近頃怖いの」

ビールを飲み干した美奈子が、涙声で続ける。

「あなたから奪ってやるとか、もう、そんなことどうでもいい。ただ、あの素敵な笑顔で、オフィスでもテニスコートでもいいから、笑ってる純くんが見たいだけ。だけど……来週また行くとき、本当にちゃんと会えるのか、それが怖くなってきちゃってるの」

「………」

あまりにも正直な西美奈子の嘆願に、るり子は息が苦しくなる。そんなこと言わないで、と言える段階を、純の病状は、すでに越えているのかもしれない。

「ねえ、純くん、治ると思う？」

「………」

力なく、しかし、るり子はゆっくりと首を縦にふった。

「本当に？」

いつも強気な西美奈子が、今夜は、小さな鼻を真っ赤にして、るり子に懇願するように尋ねている。

「うん」

自分自身を励ますように、るり子はもう一度、力強く首を縦にふった。

「何でもする……ドナー適合検査も受けようと思う」

純の骨髄移植のために、親族はみな協力する、というのは純の母親からすでに聞いていた。しかし、白血球のパターンが一致することは身内であっても難しく、ましてや他人であるるり子が一致する確率は、ほぼゼロだから、無理に考えなくていい、と太田医師からも言われていた。

「……私も、してもいいかしら」

西美奈子がオレンジ色と白のフレンチ・ネイルがはげている爪で、ずっと鼻をこすりながら言う。

「あなたがそうしたいのなら……お願いします。それでも、ひとつでも可能性があったほうがいいもの」

自分にも言い聞かせるように、るり子は言った。

週明けにふたたびるり子が病院に行くと、純の向かいのベッドがなぜかすっかりと綺麗に片づけられていた。そして、佐藤が突然亡くなったことを告げられた。

「うそでしょう？」

太陽みたいな奥さんのふくよかな笑顔、そして気弱そうだが同じ病気の先輩として、純をさりげなく励まし、またるり子にも果物をくれたりいつも気を使ってくれた佐藤の優しい細面がさっと脳裏に浮かんだ。

「俺も……夢ならいいな、と思うよ」

純がかすれた声で続ける。

「じゃあ、本当に？」

つい先日までそこに当たり前のように存在していた日常の風景と、「死」という言葉の示す絶望的な幕引きが、彼女の中でうまくリンクしない。

「ん。土曜日の夜だったかな、容体が急変しちゃって。本当に急なことだった」

ベッドで半身を起こした状態のまま、純が目をつぶり天井を仰いで言った。

「……なんで、メールくれなかったの？」

るり子は、へなへなと足元から力が抜けてゆく感覚を覚えた。

「ごめん……。俺もびっくりしちゃってて。そこまで悪いだなんて、聞いてなかったし」

そう言って目をあけた純の顔を見ると、目が真っ赤に充血している。この週末、彼も眠れない夜を過ごしたことは、ショックのあまり度を失っている彼女にもよくわかった。


純が点滴を受ける時間になったので、いつものようにるり子は地下のコインランドリーで洗濯をし、入院患者専用のエレベータで屋上に向かった。

目にしみるような秋晴れの空をまぶしく感じながら、整理のつかない気持ちでハンガーに純のアンダーシャツやパジャマをかけていると、隅のベンチでタバコを吸っている太田医師らしき後ろ姿が目に入った。

「先生……」

るり子は少し迷ったが、洗濯物をそこに置いたまま、思わず近寄って声をかけていた。

「あ、こんにちは。お疲れさま」

ひげを生やしているが、瞳がつぶらで、どことなく小熊のような顔をした太田が、まるでいたずらが見つかった小学生のように、あわてて手に持っていたコーヒーの空き缶でタバコをジュッと消した。

「タバコ、お吸いになられるんですね」

「いや、だいぶ前に止めたはずなんですが。金子くんたちに見つかったら怒られてしまいそうだが……もう1本いいですか？」

「もちろんどうぞ、わたしはまだ洗濯干しの途中なので、あちらにすぐ戻ります」

ベンチの隣に座るのも変な気がして、立ったまま るり子が物干しコーナーのほうを指さすと、太田から切り出した。

「松沢くんからるり子さんも聞きましたか？　佐藤さんのこと」

「ええ。びっくりしました。とても……残念です」

自分の屋上用スリッパをはいた足元に視線を落としながら、るり子は唇をかんだ。

「残念だよね。佐藤さんはまだ、62だったんですよ。息子さんたちも成人されて、夫婦水入らずの時間もこれからだっていうのに」

「そんなに……よくなかったんですか？」

「いや、もともとよくはないから長引いていたんですが。情けない話、今回のことは、データも僕のチームも予測できない本当に急なことでした。真行寺さんにこんなことを言って申し訳ないが……医師を何年やっていても、医療とか人の命ってやつは本当に難しいんです」

吸いかけのタバコを、自分の目の前で見つめながら、淡々と太田は続ける。

「手をつくしても手をつくしても、ジュッと消えてしまう命があるし、反対に奇跡的に回復する患者さんもいる。僕みたいにこんな過酷な労働をしてこんな思いをしていても、ビクともしない命もある。なんだか不公平な気もするし、無力感でいっぱいになるし……ともかく、俺はこんな白衣を着ていていいのかと、いたたまれない気持ちになるね」

太田がこんなにも個人的なことを話すのは、今日が初めてである。無骨ながら温和そうな表情からは読み取れないが、彼も大きな衝撃を受けているのかもしれない。

「純ちゃんは……」

聞くべきではない、と思ったが、るり子はやはり尋ねていた。

一瞬黙って、太田はタバコを消したあと、空を軽く仰いでから、気を取り直したようにるり子に向かって笑顔をつくった。

「いま、あの部屋で一番ショックを受けているのは、松沢くんでしょう。親しくしてましたからね。真行寺さん、これまで以上にしっかり支えてあげてください。なに、彼は大丈夫だから」

言いながら、むっくりと立ちあがり、肉厚の手でポンとるり子の肩を叩く。

不安げなるり子の表情を読み取ったのだろう、太田は初めて、るり子の目をまっすぐに見て言う。一見こわもてだが、よく見るとまつ毛が濃く優しいたれ目をしていた。

「医師のカンってやつです。僕はヤブ医者かもしれませんがね、大丈夫、さすがに2回は外れない。状況や理屈を超えて、彼には生きる強い意志とか守られている光のようなものを感じることがあるんです。何よりあいつは女にモテるでしょう、色男ってのは、これが不思議にしぶといんだ。うらやましい限りです」

ハハハと大きく笑って、マイルドセブンのブルーの箱を白衣の胸ポケットにしまいながら、じゃまた、と太田はるり子に背を向けた。


病室に戻ると、純は点滴を打たれながら、ぐっすりとやすんでいた。

るり子は全身に力が入らず、ベッドサイドの簡易椅子に腰をかけて、しばらく彼の寝顔を放心したように眺めていた。

笑うと外国人のように目の周りにたくさんのしわが寄る優しいまなざし、鼻がすっとした端整な顔立ち、集中治療室に入る前までは、それでも、ピンと張っていた小麦色の肌。

（どうして？）

あの日の西美奈子のように、るり子も誰かの肩をゆさぶり、尋ねたかった。答えなどないとわかっているのに、理由を教えてほしかった。

しかし、彼女の疑問や問いかけに、いつまでも飽きることなく優しくこたえてくれるのは、そして、るり子が本当に尋ねたい相手は、いつも純だけだったのだ。

純は、穏やかな表情で、眠り続けている。

手を伸ばして彼の顔をなぞりたい、という衝動を自分の中で必死に抑えているうちに、るり子はとっさにチェストの引き出しをあけ、純のカメラを取り出していた。

いつも和やかな夫婦の会話が聞こえてきていた向かいのベッドからは、笑い声どころか、もう何の気配もしない。

そして、午後の診察時間も過ぎシンとした病室には、秋風の気配と同部屋の老人たちの寝息が、かすかにスースーと音をさせているだけである。

人の気配や残像はあるのに、この部屋は、なぜか、この世にひとりぼっちで取り残されてしまったように感じる、とるり子は思った。

彼女はそれにあらがうように、純の寝顔や大好きな手にピントを合わせ、カシャカシャ、と無心に写真を撮りはじめた。今彼がここにあることを、切り取って永遠に残しておきたい、とこれまでになくるり子は強く願った。

純のワンショット。

レンズの向こうの彼に、ずっとこのまま休んでいてほしい。でも、早く目を覚まして、こちらの世界で、わたしを見て、ニッコリ笑ってくれたらいいのに。

そんなふたつの気持ちの間で、小刻みに、でも激しく、るり子はゆれ動いていた。


「あら、るり子さんじゃないの」

夕暮れ時、買い物客に交じって黒服やクラブの女たちが行き交い始めた銀座の街角で、すれちがいざま、るり子は女性に声をかけられた。

ひさびさに訪れた7丁目の殿塚のサロンを出てからずっと、自分のブーツの足元を見ながら考え事をしていた彼女は、びくっとしながら面をあげた。

バーニーズの大きな黒いショッピング・バッグを2つも抱え、フォックスの見事なファーを襟に巻いた万葉だった。

また秘書が替わったらしい。見慣れないショート・ヘアの若い女も、後ろからはにかむようにるり子にペコリと頭を下げる。

「奇遇ねえ。さっきまでここで編集者と打ち合わせして、事務所の話し合いしてたとこ」すぐ後ろのガラス張りの風月堂を、相変わらずたっぷりとくびれたあごで、軽くさしながら言う。

そして、彼女特有のさっと鋭く値踏みするような視線で、るり子の足元から頭のてっぺんまで一瞥すると「ね、あなた。このあと、ちょっとなら時間あるでしょ？　ちなみちゃん、じゃあ今日はここでお開きね。青踏社の請求書忘れないでね」。るり子の返事も待たず、すばやく秘書に別れを告げる。

そして、スタスタと旧電通通りに向かって歩きだした。

クラブが店を連ねる雑居ビルの中にある地下のバーは、万葉のいきつけの店らしい。看板も店名も出ていない、まるで秘密クラブのような黒いドアをあけると、「あ、先生」。まだ準備中の時間なのか、カウンター内でグラスを磨いていた若い男が、白いシャツにだらんとかけっぱなしにしていたタイを慌てて結び始めた。

「いいのよ。このお嬢さんと、ちょっと飲ませてくださいな」

よっこいしょ、と言いながら高めのカウンターのスツールに腰をかけ、後ろで戸惑っているるり子にも、ほら、と席をうながした。

「あたしはワインにするけれど、るり子さんは？」

「いえ。わたし、今日は……」

かぶりをふるようにして、るり子は断った。

いつものことながら、なんとなく万葉の押しに流されついてきてしまったが、その日、るり子はとても酒が飲める心境ではなかった。

さきほど、久々に会ったジュエリー・サロン経営者の殿塚、〈S〉の統括社長である狩野、そして先輩の瀧川の言葉たちに、ひどく混乱し、思考と胸がかき乱されていた。人気ジュエリー・ブランド〈S〉のチーフ・デザイナーとしてのパリ留学、そして就職のスカウトを受けながら、煮え切らないるり子にしびれを切らした狩野が、殿塚に頼みこみ、サロンにて再交渉を仕掛けたのだった。

終わりがけには、「るり子姫。すみません、俺も兄として心配で」と、坊主頭に銀行強盗のようなニット帽をかぶった瀧川までひょっこりとあらわれた。結果、大人の男3人に、コンコンと説得された形だった。

しかし、るり子はほとんどうわの空だった。

なぜなら、明日は、いよいよドナーが見つかった純が、移植を受けるための準備段階として、一般病室から隔離され、無菌室に入る日なのである。

純の話によれば、そこに入り、大量の抗がん剤や放射線照射による前処置を受けてから、移植は約10日後をめどに行われる。そしてその後も、通常でも、最低1ヵ月はそこでの生活を余儀なくされるという。

純は、太田医師にるり子の面会許可も頼んでいるというが、病院の方針では、基本的に無菌室の中には、家族だけしか入れないのがルールらしい。

つまり、明日から、彼の骨髄移植、そして経過が落ち着くまでの少なくとも1ヵ月半以上は、るり子は純の看病どころか、彼の隣で、触れ励ますことさえ許されないのである。

（ただ、移植の成功と回復を祈って、病院の外で待っていろというの？　たった一人で？　私にそれが、できるのかしら……）

　何も言わないが、青ざめ、まとめ髪がほつれたまま考え込むるり子の横顔を見て、万葉は察したらしい。

「じゃあ、彼女には、何かノン・アルコールのカクテルでも。林檎かメロンでもしぼってあげて。私はあれでいいわ、オーパス・ワン。ゴローちゃん。生ハムとか、なんか軽いつまみとね」


「珍しいですね、こんな時間にいらっしゃるなんて」

　いつの間にかポマードで髪をなでつけ、黒いベストにびしっとタイをむすんだ若いマスターが、すっとワインとカクテルを出しながら、万葉に人懐こい笑顔で言った。

「そうだね。ここんとこ、あたしも、あまり夜遅くに自由に出歩けないのよ」

　ワインに口をつける前に生ハムを指でつまんでぱくりと食べると、万葉はぽってりとした紅い唇をナプキンでぬぐいながらニッと笑う。

　黄味がかったエナメル層で、丈夫そうな歯の質まで似ている。やはり姉妹なのだな、とるり子は、急にクライアントの俵啓子に思いをはせた。

「あ、息子さん。もう小学校でしたっけ。学校とか、一番、手がかかる時期なんすかね」

　まだ独身貴族なのか、腰つきや雰囲気もどこかひょうひょうとしたマスターが、首をひねりながら相づちを打つ。

「3年生だよ。うちのやお手伝いさんが面倒みなくても、もう、勝手に大きくなってるかんじ。血をわけた子供のはずが、あれは立派に別人格なんだね。もう、いっちょ前に私をたしなめたり、夫婦喧嘩のときは気をつかって席を外したりもするのよ」

万葉の話に耳を傾けながら、るり子は、チクリと再び胸の痛みを覚えた。

先月るり子も、祈るような、そして必死の思いでドナーの申し出をしたのだった。

ところが、結局他の親族と同じく、彼女と純のHLAの型は合致はしなかった。しかし、奇跡的にも骨髄バンクで型が一致するドナーが見つかったのだ。

言ってみればドナーをはじめ、担当医師の太田といい、見ず知らずの人々が純の命運を握っていることになる。その現実が、るり子の混乱と無力感をさらに増していた。

と同時に、今、彼女のこれからについて、力強く語り導こうとする人々が、純ではなく狩野や瀧川たちであることもすんなりと受け入れきれず、彼らの説得も、るり子の心を上滑りするばかりだった。

「それよりねえ。うちいま……修羅場なのよねえ」

万葉が、いつも持っている純金製の華奢なライターでタバコに火をつけながら、けだるそうに言った。

「あ、そうなんすか」

バーテンダーの男は、まるで天候の話をしているかのように、軽い相づちを打つ。

「そうなのよ、コレ見て」

万葉が、自分のえんじ色のオフショルダー・ニットの首もとを、隣のるり子に向かって乱暴にぐいっと開けた。

するとたっぷり脂ののった白い胸元に、まるで火箸を押しつけたような、10cmほどの赤くただれたやけどの跡が突然あらわれた。ガーゼなども貼られていないが、まだ部分的に黄色く膿みも残り、痛々しい。比較的新しい傷のようだ。

「きゃ」

瞬間的に視線をそらしつつも、るり子が思わず声をもらすと、万葉はそれも楽しむかのように歯をむき出して露悪的に笑い、さらに両手でニットの首元を下げてみせる。目を丸くしている若いマスターにも、痛そうでしょう、まだじくじくして血が止まらないのよ、とまるで自慢するように言う。

「すごいでしょう。先月かな、朝帰りしたら、あいつ、玄関で鬼のような顔して待ってて、いきなり襲いかかってきて、これだもん。ジュッて。目が飛び出るかと思った」

「旦那さまが……？」

心臓の動悸を抑えるように胸に手を当て水を飲みながらも、るり子は売れない劇団俳優だという、万葉の旦那の顔を思い浮かべようとした。一度自宅のパーティーに招かれたとき、挨拶をしただけだったが、いかにも気弱そうな笑顔で、体軀と印象の薄い男性だった。

「そう。日曜大工の万力《まんりき》を、一晩中ガスレンジで熱して待ってたってんだから、正気の沙汰じゃないじゃない」

まるで人ごとのように万葉は言うが、るり子には二の句が継げない。

「ね、もう大変。気がついたら、毎日地獄みたいになってたの、あのうち。あたしは魔物みたいな女で、あいつの生命と人生を吸いつくして蹂躙しているんだってさ。だったら荷物をまとめて出ていきゃいいいいのに、恨めしい顔してずっといる。今さら行くところがないんだって。浮気してる劇団の女のところにでも行けばいいのに。そこには、愛はあっても金がないんだって」

詩情もへったくれもない、100円の歌にもなりゃしない、と独り言のように言いながらも、

「るり子さん、あたし、シャレじゃなく殺されちゃうかもしれないわよ。あの冴えない、イケメンの成れの果てみたいな男にねえ」

万葉は、ぽいっと生ハムをつまみながら、もう一度るり子に笑ってみせた。


純が無菌室に入る日は、朝からしとしと雨の降り続く、肌寒い日だった。

朝一番でるり子が病室にかけつけると、前日から泊まり込みの両親に見守られつつ、純は点滴を受けていた。

「るり子さん」

もはや見知った顔の純の母が、すぐ席を立ち椅子をすすめてくれたが、純の父とは初対面だった。頭髪にはすでに白髪が目立っていたが、やはり純に似てスポーツマンらしく張りのある肌としっかりとした肩幅を持つ中年男性である。

「るり子、これ、オヤジ」

と純が言いかけるのを制するように、純の父は息子に背を向け腰を浮かせて立ちあがり、狭い空間で、るり子のスカートにくっつきそうなほど深々と頭を下げた。

「純の父です。ご挨拶が遅れてしまいましたが、このたびは、るり子さんにも本当にいろいろとお世話になって……」

「いえ、そんな」

狼狽し、るり子は両手を不格好に振った。すると、ちょうど面をあげた父の顔に当たってしまう。

「痛っ」父親が声をもらした。

「出た、るり子パンチ」

点滴で固定された腕を動かさないよう小声だったが、ベッドの上で純がおどける。

恐縮するるり子に、父親は、大丈夫ですよ、と気づかい席をすすめながら、「なんだ、純も殴られたことあるのか？」自身も椅子に腰を掛けながら言う。

「ないよ。これでも大事にしていますから」

「何言ってるの、されてるんでしょう。こんな華奢なるり子さんに、いろいろ抱えて通ってもらっちゃって……」

純の母が真顔でたしなめ、一拍置いて全員が笑う。

白いカーテンで仕切られた狭い病室に漂っていた硬い緊張が、それで少し解けた。


「松沢さん、点滴の交換です」

カーテンの間から、点滴のビニール・パックを手にした看護師の金子さん、そして担当の太田医師が顔をのぞかせた。

「やあ、ご気分はどうですか？」

「先生」今度は純の両親が揃って立ちあがり、緊張した面持ちで、太田医師に頭を下げる。「このたびは、どうぞよろしくお願いいたします」

いやいや、と太田も軽く会釈しつつ、純のベッドのそばに行き、ぐっと顔をのぞきこむように近づける。

「なんだか、顔色もいいようだね。落ち着いてるようだし」

「おかげさまで。しばらく戻れないと思うと、ここからの殺風景も、輝いて見えますよ」

窓の外をちらっと見やりつつ、純が答えた。

「あいにくの空だがなあ。まあ、そんな冗談が言えるなら上等上等。じゃあ、金子くん、あとはよろしく」

さらりと言うと、太田は片手をあげて、ずんぐりと肉厚の背中を見せて出て行こうとする。

「あ、先生……。るり子さん、ちょっと純をお願いしますね」

何か話があるらしく、純の母が目くばせで父をうながし、太田を追いかけるようについていった。

新しい点滴を手なれた様子で固定し、純の静脈に刺さる針をチェックしおえた金子さんも、「松沢さん。それでは、また1時間後にお迎えに来ますね。少し眠られるといいですよ。真行寺さんも、今日は早くからおつかれさまです」と純とるり子の緊張をほぐすようにニッコリと笑いかけると、カーテンをきっちりと締め、医療ワゴンとスリッパの音を立てながら個室を出ていく。

急に二人きりになり、病室にシンと静寂が訪れる。

るり子はすぐそばで点滴を受けている純に何か言おうと思ったが、やはり緊張しているのだろうか。うまく言葉が出てこない。

純も薄く眼を閉じ、黙っている。

数分間の沈黙があった。

いつのまにか横殴りになっていた雨が窓を打つ音と、ポタ、ポタ、というゆっくりとしたリズムの点滴の音、そして次第に速くなっていく自分の心臓の鼓動が、不安を醸しだしてしまう気がして、るり子は内心あせっていた。

これでは純にかえって不安を与えてしまう、と気分を落ち着けるため深呼吸をしようとしたとき、「るり子さあ」とベッドの上で純が口をひらいた。

「うん」

点滴を受けている純の手のひらにそっと手を伸ばして、るり子は返事をした。

秋も深まり、ひんやりとした朝だったのに、純はじっとりと汗をかいていた。

「お水飲む？　大丈夫？」

「ありがとう、うん。水もらえる？」

ベッドサイドにあった病院の給湯ボトルからグラスに水をつぎ、るり子は、彼のまくら元に近付いて、片手の不自由な純に水を飲ませてやる。

不慣れな手つきで、口元に少しこぼれてしまったが、それでも純はおいしそうにゴクゴクと音を鳴らして飲み干した。

そして、目があった。

「大丈夫だから」

るり子の表情だけでなく、全身から漂うピリピリとした不安を包み込むように、純がつとめて穏やかに言った。「ちゃんと、戻ってくるから。そんなすぐ、死んだりなんてしないから」

「そんなこと……」彼女は急に、みぞおちにキュッと差し込むように鋭い痛みを覚える。


「冗談だよ。この間も説明したでしょ？　幸運にも、符合するドナーが見つかったし。じゃなきゃ病院側も踏み切らない。太田先生も、移植自体より、その後の治療と安定が勝負だ、と言ってるしね。がんばるから。何かあれば親に連絡させるし、オフクロにもよく言ってあるから、るり子からもいつでも電話してくれたらいい。気楽に、待っててよ」

うん、と自分自身にも言い聞かせるように純が言う。そうよね、と首を振りながら、るり子はバッグから取り出したハンカチをさりげなく彼の手のひらにおき、その汗をおさえるようにして聞いていた。

「まだまだ、やることいっぱいあるしさ、だから移植、受けるんだもん」

「だけど……純ちゃんは、怖くないの？」

ふっと口をすべらせてしまい、あっと内心で後悔しながらも、るり子は言った。

「怖いよ」

天井を仰いだまま、しかしハンカチごとるり子の手をギュッと握りかえして、純が答えた。

「怖い」

そして、るり子を見た。純の表情はいつものように穏やかだったが、じっとのぞきこむと、そのまなざしの奥には恐れと不安の影がゆらめいているように見えた。

「るり子、ごめんね」

「なんで？」なんでこんなときにまで、謝るの？　純ちゃんは悪くないのに。いつだって……るり子はそう言いたかったが、胸がぐっとつかえてしまい、泣き出しそうな衝動を抱えたまま、それをパラリとはだけてしまわぬよう、ただ身を硬くしていた。

そんなるり子を、純はいたわり励ますように続ける。「ほんと正直怖いし、るり子にもしばらく会えないだなんて、いまだにピンとこないんだけど。だけど、がんばるから。だから」

なあに？　るり子は、純の水色のパジャマから視線を上げながらたずねる。

「るり子も、正直でいてよ」

「それ、どういうこと？」

「ん。俺にも、るり子自身にも。なんていうのかなあ……今回の入院生活で、俺もやっぱり、考えたんだ。こんなこと朝っぱらから何だけど、生きてる意味とか、残された時間とか、るり子のこととか。もちろん、俺たちのこれからとか。いろいろ」

自らの言葉を確かめるように、ゆっくり言葉を探しながら、純は続ける。

「じつは昨日、いよいよクリーンルーム入りか、って、やっぱり緊張したのかなあ、あまりよく眠れなくてさ。柄にもなく、ガキのころからこれまでのこととか、いろいろ振り返ったりした。しかも、夜中に電気つけて、コレも、じ〜っと見ちゃったりして。るり子とのつきあいも本当に長いよな、なんてしみじみ考えてたんだ」

ベッドサイドの時計の奥にいつも立ててある、真鍮の写真立てに視線をやりながら言う。

「で。俺は、るり子が本当に大切だからこそ、もう格好つけてる場合でもないし。これからは……

るり子に、もっと正直になろうと思ったの」

照れたような表情で、純がほほ笑んだ。

「…………」るり子は驚き、微動だにすることもできず、ただ耳を傾けていた。

「だからね、俺もこの移植と術後を乗り切って、絶対に元気で戻ってくるからな。だからるり子も」

そして、純は意外なことを言った。

「ジュエリー・デザイナー、もう1回がんばっていてよ」

どうして？　そんなこと、どうだっていいのよ、とるり子は泣き出しそうになったが、まるで何かを悟ったような純の透明な気配と、力強い握力に気押されたのかもしれない。

複雑な気持ちを抱えながらも、彼女はつられてこくりとうなずいていた。

ほっとしたような純の顔をただ見つめながら、どれくらい時間がたったのだろう。

気がつくと、「純、もうすぐ時間みたいだけど……」と遠慮がちにそっとカーテンが開けられ、心配そうな純の両親が顔をのぞかせた。


晩秋の晴れた日に、るり子は三重県の鳥羽にいた。

狩野から再三誘われていたパールの展示会への参加、そしてクライアントの啓子との最終ミーティングをするためだった。

眼下に美しい海がパノラマのように広がる、まるで海と一体となったようなホテルの美しいカフェで、半分放心したようにるり子は啓子を待っていた。

「先に、何かご注文されますか？」

感じのいいウェイトレスが、ぽつんとソファにかけ、海上をゆっくりと舞う大きな鳥たちを眺めているるり子に、笑顔で声をかけた。

「あ、ええ。では……あたたかいコーヒーを」

ふだんは紅茶を好むるり子だが、反射的に注文していた。

そして、店中にかすかに漂っている潮の香りの中に、ふっと消毒のエタノールの匂いが混ざった気がして、ふたたび〝あのとき〟を思い出した。


じつのところ、直前まで迷っていた今回の鳥羽も……最終的にるり子の肩をぐっと押してくれたのは、純の父の言葉だったのかもしれない。

運ばれてきたコーヒーのほろ苦さをあじわいながら、るり子はゆっくり目を閉じ、記憶をたどりはじめていた。


あの日、ストレッチャーで無菌室に運ばれていく純を見送ったあと、放心したように、廊下の奥にある長椅子にひとり座り込んでいたるり子に、いつのまにか戻ってきたらしき父親が近づいてきた。

「るり子さん、今日も朝早くから、本当にありがとうございました」

ねぎらうように温かくるり子に礼を述べつつ、売店で買ってきたらしきホットコーヒーを渡してくれた。母親はまだ無菌室で、純の世話をあれこれやいているという。

そして、ここ、いいでしょうか？　とるり子にたずねつつ、隣に腰をかけ、るり子への礼を続ける。「本当に、あなたがどれだけ、純の支えになってくれたことか」と、再びロマンスグレーの頭を下げた。

「いいえ、私は……」

身の置き所のないような情けなさと、ふたたび世界でたった一人ぼっちになってしまったような心細さ。

こんなときに泣いてはいけない、落ち着かなくてはいけない、と、るり子はコーヒーの紙コップに口をつけてから、答えた。「私こそ、純さんには本当に、いつもいつも、お世話になっていて」

言いながら、改めて思う。彼こそが、ずっと、わたしの世界の中心で、よりどころだった、と。それが証拠に、今自分は半身がもがれたように、体に力が入らず椅子から立ち上がる気力さえわかないじゃないか、と。

「いやいや。私も親として、まあ、純とは28年つきあってきましたが。甘えているアレを見たのは、じつは今日、初めてなんですよ」るり子と並んで長椅子に座り、コーヒーをすすっている純の父親が、意外なことを言いだした。

「私は、何か嬉しかった」

「甘えている？　純ちゃんが、わたしに？」

るり子はとっさに意味がつかめないでいた。

「ええ。無菌室に入る前、あいつ、るり子さんに、〝手を握ってくれる？　強く〟なんて言ってたでしょう」

ああ。

るり子は思わず顔を赤らめる。

あのとき、直前までストレッチャーの頭上にピッタリと付き添っていた彼女にささやくようにして、純は小声で言ったのに、どうやら父親には聞かれていたらしい。

「いえ、こう言っちゃなんですが、あの写真立てにも、私たちは最初ずいぶん驚いていたんです。長男のせいか、小さなころから、あいつには出来過ぎたところがありましてね。人の悪口や文句を言わないどころか、自分の弱音もめったに吐いたりしない。だから、家内も泡を食ったんでしょうね。あの子、まくら元にるり子さんの写真なんか飾ってるの、と入院当初は私に電話をかけてきたほどです。まぁ、それほど、精神的に弱っていたのかもしれないですが」

はじめて聞く純のエピソードに、納得したり改めて愛しさを覚えながらも、るり子は、とつとつと語る純の父の言葉に、静かに耳を傾けていた。

「るり子さんは……あの、宝石のデザインをされているんですってね」

「え、はい」

急に話題が自分にふられ、るり子はドキッとしながらうなずいた。

純の父が、鳶色の優しいまなざしで、るり子をほほ笑みながら見て、言った。「純は、自慢してました。数年前だったかな、るり子さんの話を私たちに最初にしたときから、ずっと。可愛いだけじゃなく、とても熱意と才能のある女性なんだ、ってね」

るり子はぐしゃっと顔をゆがめて、わっと泣き出したくなった。

肩を震わせている彼女に気がついたのか、純の父は一瞬ためらいながらも、るり子の肩にそっと手を置き、こう言った。

「がんばってください。純も、これから長い闘いをしてきます。きっと、時間はかかります。大事な彼女をひとり置いて、ふがいない息子ですが、アレなりに一生懸命やるでしょう」

だから、
と純の父は、一呼吸おいていった。

「差し出がましいようですが、るり子さんも、るり子さんの道でがんばっていてください。私はそのことを、純に報告しますよ。それが、きっと無菌室でも、あなたに触れることができなくても、純を強く勇気づけてくれると思います。息子ながら、純は、そういう奴なんですよ」

まぁ、恥を言うようですが、私も結婚前は、家内の習字の見事さと向こうっ気の強さにやられたクチなので……とテレ隠しのように、純の父はおどけながら笑った。


「――ごめんなさい、るり子さん、お待たせしました？」

ガラス窓から顔を戻すと、玉虫色のニット・スーツにハイヒール、そして小ぶりだがオーストリッチらしいバッグを肩から提げた啓子が立っていた。

慌ててやってきたらしい。いつものようにしっかり丁寧にルージュを塗った唇をあけ、軽く息を切らせている。

「すみませんねえ、このホテルまでは近くですし、主人に送ってもらったんですけれども」髪を整えつつ席に腰をかけ、すまなそうに頭を下げる。

「いえ、私も前が押して、少し遅れてしまったんですよ。それに、このカフェ、海の眺めがとても素敵で……」

るり子はもう一度、前方と横、ぐるりを取り巻いているような、ガラス窓の向こうの青い海に視線をやって言う。

大きな鳶が、いつのまにか海上のギリギリまで急降下して、るり子のすぐ眼下をゆっくりと旋回していた。魚を探しているのかもしれない。

「ねえ、胸がすっとして、癒されるでしょう。シーズンオフの平日なんか、私もたまに来るんですよ。現実逃避したくなると」啓子が冗談めかして言う。

「そんなこと、啓子さんにもあるんですか？」

るり子は少し驚いて尋ねた。

「あらいやだ、しょっちゅうですよ。狭い町で、長年妻も嫁もしていますから」周りにポツンポツンといる他の客を気にするように声をひそめつつも、珍しくおどけるように笑顔で言った。

地元にいるせいだろうか。今日も胸元にエルメスのスカーフを結び、気張ってめかしこんではいるが、啓子の口調や雰囲気は、少し砕けてリラックスして見える。

そして、やってきたウェイトレスに、本日のケーキセットを、と慣れた調子で頼みながら、

「るり子さんは展示会に行かれていたのですよね」興味深そうに、小さな目を見張って尋ねた。

「ええ」

「どうでした？」

「それはもう。圧巻だったのですが、何か、同時にあてられてしまったみたいです。真珠って本当に……まるで、生き物なのですね」

るり子は言葉を選びながら答えたが、正直な感想だった。

狩野のような買い付けを目的とする業者や関係者を約１００名ほど招待して開催されたパール展示会は、駅から程近くにある真珠博物館の別室を借り切って行われた。

冠婚葬祭やふだん使いのアクセサリーにも広く親しまれているアコヤ貝や淡水パールが、ミリ単位ごとに仕分けされ、ショーケースにずらりと陳列されていたのはもちろんのこと、白蝶貝、黒蝶貝の大粒パールから、イエローやピンクや虹色など、珍しいカラーのものまで並んでいた。その狭い空間を、スーツ姿の男性や女性たちが、館内の専門家の説明を熱心にメモをとって聞いていたり、販売元と交渉しながら泳ぐように行き来していた。

「いいですねえ。私も噂にはよく聞くんですけど、縁故がなくて。プロの方々は、それは安く買えるんでしょうね。まあ、それで商売というものが成立しているのだから、仕方ないですもんねぇ」

主婦らしい感想を、啓子がため息まじりに言う。

「ええ」

すっかり冷めてしまったコーヒーカップを手にとって、るり子は曖昧に相槌を打った。

だが、彼女がもっともショックを受けたのは、つるりと優美に輝き、清純な魅力をたずさえている真珠が誕生するまでの、生々しく、野蛮とも言いたくなるようなその工程にあった。

当たり前のようにふだん目にする丸い真珠は、ただ時や海の営みにまかせていればできるものではない。偶然にも貝の内側に異物が混入した結果、誕生する天然ものは、どうしてもいびつにゆがんでいるという。

だから、人が、生きた貝の体内に真珠の「核入れ」作業をピンセットでほどこすことで、あの美しい真珠たちは安定的に生産されていた。

そして、異物を混入された母貝は静かな内海で養生しながら、やがて、自らの傷を肉で包み込むように、外套膜の細胞でその核を包み込む。それが、何重にも繰り返され、硬く美しい真珠層になっていくのだという。もちろん熟練の技巧者によって行われる作業だが、強制的に行われる移植のショックで、すぐに死んでしまう貝も少なくないそうだ。

打ち合わせをすすめなくては、とるり子は啓子から預かっていた真珠のケースをバッグから取り出したが、「真珠って……まるで、身を削って子供をはぐくみ産み出す、お母さんみたいなんですね」

蓋の金具をパチンと開けた瞬間、思わずもらしてしまう。

「え？」

啓子は一瞬目を丸くしたが、「ああ、真珠館で説明も受けられたんですね」とるり子の想いを察したらしい。

「るり子さんはまだ花の独身でデザイナーさんですし、考えてみれば、ちょっと、生臭いような話かもしれないですね」運ばれてきたミルフィーユをフォークで崩し口に運びながら笑う。そして、ナプキンで丁寧に口元をぬぐいながら、「でもまあ、生きるとか、とりわけ〝美〟って、本質的にはそういうものかもしれませんよね」

「え？」

意味を呑み込めず、るり子が問い返した。

「ほら、私も宝塚が好きで東京や兵庫にもよく通っていますけれど、華やかな舞台ほど、裏にいろいろあるっていいますでしょう。演じる方はそれは血のにじむような厳しい練習や競争を重ねて。第一、みんながトップ・スターというわけにはいきませんからねぇ」

言いながら、上目づかいで一瞬るり子の顔色を盗み見るようにして、啓子が一息に続けた。「姉のことも……、ご存じでしょう？」

「あ、はい」

虚をつかれ、るり子は思わずうなずいていた。黙っていていいものか、昨夜から考えあぐねていたのだが……それは、万葉の心中未遂事件についてだった。

奇しくも、先週純が無菌室に入った日の明け方に起こったというそのニュースを、るり子は翌日立ち上げた携帯に入っていた亜子のメールで知らされた。ごく小さな扱いながら『人気女流歌人、内縁の夫に刺される』とインターネットのニュースにもなったらしい。

「――といっても、脇腹の上だったかしら、うまく急所は外れていたみたい。15針くらい縫ったらしいですが、幸い傷口はそう深くなかったそうなんですよ。来週には退院だってことなんですけれどもねえ。田代さんのほうが」

いつものように他人事のように言いながらも、啓子は眉をひそめた。刺した後で自殺をはかった夫のほうが頸動脈を切っており重傷、とニュースにもあった。

「今日、本当に大丈夫だったんでしょうか。あの、啓子さんは、行かれなくていいんですか？　東京の病院のほう」

ジュエリー・デザインの描かれたデッサン・ノートをバッグから取り出す手を止め、遠慮がちにるり子は尋ねた。

「いいみたい。だって、本人が来ないでいい、と言うんですから。それも秘書の方から聞いたんですけれどね。こちらは、あっちで大学に行ってる息子にいろいろ様子を見にいかせたり、心配しているんですけれどもねえ。まあ、熊野の両親も、もう80近いですし、そうそうは動けません。みんな生活がありますから」

「あの、万葉さんの息子さんは？」

踏み込みすぎだろうか？　とためらいつつも、一度だけ会ったことのある、万葉の息子が気になりるり子は尋ねた。同じく美男だったという前の夫に似たのだろう、万葉に似ず、線の細い神経質そうな少年だった。

「ああ、あの子は、懇意の編集者にあずけているそうですよ。田代さんとは、ご実家は東北らしいんですが、そもそも絶縁状態みたいなものなんですって。まあ、最初からめちゃくちゃなんですよ、東京のあの家は。ですから、身内の恥を言うようですが、私たちは、いつかこうなるような気がしていたんですよ」と、啓子はガラス窓越しの海に顔をむけて、つぶやくようにして言った。

「それでも、あの人は強い人ですから」

「そうなんでしょうか」

あのたっぷりと脂ののった体を深く傷つけられ、包帯を巻かれ、病室のベッドで寝ているであろう万葉の姿をるり子は思い浮かべた。そして、この数ヵ月ですっかり体重を落とした純の筋張った脛の感触を思い浮かべながら、複雑な思いにかられる。

「やっぱり、憔悴されてるんじゃないでしょうか」

「るり子さんなんかからしたら、冷たい、と思われるかもしれませんけれど」

るり子の中の小さな違和感を見過ごさなかったのか、啓子が珍しく少し強い調子で言う。

「あの方は、昔からそうなんです。本当に貝じゃないけれど、アワビの万砂子は頑丈で、心配しても結局は、こちらが心配ゾンみたいなことになるんです」

唐突な告白に戸惑いつつも、るり子はテーブル上にデッサン・ノートを広げたが、啓子は気持ちが高ぶってきたのか、それを無視して話を続ける。

「生まれ持ったものなんでしょう、存在というかエネルギーが強すぎるんでしょうね。だから、あんな見てくれでも、まるで女王様みたいにふるまって。いつも、多くの人に取り囲まれていて……。と同時に、周りのペースや磁場を狂わせてしまう。だから、誰も口にはしませんが、田代さんにもむしろ、こちらはどこか同情する気持ちがあるほどなんですよ」

傷を負ってしまった自分の姉をいたわるどころか、まるで責めるような啓子の口吻にいたたまれなくなり、るり子はとっさに話を変えていた。

「それで、お預かりしているパールなんですけれども……」

「あ、ええ」

ハッとしたように、啓子がるり子の手元に視線を戻した。

「古典的な2連で普段使いしづらい、ということでしたので、わたしもいろいろと考えたのですが」るり子は、3パターンほど描いてきたデッサン画を見せながら言う。

「テリといい粒のそろい方といい、とても完成度の高いアコヤのネックレスですので、ひとつはそのまま単純に切り離した形で、今後も、1連の首飾りとしてお使いになられるといいのではないでしょうか」

「ええ、それもそうかもしれませんね」

女性らしい関心が昂った気持ちを落ち着かせたのか、啓子はふたたび、穏やかな声のトーンに戻って言った。

るり子は少し安心し、続ける。「もう一つのやや短いほうの1連は、ブローチも良いのですが、啓子さんは、いつもスカーフ使いがお上手ですので、一つはスカーフ留めに仕立ててはいかがでしょう」

ああ、と言い、啓子が瞳を輝かせた。

「じつは今日の展示会で、加工品やアンティークの作品もいくつか拝見して、私もやっとイメージがどんどん湧いてきたんです。金や銀細工の土台に、このアコヤと大小の淡水パールを混ぜながら、花や動物など、啓子さんのお好きなモチーフを形づくらせていただけないでしょうか？　きっと、普段使いにも、お出かけにも重宝する、華やかでいて上品なスカーフ留めができると思います」

そうですね、ああ、いいかもしれやん、と啓子が急に方言で、うっとり想像するように言った。

もともと、美しく華やかなものを好み造詣も深い女性なので、本人の脳裏にも、さまざまな映像が浮かんでいるようだった。

　それから、るり子はためらいつつも、デッサン・ノートを繰り見せる手を止め、面をあげて啓子を見て言った。

「残ったパールで、その、万葉先生の、退院祝いをつくられてはいかがでしょう」

「姉に？」

　身を乗り出していた啓子の体が、一瞬びくっとして固まった。

「はい。今日、この鳥羽に来て、母貝が母体を痛めて生み出す真珠たちを見ていたら……あの、パールって、わたしには何か、そういうもののような気がして仕方ないのです」

　うまく言えないのですけど、とデッサン用のペンをこめかみや頰にあてて言葉をさぐりながらも、るり子は自分の内側からわいてくる不思議な強い確信のようなものを、できるだけ誠実に、啓子に伝えたいと感じていた。「わたしの個人的な話になってしまいますが、わたしには姉妹もなく、母親も一人っ子なんです。それで、万葉先生にこうして啓子さんをご紹介いただいて。やはり、そうはおっしゃられても、お二人にはどこか似た面影があるようで、わたしは折々にハッとさせられますし」

　ひどく意外そうな顔をして、啓子がマジマジとるり子を見た。娘のような年で、芸術的な感性には長けているが、るり子はまだまだ子供のようなデザイナーなのだ、とどこか見くびっていたのかもしれない。

　そんなところも、万葉と啓子はじつは瓜二つなのではないか、とるり子には思えていた。あらわれや大きさは違っても、もともと、同じ核をわけあっているものどうし、それは当然のことなのかもしれない。

「いろいろなことがあっても、それでもやはり、お二人は姉妹として、いつも思いやり、感じあってらっしゃるのだなあ、とわたしには感じられるのです。目には見えない、切っても切れないつながりを感じさせられて、わたしには何か、うらやましいのです」

何か考え込んでいるのか、啓子はうなだれたように、けっして話上手ではないるり子の言葉にじっと耳を傾けていた。

「ですので、このパールでそれを表現させていただけたら、と思うんです。万葉先生には、家紋やご姉妹の思い出の何かをかたどった着物の帯留めなど、喜ばれるかなあ、と想像しているのですが……」


「ひとまず、純の骨髄移植が無事に終わりました」という吉報を純の母から受け取り、るり子が安堵した翌日の土曜日。

久しぶりに亜子が、るり子の銀座のマンションに泊まりに来た。いつものように、実家でとれたという新鮮野菜をどっさりとリュックに詰め込んで。

「るり子〜、みずみずしい白菜と水菜はいらんかえ〜。甘〜いネギもどっさりだよ。今夜は鍋パーティーやろう、鍋！」

部屋に入ってくるなり亜子はるり子にそう叫び、玄関にどさっとリュックとエコバッグを置いて、靴をぬぎながら、るり子にむかってニコッとした。

「ええ？　鍋なんか、ないけど」

るり子もつられて笑いながら、荷物の引き揚げを手伝う。赤ちゃんの頭ほどもある大きさの白菜も青々とした水菜も、ひとつひとつ新聞紙でくるんであった。

「ドンキとかで買ってこない？　でも〜、ケンタに頼んだら、貸してくれると思うけど」

亜子が少し照れたように言う。

「ああ、亜子ったら、そういえばケンタくんとつきあい始めたんだっけ。順調なのね？」

〝ハニカミ天使〟と亜子が名づけて首ったけになっていた、近くの有機野菜カフェの若いシェフのことだ。亜子のマメなアプローチが実を結び、先月からつきあうことになったという彼は、徒歩15分ほどの勝どきの社員寮で独り暮らしをしており、調理器具は何でもそろっているという。

「やだ、やめてよー」

言うなり、すごい力でるり子は押しのけられ、冷蔵庫の前で、床に思わず突き倒された。

「ちょっとぉ……」

「ごめんごめん。だって、ルリルリったら急にまじめに聞くんだもん。照れるじゃん」

ノーファンデの素顔を真っ赤にしながらも、亜子は床にしゃがんで、るり子の身をぐいっと起こしてくれる。

相変わらず力持ちだが、よく見ると、いつものオカッパ頭から女性らしいセミロングに髪を伸ばし整えていた。

「うまくいってるのね？」

「えへ、まあね。それなりに、っていうか奇跡的に！　うちらのハートは、野菜の神さまが結んでくれたの、これマジで。ケンタ、あの実家にも来て泊まっていったんだよ。ばあちゃんの畑に感動しちゃってさあ、それで決まりよ。るり子に早く話したかった〜！」抱きつかんばかりの勢いで、亜子ははずむようにうなずいた。

そのはちきれんばかりの笑顔を見て、るり子は純へのドナーの申し出から移植まで緊張の連続で、親友のプライベートにまで気づかう余裕もなかったことに気がついた。亜子からは、定期的に励ましやお見舞い、そしてメールや電話でも、力強く温かいメッセージをいつも受け取っていたのに。

「……亜子、ごめんね。でも、ほんとうに本当に、よかったね」

るり子は詫びるように、心をこめて言った。

「謝んないでよ。積もる話は、今夜たっぷり聞いてもらいますから。で、鍋どうする？　ケンタ呼ぶ？」

「そうね、貸してもらえるなら。でもお仕事中なんじゃない？」

「今日はオフなの。勝どきでヒマしてるわけよ。だから、亜子ちゃん亜子ちゃんって、さっきからメールがうるさいんだけどさ」すっかり姉さん女房のような風格で、亜子がぷるんと豊かな胸を張った。「だから、鍋届けてもらうついでに、つくってもらっちゃう？　あの子プロだし」

その照れつつも威張った様子に、るり子はおかしくなりながらも「うーん、でも今夜は、亜子と二人で話したいかな？」と少し考えてから言った。「亜子とも久しぶりだし、私も、純ちゃんのこと、万葉さんのこと、積もる話がいっぱいあるから」

「そうだね。純サマの移植も無事終了で、うちらの愛もヴィクトリー♡　今夜は女同士乾杯だね！」

亜子は、内から輝くようなはじける笑顔で、白い歯を見せ嬉しそうに笑った。

翌朝、早起きの亜子がキッチンで何かこしらえているのを知りつつも、ベッドでまどろんでいたるり子は、何度となくならされる携帯の音に起こされた。

「るり子ぉ、携帯なってるよ〜、純サマじゃないの？　出たら？」

亜子も声を張り上げるので、「はい……」しかたなくるり子はベッドに寝た状態のまま、寝ぼけまなこで携帯を取った。「まったく、いつまで寝てるのよ」なんと母親のミサである。

「なあに」すっかりぱちっと目が覚めて、るり子は少々警戒して答えた。

純のためにドナー検査をすることをもらしたるり子に、「万に一つも合うはずがない」だの「骨髄に注射するだなんて、危険きわまりない」だの、大反対していたミサとは、先月大喧嘩したばかりだったのである。その後ミサからの電話をるり子はとる気になれず、何度か残されていた着信も、意識的に無視していたのだった。

「なにって。やだね、こんな無愛想な娘。元気にしてるかと思ってさ」まるで何事もなかったかのように、ミサがさらっと言う。まくら元の時計を見ると、まだ8時すぎである。

「で、あんた今日ヒマなの？」

「今、友達が泊まりに来てるから」

「亜子ちゃんかい？」

面識はないが、この数年親密にしている亜子のことは、何度か話したことがあった。

「うん」

「じゃあ、いいよ」

「うん」

あきらめてくれたらしい、とるり子はほっとした。

「うん、じゃないよ。ほんとに締まらない子だね。だから、その亜子ちゃんも一緒に上野の美術館に行かないか、っていうのよ」

最近は思うところあり店も休み、早寝早起きをして、ピアノや英語など習いごとに励んでいるというミサは、朝からキレよく話している。

「ええ？」

「いいから、亜子ちゃんに聞いてごらんよ、フェルメール観に行かないかって」

「フェルメール？」

るり子が頓狂な声をあげたので、亜子も気になったのか、ベッドルームをのぞきこむように顔をのぞかせた。思わずるり子は、助けを求めるように亜子を見た。

（なあに？）亜子が口パクで言う。

「あんたじゃ話にならない。早く、亜子ちゃんに聞いとくれって」

寝ぼけて頭がうまくまわらないところに、ミサがせかすため、るり子は片手で携帯を押さえて、素直に亜子に尋ねてしまう。

「なんか……母がフェルメールを観に行きませんか、と言うんだけど。期間限定で、今名画が上野に来ているからチャンスなんだって」

「ああ、行ってくれば？　いいよ、お気遣いなく。昼前には私もケンタんち寄って、実家に帰るから〜」と亜子は答えたが、「ううん。一緒に行かないか、って。ちょっと意味がわからないんだけど」とるり子は言った。

「へえ？　3人でってこと？　きょう？」亜子も驚いたようだが、るり子とミサの複雑な母娘関係を急に思いだしたのかもしれない。

「……別にいいけど。お邪魔でなければ」ともごもご言いながら、それでも両手でオーケーサインを作ってみせた。


それから慌ててシャワーを浴び、亜子お手製の簡単なサラダパスタとトーストを食べてから、二人で地下鉄に乗り、約束の10時に待ち合わせの上野の美術館へ向かう。

朝早いせいか、行列まではまだないものの、今回のフェルメール展のほか、他の彫刻展や日本絵画の個展も開催されている巨大美術館には、やはり、すでにぞろぞろ並んで入っていく団体客や画集やパンフレットを購入して出てくる多くの中年女性たちの姿が見られた。

「るり子、亜子さん」

待ち合わせ場所だと言われた切符売り場の前に行くと、カシミアらしいベージュの大きなショールを羽織り、まるで皇族のような帽子をかぶった小柄なミサが、つんとすまして立っていた。ショールと揃いの生地の高そうな長手袋もし、ご丁寧に、帽子には黒真珠に鳥の羽根のようなものがついたブローチまでさしている。

「ひょえ〜るり子のお母さん、貴婦人みたい」

思わず無粋にもらした亜子に、（祖母から続く、根っからの芸者さんです）とるり子はにがにがしく思ったが、ミサは案外気をよくしたらしい。

「亜子さんですか。はじめまして、るり子の母です。るり子がいつもお世話になっているんですってねえ」

この上もなく愛想良く、ほほ笑みかける。いったんうちに入ればるり子が耳を覆いたくなるような毒舌ばかりだが、もとより客商売のプロである。基本的に外面はとてもいい母親だった。

「はい、お世話してまーす」

ミトンの手袋をはずしながら、亜子が陽気に握手を求めた。

ミサは少々面食らった様子だったが、愛想笑いはたやさないままその手にチケットを渡し「亜子さんの分も買っておきましたよ。フェルメールはご存じ？　絵画はごらんになられるの？」と尋ねた。

着ているものですぐに人を値踏みするミサが、いかにも田舎娘然としたダッフルコートと汚れたハーフ・ブーツ姿の亜子を軽んじているのではないか、とるり子は内心気をもんでいたが、「観ないんですけど。だから、今日はすっごく楽しみでーす」亜子は、元気に声をあげマイペースである。

親友として、うっすらとはるり子とミサの事情を知っている亜子のほうが、もしかしたら役者が一枚上なのかもしれない、とるり子は気がつき、ふっと肩の力が抜けた。

生来の負けず嫌いのせいか、芸者業のみならず何事にもじつは勉強家のミサは、館内で貸し出されている絵画のガイドが聞ける有料のイヤホンを借りていた。そして、一枚一枚、熱心に絵画を鑑賞し、時おり、るり子と亜子にその背景や解説などを説明してくれた。

17世紀に活躍したオランダの画家フェルメールは、現代では世界的に知られる巨匠だが、ダ・ヴィンチやベラスケスのような宗教画や宮廷画で知られる天才とは違い、あくまで普通の人々や生活する女たちを中心に描いた風俗画家であるという。

そこが、時代や国境を越えた幅広い人気の秘密でもあった。

最初はつまらなさそうにしていた亜子も、ミルクを注ぐ女性など生活感のあふれる女たちの姿に、しだいに引き込まれはじめたようだ。時おりミサや学芸員に問いかけたりしながらも、いきいきと表情豊かに鑑賞を楽しんでいる。

進んでいくと、特に人だかりが厚くできている絵画があった。

3人で近づいていくと、フェルメールの代表作であり、この展覧会の呼び物でもある『真珠の耳飾りの少女』である。

それは、絵画に明るくないるり子や亜子でさえ、どこかで見た記憶のある絵だった。

美しい青いターバンを巻いた少女が、振り向きざまに、こちらをじっと注視している。

静謐《せいひつ》な光を浮かべつつも、今にも何かを語りかけそうな、もの言いたげな瞳だった。

「うわ、綺麗だねえ……」

前にいる人の間から顔をのぞかせたりその場で背伸びをしながら、亜子も何度となくじいっと見入っている。

るり子もその画に一瞬で心を奪われ、ぼうっと立ちつくしていた。

絵画の漆黒のバックのせいで、少女の美しい肌や目の光、そしてとりわけ〝フェルメールブルー〟

と呼ばれる冴え冴えとした青色がクッキリと浮かんで見えるようだと思った。

「るり子、知ってるかい？　あんたの名前は、この青色からもらったんだよ」

イヤホンを外しながら、いつのまにか隣にいたミサが、絵画を見たままつぶやくように言った。

「え？　わたし？」

るり子は驚いて尋ねた。

「この画家はねえ、生きてたころはずいぶんと貧乏だったのさ。だって、このブルーを、ラピスラズリの石を砕いた特殊な顔料で描いていたんだって。それで破産しちまうくらい、この青色に魅入られこだわっていたんだってさ。そりゃあ、そのへんの青とは輝きが違うもんねえ、芸術家ってのは、そんなもんなんだろうねえ」

「それ、ガイドが言ってるの？」

「ううん、お父さんに聞いた」

意外なことに、突然ミサが、久しぶりに亡くなった父のことを口にした。

「お父さん、ほら、ヨーロッパ史の教授だっただろう？　教養もあったし人情家で、ちょっとロマンチストなんだよ、この画が好きでねえ。この青色はただの青色じゃない。心を射貫かれるような、地球の色みたいな、永遠の瑠璃色だって言ってた。それが、あんたが生まれてまだ1歳か2歳か、やせっぽっちの小さな赤ちゃんだったころ、この画は初来日とかなんとかで上野の美術館にきたんだよ。それで、お父さんと3人でデートしたのさ。あんたと、お父さんとあたし。だから、あたしたち家族は、いっしょにこれ、見ているんだよ」

「…………」

あまりの衝撃に、るり子は言葉がつげず、絵画の前の人だかりの熱気の中、ただ立ちすくんでいた。

そんなるり子に気づいているのかいないのか、ミサはるり子の隣で小さく続ける。「だから、あんたが生まれたときも……いや、生まれる前から、お父さんは女の子なら〝るり子だ〟って決めてたの。あんたも知ってると思うけど、ほら、ラピスラズリってのは、日本語でいえば〝瑠璃石〟だろ？」

熱い何かに体の真ん中を貫かれ、るり子はその場に崩れ落ちそうになる。

「そのことを、あんたに教えなくちゃって思ったの。お父さんが脳梗塞で、あんなふうに急に亡くなっちゃったじゃないか。それから、あたしも生きるのに必死だったし、あんたともずっとボタンを掛け違えていたみたいだったから。ずっと、言いそびれていたんだけどさ。あ、ずれてるよ」照れ隠しのように、ミサが急にるり子の胸元に手を伸ばし、硬直している彼女のストールの結び目を直しながら言った。

そして、きちんと真ん中に結び直すと、目を細めるようにしてじっとるり子を見てから、ふうっと深呼吸をして、一息に言う。「今度、あの坊ちゃんと湯島にきたら。あんたが結婚するときにって……お父さんから預かってるものがあるから」

『師走は逃げる』というように、るり子にとっても、12月は、非常に目まぐるしいものとなった。術後の経過が驚くほど順調だという純の様子は、週に2度ほど純の母から聞いていた。

無菌室は外部からの接触を徹底的に制限しているため、るり子は、本や差し入れはおろか、手紙のひとつも届けることはできなかったが、純が母に言づけるメッセージは、日に日に明るく前向きなものになっており、るり子もまた、仕事も再開し、変わりなく元気でやっていることを、こまめに伝えてもらっていた。

事実、自分のうちの作業台では、啓子と万葉のパールのリメイクに没頭していた。

あの後、るり子のデザイン提案を受け入れてくれた啓子から、「姉の退院の日には難しくても、できれば、クリスマスの時期に間に合わせていただければ」と頼まれていたためだった。そのころちょうど、お芝居で上京の予定があるので、万葉にも見舞いがてら会いに行くつもりだ、と言う。万葉と啓子の姉妹の再会に、それぞれの華やぎを引き立てつつも、どこか、真の絆も感じられるジュエリーを添えられたら。

るり子は、母性的な優しい気持ちと同時に、自分の内側からわいてくる、使命感にも似た情熱を感じていた。

取り扱いと加工に日々腐心している真珠たちも、先日美術館で見た〈真珠の耳飾りの少女〉のパールのように、その優美でやわらかな光でるり子をも包み込み、そっと励ましてくれているようだった。

それと並行するように、彼女の作品のＨＰにメールや打診のあった新規顧客たちへの回答ややりとりも、再開していた。

もちろん、純の経過や体調が良く、一般病室に戻れる日もいよいよ近づいていることが、最近の彼女の精神を安定させている一番の基盤である。

一時はすっかりやせ衰えていた純の肌や髪、そして言動からも、日に日に彼の体に活力が戻っているのがわかる、と純の母の声にも、隠しきれない喜びと安堵がある。

それにつられてか、彼の白血病が発覚してからこの半年以上、ずっとかじかみ、凍りついていたようなるり子の心身も、日に日に血が通いエネルギーがわいてくるようだった。

何よりも、慌ただしい時間ぐりの中でも、彼女の才能を求めてくれる人々に会い、自らの手足を動かし、感性や技術で応えてゆくことには……彼女にとって苦労や悩みとともに、やはり生きがいとも言えるような喜びの源泉があったのだ。

翌週、純がとうとう、無事に一般病室に戻れる、という知らせを受けた。

平日だったので、るり子は純の両親に頼まれて、一人、彼を無菌室の外まで出迎えに行った。

そわそわしながら、落ち着かないような気持ちで無菌室のドアの外で立っていると、カチャリとドアがあき、看護師の金子に支えられながらも、純は、パジャマ姿で元気に歩いて出てきたのだった。

「純ちゃん」彼の姿を見た瞬間、るり子は思わず口元に手をあて、立ったまま涙してしまう。

「るり子、お待たせ」

無菌室のドアをあけ、るり子を見つけた瞬間、純は照れくさそうに、でも目を輝かせて言った。

痩せてはいるが、その目の輝きや穏やかで優しい声は、なつかしい純そのものだった。

「おかえりなさい」とるり子は言いたかったけれど、言葉にならず、ただ近づいてきた彼のパジャマをギュッとにぎりしめていた。

一般病室でも依然、純へのきめ細やかな治療は続いていたが、薬の強度や量はぐっと減っているらしい。

純はしだいに食欲も増し、「今度さ、金子さんのいないときに、メガマック買ってきてくれない？」などと言い出し、るり子にたしなめられるほどになった。

そんなある天気のいい午後、るり子は、狩野からのスカウトの話について、思いきって彼に打ち明けてみることにした。

お土産に買ってきたハーゲンダッツのカップアイスをベッドサイドで一緒に食べながら、「純ちゃん、話があるの。あのね……」るり子は遠慮がちに切り出した。

大手商社が計画する、再来年に立ちあげ目標だという新規ジュエリー・ブランド〈S〉のチーフ・デザイナーに抜擢されようとしていること。

純も来てくれた、銀座のギャラリーでの初めての個展の作品が、オーナーの殿塚のみならず、ビジネスのプロの目に留まるきっかけになったこと。

少なくとも来春から、パリの工房に通いつつジュエリー専門校での留学をスタートさせ、その後、最低2年間はパリで勤務するという条件であること。

そして、それについて、ずっと悩み忘れようと思っていたが、やはり、自分は挑戦してみたい、という思いを打ち消せずにいること。


「ずっと言えなくてごめんなさい。純ちゃん、びっくりした？」

一息に説明を終え、思いきって、るり子が彼の顔を見上げると、

「……やっと、言ってくれた」

純が、天井に向かって、うーんと大きく伸びをしながら言う。

「え？」

問い返するり子に、純はいたずらっぽく目じりにくしゃっと皺を寄せ、ウインクして見せる。

「ごめん。知ってた。確か、無菌室に入るけっこう前だったけど……鳥羽の展示会の招待状と、秘書の人からの手紙、俺、読んじゃったの。だってるり子、洗濯のとき、バッグから床に落としてったんだもん」ペロッと小さく舌を出して言う。

「うそぉ」

いつ打ち明けようかと一人考えあぐねていたのに、とうに知られていたのだ、とるり子はひどく動揺した。

「ごめん、勝手に見て。しかも黙ってて。でもまぁ、おあいこってことで許してください」

アイスのカップを、ベッドの上の小テーブルに置いてから、純はペコリと頭を下げた。そして、まるでいたずらが見つかった少年のように、頭をかいている。

「おあいこ？」

「ん。いや、まぁ。ほら、俺の手紙もさ」

鼻の下に指をあて、優しい純は照れたようにして後をぼかす。

「あ」

るり子は小さく声をもらした。彼の手紙を、そういえば、自分も勝手にひらき、見てしまったことがあった、西美奈子からのラブレターとプレゼントだった。

「そうね、うん、おあいこね」

るり子もおかしそうに笑った。本心からの笑顔だった。

そうだ、それほど前の出来事ではないはずなのに、今となっては懐かしいような遠い思い出の気がする……純と一緒に笑いながらも、るり子は何か不思議な気がしていた。

もしかしたら、この入院生活とオペという彼の生死の峠を、二人で必死に乗り越えてきたことで、純と美奈子への疑いや怒りは色あせ、自らの揺れる心の中心も、自然と定まってきたのかもしれない。1ヵ月以上も顔を見ることさえできず、不安な夜もなかったといえば嘘になる。

それでも、（私たちの気持ちや、目には見えないなにかで、つながっているから）と、るり子は不思議と気持ちの中心では信じていた。そして、純ちゃんも今、必死に闘っているのだから、わたしも、そんな彼に恥じないように頑張ろう。自分自身をも励ますように、るり子は彼が無菌室に入っている期間、何百回となく、自分の中で、つぶやき乗り越えてきたのである。

「行きなよ」

ハッキリと純が言った。無意識のうちに、再び彼の気持ちを疑い苦しかったあの日々を回想しようとしていたるり子は、じっくりと温かみのあるその声でハッと現実に引き戻された。

「パリに？」

「ん。大抜擢だし、チャンスだよね」

純が、サイドテーブルの写真立てに手を伸ばしながら、るり子を励ますように、明るい調子で言う。「可愛くて大人しい短大生だったるり子が、急に学校に行くって言いだして。いつのまにか、一生懸命ジュエリー・デザインはじめてさ」

ベッドの上のテーブルに写真立てを立て懐かしそうに、はじめての二人の旅行、そして北海道の写真と交互に目をやりながら続ける。「いよいよ、プロとして、国際的に活躍するチャンス。こんな彼女、日本中探したってそうそういないと思うな」

純が笑う。

「………」

陽気にふるまってはいるが、冬の陽光にさらされた彼の横顔には、少しさみしげな影が落とされている気がして、るり子は黙っていた。

「全部で3年ぐらいでしょう？　行っておいでよ。俺も、体立て直して、来年には会社にも復帰するし、頑張ってるから。遊びにも行くし、るり子も帰ってきたらいい。待ってる」

「本当に？」

「うん。だから、この真ん中の3番目の写真は……るり子に、パリから送ってもらえば、いいかな」

コンと、あいている真ん中のフレームを中指の背で叩き、純は自分にも言い聞かせるように言った。

クリスマスの3日前、気の早い初雪が降るのではないか、と天気予報で伝えられるほど、外気がぐっと冷え込んだ曇天のその日。

るり子は、上京した啓子とともに、九段下の駅で待ち合わせをし、万葉のマンションに向かった。もちろん、るり子のバッグの底には、完成したパールのスカーフ留めと帯留めをおさめた箱が大切にしまわれている。

当然、クライアントの啓子には、途中経過は何度もメールの写真で送り、随時確認をしてもらっていた。

しかし、「大丈夫ですよ。これでも、宝飾品の仕立ては、田舎でも何度かしてもらっていますから。完成品は、姉の家で一緒に見せていただければ」そのほうが、本当のサプライズプレゼントのようで、もっと感動があるのだ、と言う。

そんな啓子は、マンションまでの並木道を並んで歩きながらも、今日は少々早口で、ひさびさの姉との再会になぜか緊張している様子だった。

「昨日電話では久しぶりに話はしたんですけれどもね。私も、あれから初めてなんです。あのうちに行くのも、本当に久しぶりで」大判の鮮やかな紫のスカーフに顔をうずめるようにしながらも、啓子は頬を上気させて言う。「でも、今日はるり子さんと帯留めと一緒で……ありがとう、なんだか心強い気がしています」

以前のように、大きなマンションの玄関口で、常駐のコンシェルジュに名前を告げ、啓子とともに、26階の万葉の部屋までエレベーターで上がる。

一番奥の部屋までたどり着き、チャイムを鳴らそうとして、るり子はふと気がついたのだが、万葉と田代の連名で掲げられていた以前の表札はなくなっている。

「いらっしゃい」

お手伝いさんではなく、いきなり、万葉が顔を出した。ムームーのような厚手のドレスにえんじ色のガウンのようなものを羽織った、リラックスしたスタイルである。

足元には、去年と同様、白と茶色のスピッツがキャンキャンと鳴きまわり、彼女にまとわりついていた。

「久しぶりね、どうぞ」

ゆっくりと歩く万葉の背中に誘導されつつ、啓子とるり子はリビングに通された。

「あれ？　どうしたの、姉ちゃん」

啓子が小さく驚きの声をあげた。

全面ガラス張りのNYスタイルの高層ルームで、贅沢な家具や調度品が、そこかしこにほどこされていた部屋は、すっかりとシンプルな空間になっていた。

確か置かれていたソファや、ずらりと並べられていた書庫からも本が1冊残らず消えている。

啓子とるり子が通された真ん中の大理石のテーブルと6席の椅子のほかは、部屋中が、驚くほどがらんどうだ。

「ふン、驚いた？　年明け早々、引っ越すことにしたのよ」

啓子の土産の塩羊羹を切ってくれているらしい。キッチンでカタコト音を立てている万葉が、向こうから声をはりあげ答えた。

「姉ちゃん、いいから座っててよ」様変わりしている部屋の光景にあっけにとられていたのか、やっと気がついたように啓子が席を立ち、キッチンのほうへ歩いていきながら尋ねた。

「引っ越しって……体調は？　それに、悟くんは？　田代さんは？」


「来るなり何よ。いいから、ちょっとまずコレ持ってって。お茶もすぐ出るから、るり子さんと食べててちょうだい」

切られた羊羹の皿とともに、万葉に押し返されたらしい。啓子は戸惑った顔でテーブルに再び戻り、るり子の隣に腰をかける。

続いて万葉も、急須と湯のみを載せた盆を持って、どっこらせ、とやってきた。

「悟は、学校よ。明日、終業式だったんじゃないかしら」

ゆっくりとした手つきで３人分のお茶をまわし入れながら、後ろの壁に貼られているカレンダーに目をやって言う。

「はいどうぞ」

そして、平気な顔で熱い湯のみをつかむと、るり子、そして啓子に無造作に手渡しつつ「このたびは、どうもお騒がせいたしまして」ごく淡々と、あまり悪びれた風でもなく言う。

「……あの、もう、大丈夫なんでしょうか。ご体調は」

るり子は、思わず口をはさんだ。何を思っているのか、さっきから隣の啓子がじっと黙りこくっているからだ。

「ええ、まだ膿がぐじゅっとしていて、年内は消毒と抜糸に通院しなきゃなんないけれど。基本的には、あとはもう、日にちぐすりみたい」

啓子ではなく、るり子に説明するように、万葉は自分の脇腹をさしながら言う。「傷痕は、さすがにちょっと残ってしまうようだけどね」

「そうですか……」

家庭内で内縁の夫に心中未遂を起こされるという、るり子にはとても想像もつかないほど衝撃的な事件。それは、つい先月、まさにこのうちで起きた現実のはずなのだが、目の前の落ち着き払った万葉を見ていると、まるで、以前見た彼女原作の舞台での出来事のように、リアリティがない気もした。

「田代も……あいつはまだ入院しているけれど、幸い一命はとりとめたようだし」

「本当に、不幸中の幸いで。悟もショックを受けたでしょう」

まだ幼い甥を思いやるように、啓子がしんみりと言う。

「そうね。だから、あいつが退院するのを待って……田代とは別れるから」

じつは、啓子もるり子も、その結果はどこかで予想していた。

実際、社会的な力量も相性も、もともとアンバランスすぎたのである。だから、知らず知らずのうちにうっ屈や不満がたまり、とうとう、このような痛ましい事件となってあらわれてしまったのだろう。

どう好意的に見ても、その後、二人がやり直せるとは思えなかった。

「で、本人としちゃ、5年分の慰謝料と今回の治療費が最低条件だっていうの。だから、ココは処分して、半分あいつに渡すつもり」

しかし、これは意外だったらしい。

啓子が咎め立てるように身を乗り出して尋ねた。「どこに引っ越すの？　それより、どうして姉ちゃんが？　田代さんに財産分与するってこと？　話の筋がおかしいんちゃう？」やはり姉妹なのだろう、傍らで聞いているるり子にはヒヤリとするような、遠慮のない切り込み方である。

「おかしくもないんじゃない。本当の意味でどっちが被害者かっていえば、まぁ公平に見て、田代でしょうから。本人も、あたしに無理に首根っこつかまれて振り回されたあげくに、男のメンツも精力もトコトンつぶされこうなった、と言ってるしね。洒落た言い方をしたら、退職金代わりってことじゃないの？」ひらひらと宙で片手を泳がせるようにして、それでもふっきれたような表情で万葉が答えた。

厚化粧をほどこしていないせいか、いつものようなふてぶてしさはなりを潜めているものの、やはり落ち着き払っている。「それでね。あたし、一回、熊野に戻ろうかなと思ってるわけ。悟だけ連れて」

「熊野に？　住むとこないじゃろうに」

実家の方言なのだろうか、啓子が心底驚いたように言う。隣のるり子のことなど、すでに視界に入っていないように、血相を変えている。

「いいじゃない？　実家なんだし。どうせ年寄りが暇つぶしの野菜をつくってるだけで、使ってない部屋もいくつもあるでしょう。ね、ちょっと啓子、やっぱり美味しいわねコレ」

妹の興奮をおさめるようにか、万葉は羊羹を口に運び、啓子にもすすめながら言う。

「あるったって……」

「父さんたちには、これから話してみるつもりだけど。いいじゃない。ちょっと田舎の山奥に引っ込んで、私も悟と静養させてもらいますよ。そのあとのことは、それから考える。短歌のほうも、最近ちょっと煮詰まっていたけれど、これでうまいこと風穴があいて、またいいのが詠める気もするのよね」

彼女特有のねっとりとした調子で言いながら、万葉はクックと笑う。

しばらく、シンとした間があった。

ぬるくなったお茶を啓子がぐっと飲み干してから、気を取り直すようにるり子に言った。「るり子さん、それじゃあ、そろそろ、あれを」

「はい」

急に矛先を向けられたため、るり子は少し慌てながらも、ケリータイプの革の大きなバッグをあけ、奥にあるしぼりの風呂敷の包みを丁寧にとりだした。

「なによ、お見舞い？」

察しよく、万葉が先んじるように言った。

「いいから、ちょっと見てくださいませ」

啓子は落ち着いた態度でるり子に目配せをし、顎で軽くうながすようにする。注視する4つのまなざしを手元に痛いほど感じながらも、るり子は、風呂敷の包みをテーブルの上にとりだし、そっとひもといた。

つやつやとなめらかに光る、2つの繻子張りの箱があらわれる。

その、るり子ブランドのオリジナルBOXの中身を、どうぞ確かめてください、と啓子が万葉に言った。

不可解そうにしばらく万葉は首をかしげていたが、それでも、妹に言われるまま箱に手を伸ばし、パチンと留め金を開けた。

「あらあ」目を輝かせる。

「パールの帯留めじゃないの。うちの桜紋で。ちょっと、素敵じゃない」

「じゃあ、私がこっちということね」

テーブルに残されたもう一つの箱に、啓子がさっと手を伸ばし、今日は大粒の白蝶貝の指輪をはめた指で、フタを開けた。「あぁ、綺麗やわあ」同じく、無邪気な感嘆の声を上げる。

「台座も、やっぱりプラチナにしてもらって正解だったわぁ。真ん中のアコヤも、ぐるりの淡水パールの桜のめしべも、愛らしいなあ……立体感もあるし、どこから見ても完璧や。実際見たら、やっぱり思ってた以上やった。ありがとう、るり子さん」言いながら、すぐさま、背もたれにかけていた自分の紫のスカーフに手を伸ばし、スカーフを留め、嬉しげに何度もかざし見ている。「姉ちゃんのもどう？　完璧やろ？　春先の着物に付けたらええわ」

「……で、何なのよコレ。るり子さんにオーダーしてたやつ？」

万葉はカウンターパンチでも食らったように、少しポカンとしながら尋ねた。

桜形のプラチナとパールの帯留めは、手のひらにのせたままである。リビングのシャンデリアの下、ひんやりと冷たそうな、白い輝きをはなっている。

「あ、はい。そうなんです、じつは……」

と言いかけたるり子を制するように、啓子が引き取る。

「そうよ、姉ちゃん。あのパールね、もともとは、結婚するときに、母さんから贈られたものやろ？　姉ちゃんは、とうに失くしてしまってると思うけれど、私は大事にずっと置いてあった。だから、今回、るり子さんに、私らのおそろいのジュエリーに仕立てていただきました」

なぜか得意げに、たっぷりと大柄な姉に向かい、小柄な啓子が薄い胸をはって言う。

「なによ、気持ち悪い。どういう風の吹きまわし」

万葉が毒舌をはいた。

「さあ、どうでしょう」

慣れているのか、その毒舌こそが姉の元気の証拠だと知っているのか、啓子はしれっと受け流すようにして、スカーフ留めとるり子を交互に眺めて、ニコニコとほほ笑んでいる。

「まったくもう。しかし、るり子さん、あんたって人は本当に才能があるね」

啓子に礼を言うのではなく、万葉はるり子に向かって話しかけた。

妹からの予想もしなかった贈り物に、照れているのか。それとも、るり子のような妹分の前で、一本とられてしまったようで、シャクなのかもしれない。

「あたしは……あたしはまた失敗しちゃったけれど、あなたはそんなにも若く綺麗で、こんなにも素敵なジュエリーを生みだせる。憎たらしいけど、それは素晴らしいことよ。しばらく、デザインを休んでいたようだけど、もう、大丈夫なのね？」

「はい」

少し考えてから、るり子はこくりとうなずいた。

純の入院から、一時はジュエリー・デザインの受注をすべて取りやめ、連絡さえつかなくなっていたるり子のことを、万葉も、彼女なりにずっと気にかけてくれていた。

「彼氏も？」

続けて確認するように、万葉が尋ねる。腐っても当代一の女流歌人と呼ばれ、人一倍鋭い感覚を持つ万葉のことである。時々会っていたるり子の様子や殿塚たちの噂から、だいたいの事情は察していたのだろう。

「ええ」

るり子は再び、万葉の目を見返すように、力強くうなずいた。

「そう、よかった」

心底ほっとしたように、万葉は、ふうっとため息をついた。

「るり子さんって、そんななよやかなふうをして、意外と根性があるんだよね」

「そんな」

「バカね。デザイン見たら、すぐわかるのよ。しつっこいシゴトがしてあるし、繊細で、はかなくて、揺れてるようでいて……隠しきれない情熱と意志がちゃんと秘められてる。ねぇ、啓子？」

万葉が突然、二人のやりとりをさっきから温かく見守っている啓子に相づちを求める。

そして、啓子がわが意を得たりとでもいうように、ニッコリうなずくのを待ってから、万葉は続けた。「るり子さんは、気がついていないかもしれないけれど、あなたのデザイン、何か変わった。ただ、美しいだけじゃない。芯みたいなものが生まれてる。その彼氏とやらがよほどいい男なのか。それとも、二人できっと何かを乗り越えたんじゃない？」

るり子は万葉の慧眼に舌を巻くような思いでいつつも、黙って耳を傾けていた。

「だからね。自分の未来も二人で育てていく愛も、両方手に入れたらいい。あなたのジュエリーみたいに、それぞれのよさを引き出しながら、細心の注意をはらって、うんと愛情と手間をかけて、コツコツと、一つの世界をつくってゆけばいい」

「そうや。姉ちゃんもたまにはいいことを言うわぁ」啓子も、隣のるり子の肩をポンと叩いて言う。

そんな妹の茶々を、余裕の貫禄で笑って流しつつも、つられたように万葉も笑顔になった。

「るり子さん、能力を持たされちゃった女ってね、じつは、両方あるから強くなれるの。デザイナーとしても女性としても……るり子さんは、どっちも手に入れて、この帯留めみたいに、満開の花を咲かせてちょうだいよ」

桜の帯留めを愛しげに眺めながら、はじめて見るような穏やかな笑顔で、るり子に優しくほほ笑みかける。

「あたしもいろいろ言っちゃったけど。ごめんあそばせ。だけど、るり子さんならきっとできるわ。この帯留め見て、なんだかもう、本当にそう思ったわ」

まいった。

そう言いながらも、万葉の表情も、るり子にはなぜか晴れ晴れとして見えた。

第5章　ラピスラズリ

約束通り、見慣れた湯島の駅に、濃紺のダッフル・コートを着た純が立っているのを見つけた瞬間、思わずるり子はぐっと胸がつまりそうになった。

「純ちゃん」

コートの胸元で小さく手を振りつぶやきながら、じわりと涙が浮かんできそうになる。

品川の駅で、高輪で、銀座で、空港で、東京駅で。

こうやって、私たちは何度待ち合わせをしたことだろう？　そしてまた、外で落ち合い、しかもこの街に、彼が来る日がやってきたなんて。


驚異的な回復を見せた純の、はじめての外出許可日は、太田医師の粋なはからいで、クリスマス・イブになった。湯島の実家で挨拶をしてから、久々にるり子の家に泊まりにいきたい、という純のため、るり子は昨夜、不器用ながらも温かいシチューや彼の好物のハンバーグを用意していた。


「なんだよ、大げさなるり子さん」

白い息を吐きながら近づいてきた純が、すでに口に手を当て涙ぐむるり子の頭を、優しくポンポンと叩いた。

彼女が育った古びた家が立ち並ぶ下町の風景やクリスマス・ケーキの呼び込みをしているさびしい商店街が、純の目にどううつっているのだろうか。

少々心配しながらも、るり子は精一杯、街の案内をしながら、彼を実家まで案内した。

ミサが言っていたとおり、表通りに面した喫茶店は、最近すっかり閉めているらしい。シャッターは堅く下ろされている。


そのわきの細い道を少し入った店の裏手に、古びた平屋の一軒家がある。そこが、るり子が嫌い、しかしまぎれもなく彼女が育った実家だった。

「こんにちは！」

玄関を開けた、るり子の後ろから彼女もびっくりするほど大きな声で、純が明るく言った。

「いらっしゃいませ」

今か今かと待ち構えていたのだろう。すぐに入り口の部屋の暖簾を分けて、薄紫の着物を着たミサがあらわれた。

「松沢さん、ご無沙汰しております。このたびはどうも……一時退院おめでとうございます、というのもナンですけれども。でも、お元気そうで良かったですわ。うちは見ての通りお恥ずかしいようなぼろ家ですが、さあどうぞ」

まるで仲居のように玄関口に正座をしたまま、ミサは愛想よく二人を招き入れる。

「すみません、じつは今日、手みやげもなくて」

靴を脱ぎながら、純が恐縮して言う。

「いえいえ、病院から直行なんでしょう。おつかれさまでございます。るり子から聞いておりますのよ」

ミサの物言いが、普通の母親のそれではないような気がして、るり子はハラハラしながらも、黙って彼の背中について、実家にあがった。

父の遺影も飾られている、大きなテレビのある客間に通された。純と並んで座るように、ミサに指示されるり子が座布団をすすめた。テーブルの前で純はかしこまって正座をしながらも、好奇心に輝く目で、ときおり部屋全体を見上げるように見渡していた。

「日本茶でよかったかしら」

しばらくして、お茶と茶菓子を持って、ミサがあらわれた。「クリスマス・イブなんですけどねえ、ケーキじゃなくてごめんなさいね」言いながら、慣れた仕草でそっと純とるり子の目の前に湯のみを置いた。

「いえ、お構いなく」

ふだんより硬い口調で純はミサに言いながらも、んん、と何度か咳払いをしている。「あの……」

「松沢さん、るり子はですねえ」

緊張した青年が今にも大切な話を切り出そうとするのを、ひょいと交わすように、真向かいに座ったミサが言いだした。

「見ての通り芸者の娘で。親の欲目かもしれませんが、ちょっとばかり可愛くは産んだつもり。だけど、正直にいって、実生活にはあまり役立つような子じゃありません。おさんどんも下手だし気もききゃしない。おまけに、早く父親を亡くして、あたしも十分にかまってやれなかったせいもあるんでしょうかね、小さいころから風邪をこじらせたり病気することも多くって、体もそう丈夫なほうじゃない」

細い指を折るようにしながら、ミサは純の前で、娘の欠点を数えるようにして言う。

「お母さん」

血の気がスーッとひいていくような思いをしながらも、るり子は思わず口をはさんだ。

そんな娘をすっかり無視して、ミサは純に向かって語りかけ続ける。「子供のころは、ともかく夜泣きばっかりしてました。あたしから言わせりゃ、なんだか気味が悪いくらい癇性《かんしょう》で感受性ばっかり豊かな娘。そのまま、ようやく大人になったと思ったら……デザイナーっていうんですか？宝石の仕立てやみたいなのになっちまって。今度はパリだかどこか、海外に勉強に行くって言いだすじゃないですか。要は、夢物語、絵空ごとの塊みたいで、なんの役にも立たないような娘なんです」

純は、神妙な顔をして、ミサの言葉にじっと黙って耳を傾けている。

「松沢さん、それでも、よろしいですか？」ミサが言った。

「お母さんったら」

押し殺したようにるり子は言ったが、

「はい」純は真面目にうなずいている。

「未来の夫をひとまず置いて、フランスに飛んでこうっていうようなこの子で、本当によろしい？」

「ええ、よろしいです、や、そんなるり子さんだから、いいんです。どうぞ、長い目で見ていただけると。彼女は成功して、僕も元気になって……必ず、二人で幸せになりますので。何とぞ、末長くよろしくお願いいたします」

せきを切ったように、純が、あふれんばかりの思いを込めるようにして言った。

「そうですか。それはよかったぁ」

ミサは肩の荷が下りたかのように、大げさに後ろに身を崩し、握っていたらしきハンカチを、視線を集めるようにゆっくりと眉間にあててみせる。

こんなときにまで。なんて芝居がかった母親だろう……。

るり子は純に恥ずかしいやら腹が立つやらと同時に、一方で、芯から芸者である母のしみついた芸達者ぶりが、少々おかしくもなっていた。

ミサの意図と事の成り行きがなんとなくわかり、るり子も内心ホッとしていたのかもしれない。

「じゃあ、あたしとしては言うことはありません。これと一緒に、この子をあなたに差し上げますよ」

ミサが、きちんと着付けた着物の胸元から、すっと、色あせたようなオフ・ホワイトのハンカチに包んだものを取り出した。

「ありがとうございます。これ、開けてもいいんでしょうか?」

思わず出した両手のひらにその包みをのせられて、戸惑った純が、ミサとるり子の顔を交互に見ながら問うた。近くで見ると、薄い格子柄の入った古いハンカチで包まれた、何かこんもりと丸っこいものだ。

もしかしたら……るり子はハッとする。

「どうぞ、おおさめくださいませ」

そして、おそるおそる純がハンカチをひらくと、深みのある群青色に、うっすらと紺碧色と金のマーブル模様のまざった〝瑠璃石〟があらわれた。

「見せて」

思わずるり子は言い、純から手渡してもらうと、それは、彼女の片手にこぢんまりとおさまり、そっと握りしめられるほどのささやかな大きさだった。しかし、つるりと完璧な球形でまるきり地球のように深みのあるブルーのその石は、意外なほどしっかりとした重みがある。

隣の純と向かいのミサに見守られながら、るり子は、ギュッと胸元でそれを握りしめていた。石から、じんわりと、あたたかな波動と父の想いが伝わるような気がした。彼女の胸の底で、何かがゴトリ、と動きだし始めた気配があった。ピッタリと閉じられていた、重い扉がひらきかけていた。

そんな娘の様子を見やりながらも、ミサはわざと明るい調子で、純に機関銃のように語りかけ続けた。「ああ、ほんとにホッとした。これ、この子の父親からあずかっていたんですよ、ハンカチもそれ、父親の。あたしはそのまま20年以上箪笥の奥にしまってて、だんだん隠してるみたいになっちゃって。あとは松沢さん、るり子と相談して、おうちに飾るなり仕立てるなりご自由に。で、とりあえず先に入籍はするの？　式はどうするんだい？　結納は？」

「ごめんね、変な母親で」

家を出て、ミサと3人で湯島天神にお参りし別れたあと、るり子は言った。

今にも雪がチラつきそうなほど寒い日だったが、るり子は冷や汗をかきそうな気分だった。

「ううん。とても女性らしい人。一人娘のるり子をお母さんのやり方で、大切に、大切に思ってるんだね」

純がるり子の手をとって、ギュッと握りながら言った。

それから二人は、手をつないだまま、るり子の通った小学校や中学校を眺めつつ、湯島散策を楽しんで、3時過ぎには、銀座の彼女のマンションに戻った。


久しぶりの外出に加え、るり子の実家への挨拶で、外では気を張って快活にふるまっていた純も、じつは疲れていたらしい。

るり子の部屋にたどりつくと、「ごめん、ちょっとだけ寝かせてもらえる?」とコートを脱ぎ、るり子に渡すと、ベッドにバタンと倒れてしまう。

「純ちゃん、大丈夫?」

コートをハンガーにかけながら、るり子はひどく不安になる。

「うん」言いながら、すっと純は寝入ってしまった。いつも飲んでいる薬の影響もあるのかもしれない。

そのまま、純はなんと深夜近くになるまで、るり子のベッドから起きださなかったのである。

「――るり子?」

ベッドルームから純の声がして、狭いリビングで、純を気遣い電気もつけずに夜半から降り出した雪をひとり眺めていたるり子は、はっとして振り向いた。

「起きたの？　純ちゃん、大丈夫なの？」

「うん、ばっちり」カジュアルだがタイを締めたシャツにVネックのニット姿のまま、純が起きだしてきた。寝ぐせがついている。

「あ。うわー、雪？」

「そうなの、ホワイト・クリスマス」

ガラス窓にコツンと、額と手のひらをつけて、るり子が言った。「朝には、積もるかもしれないんだって」

「嘘みたい」

すっかり目も覚めたらしい。純も目を丸くして、白く吹雪いている外の世界に、心を奪われている。

「ね。あ、ごはん食べる？　いろいろあるよ」

「うん。ちょっと待って」

後ろから、純がふわりとるり子を抱きしめた。

(帰ってきた)

彼の体の温かさと、包み込まれるように抱きしめられる安堵感の心地よさを全身で味わいながら、るり子はうっとりと目を閉じ、そう感じていた。

「ありがとう」

るり子の耳元で、純がぼそっとささやいた。

「？」るり子は軽く振り向き、無言で問い返す。

「るり子のおかげだから。ありがと、俺といてくれて」

「私こそ。ありがとう、純ちゃん。どんなときも……私といてくれて」

そして、るり子が後ろに振り向いて、純と軽くキスをしたとき。

グー、キュルキュル……。

絶妙のタイミングで、まるで申し合わせたように純とるり子のお腹がなった。

ぷっ、と思わず二人で吹き出すと、「それじゃ、メリー・クリスマス！　るり子、お待たせ。乾杯しよう」と純が言い、キッチンにいき、冷蔵庫から冷やしておいたシャンパンを持ってきた。

そして、器用な手つきでポンと栓を抜いたのを合図にするように、時計が深夜0時を指して、二人のクリスマス・ディナーの時間がはじまった。


「るり子、るり子、ごめん、ちょっと起きられる？」まだ部屋に薄明かりが差す翌朝。

純に肩を優しくゆすぶられ、ベッドの中でるり子は目を覚ました。

「眠いと思うけれど……ね、ちょっとだけ、外行かない？　すごいんだよ、銀座、別の街みたい。真っ白で綺麗なんだよ！」

「ええ？」

低血圧で寝ぼけまなこのるり子には、よく意味がつかめない。

昨夜食事をしてから、バスをつかい、二人でベッドに入ったのは、結局深夜3時近くだったのだ。冬だとはいえ、外の暗さから考えても、それからほとんど数時間しかたっていないはずだった。

しかし、軽い興奮状態の純の話を聞いていると、どうやら、昨夜降り続いた雪で、外は真っ白な銀世界になっているという。昨日夕方から寝込んでしまった純は、早朝から目覚めてしまい、さきほど探検がてら白い街の散歩に行ってきたという。

「見て」

純が、シャッとるり子の部屋のカーテンをあけて見せた。

「うわぁ」

るり子も思わず声をあげた。

一晩で、まるで魔法にでもかかったように、外は銀世界に変わっていた。

綿毛のようなふんわりとした雪が、見慣れた隣のビルのベランダや電柱の釘にまで、しっかりと降りつもっている。

「ね。中央通りも、まだ、誰も足跡をつけていないの。真っ白でふわふわだから。るり子、きっと好きだよ。帰ってまた寝たらいいから、ちょっと見に行こうよ」

純は、珍しく強い調子でるり子を誘う。

そして、目をこすりながらも、重ね着をした上に、ベージュのロング・ダウンをはおり、ロングブーツをはいて、ニットの帽子をかぶった全身モコモコのるり子の手をひいて、純は、ほとんど人影のない真っ白な銀座の街に、喜びいさんで歩きだした。

病み上がりなことが信じられないほどの大股で、まるで一歩一歩しるしをつけるようにして、純は中央通りをおおう雪の上に足跡をつけ、進んでいく。

1丁目、2丁目、3丁目まで到達！　と白い息を吐きながら数えつつ、前をむいていく純の背中を、るり子はまぶしいような頼もしい気持ちで眺めていた。さっきまで、ベッドの中にいたるり子には、夢の続きのような光景だった。

「るり子」

カシャ。

振り向いた純に、るり子は突然。写真を撮られた。

愛用の一眼レフのカメラを、病院から持ってきていたらしい。

よく見ると、首から下げていたそれで、純はカシャカシャと白く輝く街と、戸惑うるり子を撮っている。

「きれいだ、世界中が」

ファインダー越しに、感に堪えぬように純が言った。

「本当に。いつもの通りも雪化粧で、まるでドラマか夢の世界みたい……」

現実的な寒さも忘れてしまうほど、あたりの美しさに心奪われながら、るり子もうなずいた。

二人は、大胆に人っ子一人いない道路の真ん中を歩きながら、4丁目の三越の近くまでやってきた。

いったん立ち止まり、純は、さらに8丁目までを見渡すように、昇り始めた朝日に照らされたその先の風景を、眩しそうに見た。

「るり子。くさいこと言っていい？」

「どうぞ」

くすっと笑いながら、るり子が言った。

「真っ白なこの朝から……また、二人で新しい未来をつむいでいこう」

純は目深にかぶった帽子の下からもはっきりとわかる、すっと通った横顔の鼻梁を見せながら、照れもせず真面目に言った。

「はい。二人、生まれ変わったクリスマス。一生の記念日ね」

「うん、きっとそうだよ。こんなに誰もいない真っ白な銀座の朝だなんて……一生に一度くらいのことかも。きっと、天からの俺たちへのプレゼントだよ」

言いながら、再び、純がるり子にカメラを向けようとした。

「待って。純ちゃん、一緒に撮らない？」るり子がさえぎる。「いっしょがいい」

「あ、そうだね」純があたりを見ながら少し考えて、るり子のハンカチで雪を丁寧にはらい、三越のライオンの台座にカメラを据え置き、タイマー機能でツーショット写真を撮った。

純が、るり子の肩を抱いたショット。

そして、るり子を後ろから抱きかかえるようにして撮ったショット。

「わたし、これを飾ってほしい」

雪をはらいながらカメラを持つ純のコートの裾をひっぱるようにして、るり子が言った。

「え？」

「パリの写真じゃダメ。あの、真鍮の写真立ての名前……覚えてる?」

「エタニティ・ラブ」

今度は恥ずかしそうに、だが純が即答した。

「ね。だから、真ん中には、この日の二人の写真じゃなくちゃ」

自分の心の奥底の扉が、カチャリ、と開く音がした。

そうよ。

言いながら、それしかない、とるり子は強く思う。

「純ちゃん。ね、わたしのこと、本当に待っててくれる?」

「もちろん」

「絶対に? パリに行っても、何があっても……わたしを離さないでいてくれる?」

真っ白な世界の中、病み上がりの純の迷いも、るり子の心も洗われて、二人はただそのままの純とるり子。どんどん素直になっていくようだった。

「はい、ミサさまと瑠璃石に誓って。男に二言はありませんよ」

純がおどけて、ポケットから石を取り出した。

朝日に照らされた白い世界で、純の指につままれ宙に浮かんだ瑠璃石は、そこだけクッキリと強く、青い光と輝きを放っている。るり子には、それが地球のようにも宇宙のようにも見えたが、しだいにじわじわと浮かぶ涙でかすんでくる。

「でもだいたいさ、俺から離したことって、あるかなあ……?」

とぼけたように純が言った。

「そうね」手袋で慌てて涙をぬぐいながら、長いつきあいでのもめごとの数々を振り返り、るり子は思わず赤面する。

そのほとんどは、るり子が惑い、るり子が困らせ、るり子が閉じこもった記憶ばかりだった。

「ごめんなさい。でも、今日から生まれ変わるから。そして、夢をかなえて、もっと強い私になって、帰ってくるから」

「楽しみだよ、すごく」

何を思ったのか、急に手袋をはずして、右手を差し出しながら、純が言った。

るり子も左の手袋をはずし、彼の手をギュッと力強く握りしめながら、答えた。

「純ちゃんを、守ってあげられるくらいに、よ」

え、と一瞬驚いた純の返事を待たずに、「だから、ぜったいに待っていて。純ちゃんには、お父さんの瑠璃石をあずけます。ちゃんと3年間大事にもっていて。これ……わたしからの、逆プロポーズだから」

言いながら、こんどは、るり子から飛びつくようにして、純に抱きついた。

うわっ、と言いながらも反射神経のいい純は、るり子をはっしと受け止めたが、そのうち、じゃれるるり子ともつれあうように、二人は雪の中にドサリと倒れ込む。

そして、全身に雪をくっつけた姿で、子供のようにしばらく雪にまみれて笑い転げあっていたが、そのうち疲れてきたのだろう、二人は並んで寝転んで、無言で空を見あげた。

真っ青で、どこまでも天高く抜けていくような、冬の空だった。

「純ちゃん。雲の上って、どこまで続いているのかなあ」

るり子が思わずつぶやいた。

うーん、と隣で白い息をはきながら純が少し考えて、「永遠に、じゃない？」と言う。

そして、彼女のすぐ横で、くしゃっと目尻に皺を寄せた、いつもの笑顔を見せる。

「るり子のお父さんやお母さんからも、俺のオヤジやオフクロからも、この場所からもパリからも。そして、今ここにいる俺たちからも……ずっと続いてる」

るり子は胸がいっぱいになり、うん、と言うのが精いっぱいだった。

しかし、つないだ手と手から、互いの手のぬくもりと息遣い、そして今握りしめあっている瑠璃石の確かな存在感を感じていた。

真っ白な雪のベッドの上で、今二人でここにいる奇跡に震えるような感動と喜びを覚えながら、純とるり子は、いつまでも並んで空を見上げていた。


〈END〉

あとがき

「蝶々さんから、どうしてこの物語が出てきたか。読者はきっと知りたいのではないでしょうか？　あとがきに書いてください」と、その名の通りとても聡明で美しい担当編集者、浅野聡子さんが、すまして言う。「どうして、って……」と、私はるり子ふうに言葉につまってしまう。『瑠璃色』を、ひとことで言いあらわすのは難しい。

はじまりは、3年前の秋。『ｗｉｔｈ』の前編集長の前田さんと浅野さんからご連絡をいただき、当時定宿にしていた待ち合わせのホテルのカフェへ、私は出向いた。すると、「恋愛小説を書きませんか？　蝶々さんならではの、なまなましく血の通った、今をたしかに生きている、女の子たちのリアルな物語を」と、意外なオファーをいただいた。

エッセイのお話だとばかり思っていた私は、われながら、いまいちしまらないお返事をしたと思う。「小説はまだ1作しか書いたことがなくて。『ｗｉｔｈ』みたいなメジャーな女性誌で、長期連載なんて大丈夫でしょうか」と。すると、「大丈夫ですよ〜私がついていますから！」と、その日初対面だった浅野さんが、綺麗な瞳とつややかな頬を、本当にキラキラ輝かせながら、胸をポーンと明るくたたいてくれた。なぜだか私はキューン、ときた。デビュー当時からご面識のある前田さんも、いつも

のように、瀧川ばりの兄さんスマイルで、その様子をニコニコおおらかに見守ってくれていた。

それで、すっかり安心しちゃったみたい。

「じゃ、ＯＫです♪　どうせなら、恋にも生きることにも、希望を感じられる小説を書きたいです。よろしくお願いしま〜す」と、非常に軽いノリでお引き受けさせていただいたのだった。

——今思えば、とんだ安請け合いだった（笑）。

『瑠璃色』は、わがままな私にとって、あまりにもマイペースにすすめられず、書いていて、つらいことの多い小説だった。まず、こんなにも長い小説になるとは予想もしていなかったし、後半には、病院が出てくる物語になることさえ、当初のプロットにはなかった。さらに、書き進むにつれ、登場人物たちは、なにやら命や感情をハッキリと持ち始め、どんどん思わぬ方向に物語はすすんでいく。

血液内科の先生へのたくさんのご質問も、有名なジュエリー工房や短歌会への取材も、そして、遅れがちな原稿をなんとか掲載させるための交渉も、すべて浅野さんが、整えてくれた。私は、ただ、書いていた。純やるり子、そして激変する社会の中で、無数に聞こえてくるような女の子たちの声に耳を澄ませ、その感情や動きをできるだけ丁寧に追いながら、こぼれないよう、なんとか、『瑠璃色』の世界を編み上げてゆくことで、精一杯。しかし、彼らがもがき苦しめば、私の胸もギュイーン！と苦しくなり、彼らが迷えば、私も一緒に途方に暮れる。

「気持ちもつらいし、時間もとられるし、どこに向かってるかもわからない。ちょっともう、ついていけない……」と、るり子じゃないけど、全部まとめて投げ出したくなる日もあった。

ところが、「こんなにも生きてる純やるり子を、そのまま放置するんですか？」と浅野さんはあきらめない。途中で第2子ご出産でデスクにはいなくなっても、毎月のように、どこからか、ご感想や励ましメールを送ってくださる。

「……そうですよね」

そう言われると、たしかに、そんなことはできないと思う。どこからかポンとあずけられたような、この『瑠璃色』の世界から目をそらさず、自分の手で、幸せに結晶させなくては。そして、振り回されっぱなしじゃなく、たまには、「あっちのほうがいいんじゃない？」と明るい方向をペン・ライトで照らして見せたりするくらいの甲斐性は、作者として今を生きてる女性として、私だって見せたい。

そんなふうに、『瑠璃色』は、いつのまにか、投げ出したくても打ち捨てられない、まるでわが子のような存在と化し、同時に、物書きとしての私を鍛えてくれたのかもしれない。


――しかし、こうして書き終えてみると、これもまた、結局は〝あなた〟に書かせてもらった物語なんだな、と心から思う。〝あなた〟というのは、浅野さんだけじゃなく。なんのご縁か、この物語を手に取り、私、蝶々を通して、『瑠璃色』の世界につながってくださったあなた。

それぞれに経てきた過去や経験を、自分の内側でろ過させたり美しく結晶させながら、いまこの世界で、たしかに生命の輝きをはなっている……まるで、生きた宝石のような女性たち。

そんな〝あなた〟や私が経てきた感情や言葉たち、時には胸に秘めたせつなさや涙、それでも消えない希望なんかを、私がなぜかピックアップし、キャラクターたちに注いだ。そうして、紡がせてもらった物語が、この『瑠璃色』なんじゃないかしら？と、今の私は、理屈を超えて感じている。だから、つらくてもいとおしく、投げ出せなかった。担当の浅野さんも、彼女の育休の1年間をつないでくださった同じくイクメン松浦さんも、前田さんも、この小説のために素晴らしい挿画を描いてくださった大森とこさんも。そして、30年以上も日本女性に寄り添ってきた『ｗｉｔｈ』も、見捨てず、連れ添ってくださった。それらはなぜか、宇宙空間においてもひときわ美しい、私たちの生きる地球のような『瑠璃色』に結晶した。

壮大なたとえで恐縮ですが、私はやっぱり、そんな感じがしているのです。
だから、この物語を〝あなた〟が受け取ってくださったとき、『瑠璃色』はめでたく本当の完成となり、私もようやく、ほっと一息つける気がします。

何もかもを受け止め、それでも乗り越えて。
みんなで、美しい未来へ向かっていけますように。

２０１２年９月。

蝶々

輝き続けるあなたに、〝瑠璃色〟の愛をこめて。

蝶々
profile

2002年『銀座小悪魔日記』でデビュー。『小悪魔な女になる方法』が50万部を超える大ヒットになり、小悪魔ブームを巻き起こす。女性誌を中心とした連載など作品も多数。恋や生き方に悩む女性たちのカリスマ的存在に。

■『with』で2010年4月号から2011年11月号まで連載されたものに加筆修正しました。

編集　浅野聡子
編集協力　富岡由郁子
カバーイラスト　大森とこ
装丁　五味朋代（アチワデザイン室）

瑠《る》璃《り》色《いろ》

2012年10月16日　第1刷発行

著者　蝶々《ちょうちょう》
発行者　持田克己
発行所　株式会社　講談社
〒112−8001 東京都文京区音羽2−12−21
印刷所　大日本印刷株式会社
製本所　株式会社 国宝社

【この本についてのお問い合わせ先】
編集部　☎03-5395-3447
販売部　☎03-5395-3606
業務部　☎03-5395-3615（落丁本・乱丁本はこちらへ）

N.D.C.913　319p　19cm
ISBN978-4-06-218077-1